著 鉄人じゅす
ill 煮たか
ポーションは160km/hで投げるモノ!
～アイテム係の俺が
万能回復薬を投擲することで
最強の冒険者に成り上がる!?～
TOブックス

contents
目次

イラスト／煮たか　デザイン／伸童舎

第一章

ポーション使いと黒髪少女

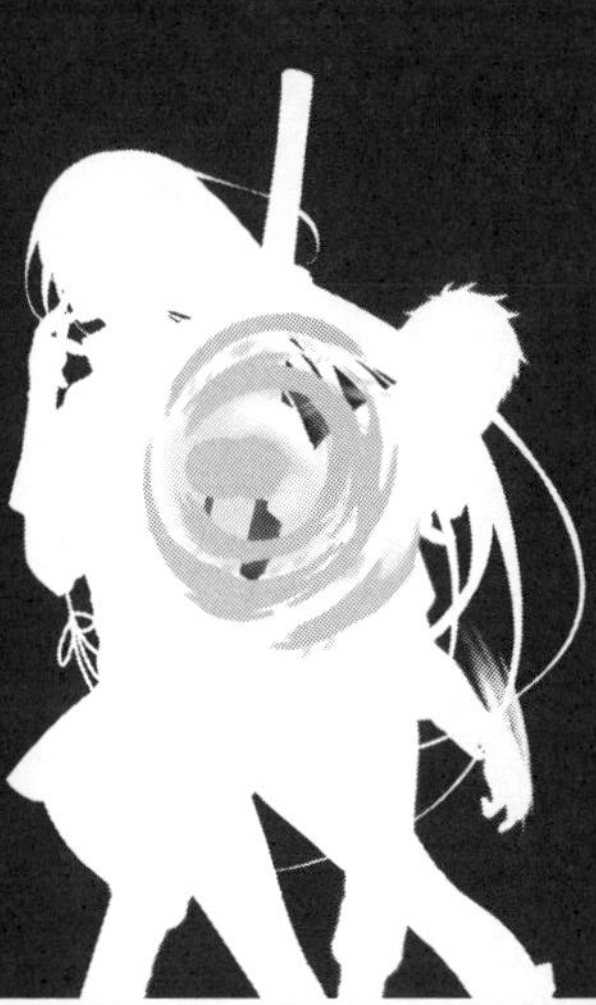

「相変わらずの無能っぷりだな！　ヴィーノ！」

幾度《いくど》となく投げかけられる暴言に俺はいつしか反抗する気も失せてしまっていた。

俺の名はヴィーノ、このA級パーティ【アサルト】に所属している冒険者である。

冒険者とは元来、未踏《みとう》の地へ踏《ふ》み込んで攻略していく先駆者《せんくしゃ》という意味合いで付けられた名前だ。

しかし制度が出来て数十年、未踏の地は少なくなり、今やダンジョンにはびこる魔獣が増えすぎて街中に行かないように討伐《とうばつ》する役目と魔獣の素材を売りさばいて一攫千金《いっかくせんきん》を狙うことが目的となっていた。

そのため冒険者とは力あるものが正義、パーティの支援役ですら最低限の力を求められたのだ。

そんな俺は最低限の力すら持っていなかった。


今回はA級ダンジョン【毒禍《どくか》の洞窟《どうくつ》】の最奥地に潜むポイズンケルベロスを討伐するためにこの場所へ来ていた。

「あ〜あ、ポーション係が少しでも戦えりゃもっと楽に勝てるのによ」

連続で苦情を投げかけてくるのは重戦士のオスタルだ。そして次に苦情を言うのは間違いなくこの女である。

「ほんと使えないポーション係よね。戦う力はないし、大げさなこと言って騒いでばかり、回復も遅いんじゃ意味ないわよ」

魔法使いのルネである。

「まーまー、にーちゃんも頑張《がんば》ってるじゃん」

一人年下で陽気な言葉をかける武道家のアミナも内心は不満に思っていることだろう。

「……ふん」

今まで黙り込んでいた戦士でリーダーのトミーが俺の顔を覗《のぞ》き込んで目を伏せた。

そう、この四人と支援職の一つである【ポーションを使い】の俺、ヴィーノがこのA級冒険者パーティの一員であった。

皆とは見習い冒険者とされるD級時代からの付き合いで俺にとっても初めて所属したパーティだった。

クエストをこなしてトントン拍子でランクアップをした俺達だったが……俺だけが成長速度に追いつけず、いつのまにか足手まといになっていた。

A級冒険者は戦闘力にも長け、高いクエスト達成率を誇る冒険者パーティと言える。

だが俺達の目標はさらに上のS級冒険者であった。

S級ともなれば王国からの依頼がまわってきて、莫大《ばくだい》な報奨金と名誉が与えられる。

だからこそ俺達はS級に挑戦するために難しいクエストを毎日こなして冒険者ギルドにアピールしているのだ。

俺は最後衛で魔物の襲撃に備え、気を配って歩いていた。

洞窟の中は一本道だが小さな魔獣しか通り抜けられない横穴が存在し、思わぬ所で挟撃《きょうげき》を受けることがある。俺は魔獣の動きを察知するため耳をすませた。

他四人はまっすぐに突き進むことだけを考えている。斥候《せっこう》は俺の役目なのだから仕方ない。物番、運搬《うんぱん》、料理から野営《やえい》の準備と攻撃能力の無い俺の役割はいつだって雑用係であった。

……でも、正直俺自身も能力の限界であると自覚している。

十五歳で成人し、冒険家ギルドに名簿登録する際、ギルドに所属する神官が才のある職を啓示《けいじ》という形で示してくれる。

その際、俺はここ十数年でなり手が一人、二人しかいない、最弱にして最底辺職であるポーション使いであった。

ポーション、それはコップ一杯分ほどの量の薬液《やくえき》が瓶《びん》につめられている万能回復薬である。傷を瞬時に癒《い》やすことができる。

冒険者が当たり前に所持している回復薬の一つだ。

俺は誰よりもポーションを上手く扱うことができる。この職の特徴はそれだけだった。

武器の扱いに長け、安定した戦闘を行うことができる戦士。高い防御力で皆を守る重戦士。素早い身のこなしで攻撃を避け、高い攻撃力で敵を倒す、武道家。魔法という特別の才を持って攻撃ができる魔法使い。

俺の仲間達は皆、有用な職を提示されたのに俺だけがこの体たらくであった。

ポーションを使うなんて誰であってもできる、そのおかげで俺の評価はひどいものだった。

街を歩けばアイテム係とからかわれて、A級だというのに下級の冒険者達に侮《あなど》られてしまう。

そもそもA級だって他の四人が優秀だったゆえにお情けとギルドの都合で認定されたものだと理解している。

幸い【アサルト】が拠点《きょてん》としている交易の街【アテスラ】には治癒の魔法が使える職、回復術師が少なく、ポーションの効能を上げるポーション使いは支援役としてはまだ居場所があった。D級、C級の時は【アサルト】の面々も庇《かば》ってくれたが今やもうお荷物としか思われていない。

先ほども述《の》べた通り、お情けでA級になったこともあって俺の実力はA級とほど遠いことを痛いほど自覚している。

もちろん堕落《だらく》していたわけじゃない。ポーション使いの技能の一つである素材を組み合わせて合成させ、新たなポーションを生み出す技を生かして、副効果を持つポーションで様々な危機を食い止めてきたがそれでも一度染み込んだ無能の烙印《らくいん》を消すことはできなかった。

剣や魔法も頑張ったが俺にアイテムを扱う以外の才能はなかった。

どっちにしろA級ですら過ぎたモノなのにS級なんてなった折にはもっとひどいことになるだろう。

「おい、無能！　ちゃんと警戒してろよ！　俺達が傷ついたらてめぇのせいだからな」

そう思うのならみんなもある程度警戒してほしいものだ。

正直、四人の回復で手一杯な所がある。俺にも攻撃能力があればこんな目に遭わないのだろうか。

吐き捨てるような言葉を出すオスタルに口を出すと倍返ってくるため我慢を強いられることになる。

四年所属したこのパーティにも名残惜《なごりお》しい気持ちもあるが、これ以上は精神が限界だった。

……そして遠くから近づいてくる魔獣の歩く音。

「みんな！　魔獣が来るぞ、構えろ！」

このクエストが終わったら……俺はこのパーティから抜けようと思う。

魔獣の襲撃を躱せた俺達はその先の安全地帯、通称セーフエリアへ足を踏み入れた。

このダンジョンを初期に攻略した冒険者達が魔除けの結界を張ってくれたおかげで俺達はこの場で野営することができる。

必ず安全というわけではないが気が休まるのはとても大きい。

食事と休息を取り、俺達はダンジョンの探索の準備をする。

ちなみに料理も野営設置も俺の仕事だ。手伝ってくれるのはアミナぐらいで、それ以外の奴らは何一つとして手伝いに来ない。

「うん？」

ダンジョンの奥から足音が聞こえる。このダンジョンはセーフエリアから先は二股《ふたまた》に分かれており、俺達が目指す場所は向かって右の入口だった。

その足音は左の方から聞こえてくる。あちらの方向にも今回の討伐対象ではないが手強い魔獣がいたはずだ。

左の入口から現れたのは武器を杖《つえ》代わりにしてよたよたと歩く女性の冒険者であった。

全身傷だらけで白い肌は裂傷《れっしょう》にまみれている。息を切らしており、命からがらでこのセーフエリアまで戻ってきたのだろう。

その彼女は有名人であり、顔を見るまでもなく誰であるか分かる。その名は俺達と同じA級冒険者であるカナディアであった。

機動力を意識して、最低限の防御箇所だけ施《ほどこ》されたレザーアーマーに身を包み、長身で細い手足と何よりその顔立ちは一目見れば誰もが忘れない美しさを誇っている。

本来であれば俺達が駆け寄って助けるものだが……この女性冒険者にはそのような声がかけられることはない。

「……チッ、死神が。まだ生きてたのかよ」

「あーあ、早く死んで欲しいわね、ほんと」

「……不幸が移りそう」

普段はお気楽なアミナですら苦言を言うほどだった。

このA級冒険者カナディアは特に何かをしたわけでもない。でも、冒険者及び国中のあらゆる所から嫌われていた。

カナディアは【アサルト】の横を無言で通り過ぎる。この国では極めて珍しい……腰まで伸ばした黒髪がひらりと揺れる。全てはこの黒髪が原因であった。

黒髪は死を象徴させる言い伝えがあり、あらゆる人から蛇《へび》のように嫌われている。

この言い伝えによりパーティを組めない彼女は単独冒険者を余儀《よぎ》なくされていた。

ただしA級冒険者とあるようにカナディアは破格《はかく》の実力を持っている。

もし言い伝えがなければカナディアは美剣士として冒険者としても賞賛される立場になっただろう。

ただ、B級までは難なく昇級していた彼女だったが、A級のクエストは難しいのか、俺のパーティ【アサルト】よりもクエストのクリアに苦戦しているように見えた。

回復役もいないため攻撃一辺倒《いっぺんとう》で戦うことができず、恐らく、回復薬を使い切ってしまったのだろう。

自分が同じようにパーティや冒険者から無能と蔑《さげす》まれているため……気持ちが分かるというのもある。

カナディアに対して舌打ちをした【アサルト】の面々は準備を整えて先へと進んで行ってしまった。

早く追いかけないと……斥候役の俺が行かないとまたどやされてしまう。

カナディアのことは不憫《ふびん》には思うが俺は正直、自分のことで精一杯だ。

俺は他のみんなほど黒髪に忌避《きひ》感《かん》を持っていない、けど何ができるわけでもない。

振り向くと背を向けて一人歩くカナディアの姿が見えた。

腰の先まで伸ばした黒髪が俺の視野の中に広がる。

「なぁ」

「……」

カナディアは俺の声かけに振り向いて視線を向ける。

だがその翡翠《ひすい》の色をした瞳はひどく冷めていて、誰にも心を許していない。そんな風にも見えた。

「随分と傷だらけだな。大変なクエストだったのか?」

「どなたか知りませんがあなたには関係のないことです」

凍りつくような言葉にさすがに胸が痛む。

だがカナディアの心情を考えればそのような言動も仕方ない。

俺は懐からポーションを二本取り出した。

「俺はアイテム使いだ。店売りのポーションよりはマシだと思うぜ」

その内の一本をカナディアに差し出す。しかし、カナディアは冷たい目を向けたまま受け取ろうとしない。

初対面の男からもらうポーションなんて怪しくて飲めるわけないか。

それも分かっていたのでその内の一本の蓋《ふた》を開けて、飲み干した。

「これで毒が入ってないって分かるだろ。まっ、飲んでみなよ」

「ちょっと！」

残る一本をカナディアに無理やり握《にぎ》らせて、俺はパーティの跡を追う。

俺を信じきれないのも良し、捨ててしまうのも良し、あげちまったものは何したっていい。

「この……ポーション、大丈夫なのかな……」

「……ぐびっ」

「っ⁉　これっ！　傷が……全部癒えていく」

◆　◇　◆

「オスタル、アミナ、行くぞ」

「りょーかい！」

「おうよ！」

【毒禍の洞窟】の最奥地には今回のクエストの目的であるポイズンケルベロスが待ち構えていた。

ケルベロスとは一つの胴体《どうたい》に三つの頭が存在する獣である。強力な毒のブレスを打ち込んでくる恐ろしい魔獣だ。その魔獣の素材は貴重な物で高価で取引されている。

「行くわよ！」

魔法使いのルネがロッドを翳《かざ》すと十本の炎の槍《やり》が具現化《ぐげんか》し、ケルベロスの方へ向かっていく。

ルネが得意とする【ファイアランス】の連続詠唱《えいしょう》だ。魔力を多く使用するが並の魔物ならこの術だけで燃やしつくしてしまう。

ポイズンケルベロスはA級に指定される魔獣だ。この程度ではまだ倒すに至らない。

そんなケルベロスに追撃をかけるのが三人の前衛の存在だ。

ケルベロスの噛みつきを重戦士のオスタルがしっかりガード。そのままトミーとアミナが斬撃と打撃を与える。

ルネから二回目のファイアランスが放たれた。

「ふぅ……」

ルネは大きく息を吐く、見立て通り魔力切れだ。すぐさま俺は腰に巻いたホルダーからマジックポーションを取り出した。

「ルネ！」

俺は走りながらルネにマジックポーションを投げる。

ルネはしっかりとポーションを受け止めた。

ルネは魔力を回復させるマジックポーションを飲んで、再び詠唱へ入った。

防御から一転、攻撃に転じたオスタルを含《ふく》み、前衛の三人は猛攻《もうこう》を加える。

これがA級パーティ【アサルト】の勝ちパターンだ。圧倒的な火力で敵を殲滅《せんめつ》してきた。

だから攻撃手段の無い俺の存在はこのパーティのお荷物という扱いとなっている。

いかに大火力を使い、短時間で倒せるか。そこだけが考えられていた。


ケルベロスが大きく息を吸う。

「全員、後ろに下がれ！」

俺の声のすぐ後に放たれたそれは毒のブレスだった。前衛の三人は避けきれず命中し、膝《ひざ》をついてしまう。

声かけの反応で後ろに下がったおかげで直撃じゃなかったのは幸いだ。直撃だったらさすがにただじゃすまない。

ダメージを大きく受けると前衛の動きが極端に悪くなる。今、前衛の三人は危機に陥《おちい》っている。

俺は全力で走ってケルベロスの後ろにまわりこむ。

「口をあけろ！」

三人の内の一人……まずは防御役のオスタルの口の中にポーションの瓶を投げ入れる。

アイテム使いの俺は走りながらもポーションをぶん投げた。余裕があれば手で受け止められるように投げるが緊急時は口の中に直接放り込むように投げる。

これは俺が長年訓練して手に入れた仲間を回復させる技術だ。

体の傷を外から魔法で癒やすことが出来る回復術師には速度で絶対敵わない。

だから俺は仲間の口の中に直接ポーションをぶちこむことで最速で回復できるようにした。

もちろん口の中を切らないように速度を抑えるように投げている。

冒険者になってから数年、走りながら仲間の口の中に百発百中となるまでポーションを何千、何万と投げてきたんだ。

失敗することなどありえない。

その技術を使ってオスタルの口の中にポーション咥《くわ》えさせた。

「おっしゃー！」

俺の作った特別ポーションは毒を消す力もある。ポーション使いの合成能力で様々な効能を増やすことができる。

昨日徹夜で作っておいて本当によかった。

続いて、体力の低いアミナの口に投げ、最後にリーダーのトミーに投げ入れた。

「回復遅いよー！」

イライラを隠さないアミナはオスタルに続いて動く。

「……」

最後に回復させたトミーも不機嫌な顔だ。

そう、この三人は誰が敵を倒すかを競っている。なので回復が遅いと出遅れるために不機嫌となるのだ。

……三人同時に回復できない俺の無力さが悪いのだろう。

回復術師であれば同時に複数人癒やせると聞く。だから単体回復ではどうしても出遅れてしまう。

「ちょっと、早くポーション渡しなさいよ！」

ルネの魔力が切れてしまったらしい。前衛の状況《じょうきょう》も考えてほしいが、こいつはこいつでトドメをさしたがっていた。

俺は懐のマジックポーションを手に、ルネへと投げる。

……ったく忙しい。


そうして何度かの回復を経てポイズンケルベロスを討伐することができた。

「まぁ余裕だったね」

「俺の攻撃のおかげだな！」

「……」

前衛三人に対して使用したポーションを六本。後ろのルネにはマジックポーションを三本。まぁ……こんなもんだろう。

戦闘を終え、ざっと一息つく。魔獣の素材を剥《は》ぎ取って交易の街へ帰ることにしよう。

「ヴィーノ」

気付けばトミーが俺の側に来ていた。

寡黙ながら端正な顔立ちをしているトミーはリーダーとして優秀で皆から羨望《せんぼう》を集めている。

ちょっと危うい所もあるけど、それは皆がフォローすれば良い。

同じパーティのルネもアミナもトミーに思いを寄せていると聞く。

今回でパーティを抜ける予定だったから……この恋愛の行く末は気になっていたけどいい感じに行けばいいいな。

「A級に昇格して今回でA級クエスト二十回を達成した。S級への昇級試験に挑戦する権利を与えられたと言っていいだろう」

「ああ、そうだな」

S級になるために昇級試験を受けなければいけない。

昇級試験に挑戦するためにはA級クエストをかなりの数こなさなければならない。

今回の成功でその基準と言われている回数を超えることができた。

「これも……今まで俺達を支えてくれたヴィーノのおかげだ」

トミーがにこりと笑う。

いきなり、そんなこと言われたら何て顔をしていいか分からないじゃないか。

だけどそう言ってくれるなら円満にパーティを脱退ができるのかもしれないな。

「俺達【アサルト】はS級となり、さらなる名声を得ていきたい。だからヴィーノ。……いままでありがとう」

「え……」

その瞬間、俺の腹を何か鋭いモノで貫《つらぬ》く感触がした。

腹を刺《さ》された痛みで思わず膝をついてしまう。

激痛で声が出ず、それと同時に……詠唱の声と共に背中が焼かれ、痛みを発した。

「あ、手が滑《すべ》っちゃったぁ」

その瞬間理解した。

トミーが剣で俺を刺し、ルネが炎魔法で俺の背中を焼いたんだ。

「な、なんで……」

「悪いな。パーティ損失補償の制度を使いたくて……おまえには死んでもらう」

パーティ損失補償。

パーティの仲間が不慮《ふりょ》の事故で亡くなった時に冒険者ギルドから補償金が出るシステムだ。

元々はクエストの報酬《ほうしゅう》の一部を補償用として取り分けされるお金だ。もちろん様々な制約があるが、そこは今やどうでもいい。

A級パーティの一員が亡くなったら相当な補償金が捻出《ねんしゅつ》されて、特約として人材の補填《ほてん》がなされる。

それが一番の狙いか。

「え……何コレ……まじ？」

「アミナ。てめぇも【アサルト】の一員なら受け入れろ。無能を消して回復術師を入れたらもっと存分に戦える。あの職は回復だけじゃなくて聖属性魔法も使える。……戦う力の無い無能などいらねぇ」

顔を歪《ゆが》ませるアミナと対照的にオスタルは意気揚々《いきようよう》と笑う。

まさかいくら何でもこんな手まで使ってくるとは思わなかった。

D級の頃から一緒に戦ってきた仲なのに……こんな悪手《あくしゅ》を使うまで腐《くさ》っていたなんて……。何でもっと早く気付かなかったんだろう……。

オスタルは俺の持っていたアイテム袋を全部かっ攫《さら》う。

「元々は俺達の金で作ったものだしな、返してもらうぜ」

それらのアイテムは……俺の自腹で作ったものがほとんどだぞ。

クエストクリアの報奨金《ほうしょうきん》、ほとんどまわしてくれなかったじゃねぇか。

「安心してくれ。ヴィーノの故郷にはちゃんと補償金の一部を送金する。名誉の死を遂《と》げたと言えば家族も喜んでくれるだろう」

「ふ、ふざける……な」

「ではトドメを……。っ！　地が震えている？」

トミーが剣を振り上げた時……ダンジョン全体が震えだした。

皆が一斉に空を見上げ、すぐに何かが地に降り地響きが鳴る。

死体となったケルベロスの上に舞い降りたそれは……濃い黒色の鱗《うろこ》をしたドラゴンだった。

その大きさは人間とは比べものにならないほどだ。

確かに洞窟の中ではあるがこの場所は大規模戦闘ができるほど広かった。空洞《くうどう》になっており、翼を持つ魔獣であれば別ルートで侵入することができるのだろう。

ドラゴンは横たわるポイズンケルベロスの死体を大きな口でペロリと平らげ、物足りないのかこちらをじろりと見つめる。

「タイラントドラゴンじゃん！　やばいって！」

「S級魔獣じゃねぇか！　何でこんな所に！」

「くっ、ルネ！　魔法で牽制《けんせい》しろ！　ヴィーノを囮《おとり》にして退却する！」

トミーの言葉にルネが慌ててファイアランスを放つ。

大量の炎の槍が煙を生じさせ、煙を広がらせた。

煙が晴れていっても、タイラントドラゴンに直撃するが傷一つ与えられていない。

しかし、時間を稼ぐには十分だ。トミー達はあっと言う間に離脱していった。

タイラントドラゴンはあいつらを追いかけていかない。

血を流して、動けない俺を……見据えている。

緊急用の回復ポーションを三本隠し持っているから飲めば回復できる。

しかし、ドラゴンから逃げ出すことはほぼ不可能だ。


ガアアアアアアッッ！

ドラゴンは咆哮《ほうこう》をする。

……こりゃもう次の瞬間食われちまうな。

……俺の人生マジでいいことなかったな。

冒険者になるって村を飛び出して、交易の街に着いて冒険者になれたと思ったら最底辺職で絶望して……。でも【アサルト】の面々がそんな俺でもいいと言ってくれたから必死で追いつこうとしたんだ。

C級、Bになるに従ってパーティの皆は増長し、暗い噂は絶えなくなっていった。それでも……きっと昔のように仲良く上を目指せると信じていたんだ。

苦労して……A級になれて……でも、俺自身は限界だった。だから離れてみんなの活躍を見守ろうと思った矢先の話だ。

こんな末路になるなんて思ってもみなかった。

願うならトミーがちゃんと故郷の家族に金を送ってくれることを祈るだけか。

俺は死を受け入れ、目を瞑った。

ドラゴンが羽をはためかせ、俺に近づく音が聞こえる。どんどんと音が大きくなり、その瞬間が来た時……。

「ギャアアアアアア!」

ドラゴンの悲鳴が響き渡ったのだ。

いったい何があったのか。

目を開けた……そこには美しく……煌めく黒髪がゆったりと揺れていた。

「……ギリギリでしたね」

背の丈ほどにまで伸びた大太刀《おおたち》がキラリと光る。

A級冒険者カナディアの姿がそこにはあった。

聞いたことがある。A級冒険者であるカナディアは背の丈ほど長い大太刀を使用して戦うと。

確かにその華麗な太刀捌《さば》きは鮮やかで美しかった。

端麗《たんれい》な容姿に輝いて揺れる黒髪。彼女を死神だなんてなぜ言えようか。

タイラントドラゴンの鋭利《えいり》な爪を華麗に避けて、返す刀で相手へ傷を与えていく。

ドラゴンの動きは巨大ながらも素早い。

おそらくA級パーティ【アサルト】の面々だと避けられぬままやられてしまうだろう。

だが同じA級だというのにカナディアはダンスを踊るように避けていく。

ドラゴンのブレスを避けたカナディアは俺の近くに着地した。

カナディアの意図《いと》を聞かなければならない。

「なんで……、君もケルベロスが狙いだったのか」

きょとんとした顔でカナディアはこちらを向く。

「ポーションをくれたから」

「え？」

「誰かに助けてもらった時は速やかに返すのが家訓ですから」

カナディアはそれだけ呟《つぶや》くとタイラントドラゴンへ走っていった。

たった……それだけ？

たったそれだけでボロボロの状態から反転し、このダンジョンの最奥まで来たというのか。

俺は隠し持っていた三つの内の一本、ポーションを飲み干した。

傷が癒え、動けるようになっていく。

「もういい！　逃げてくれ！」

だがカナディアは戻らない。あざやかに動いてドラゴンの攻撃をかわし攻撃を与えていく。

これだけ見ればカナディアが優勢だと思うだろう。

しかしタイラントドラゴンは【S級】魔獣。

A級とは比べものにならないほどの体力と攻撃力、素早さを誇るこの魔獣は何より異常とも言える防御力を誇っている。

A級とS級はランクが一つしか変わらないがその力は圧倒的に違う。冒険者だってそうだ。S級の冒険者の力はA級数十人に等しいと言われている。

そんなS級冒険者がやっと倒せる魔物をA級冒険者一人で倒せるわけがない。

だからカナディアは絶対に勝てない。

確かに最初は優勢だったものの時間が経つにつれて怪しくなってきた。

ドラゴンがカナディアの動きに慣れ、カナディアの動きも少し鈍ってきたのだ。

カナディアは元々別のクエストでボロボロの状態になっていた。いくら傷が治ったとしても持久力や疲れまでは回復しない。

ドラゴンの尾が振り下ろされ、カナディアは避けきれず大太刀で防御する。

しかし、勢いは殺せず大きく吹き飛ばされてしまった。

俺はカナディアの元へ行く。

「なんで逃げないんだ！　君なら……勝つのは無理でも逃げ切れるはずだ」

「……そうなったらあなたは殺されてしまう」

単体戦闘力皆無《かいむ》な俺はドラゴンから逃げる術《すべ》をもたない。追いつかれて食われてしまうだろう。

そんな俺が生き残る方法はただ一つ。

カナディアを囮に逃げることだった。

「逃げてください……」

「君を置いて逃げることなんて出来ない！」

そんなことするぐらいなら死んだ方がマシだ。

「正直……一人で戦うのは限界だったのです。でもあなたにポーションをもらえたのが嬉しくて……あなたを守れて死ぬなら……それも名誉かなって。正直疲れてしまいました」

吹き飛ばされた衝撃で傷だらけのカナディアはそう言って笑って立ち上がる。

そのままドラゴンへ向け駆けだして行った。

カナディアはA級になってから傷の絶えない生活だったと聞く。五人パーティでダンジョンへ挑むことが常識のこの世で一人で戦い続けるのだから当然だ。若い女の子の心が疲れないわけがない。

だからって俺を守って死ぬなんて……そんなの納得できない。

タイラントドラゴンの攻略法は聞いたことがある。普通に攻撃しても硬い鱗で大きなダメージを与えられない。だからまずは複数人で頭を攻撃して気を失わせる。

そうすると鱗の肉質が弱くなると言われており、効率良くダメージを与えられる。そこを一気に斬り裂くのが常套《じょうとう》手段だ。

だからたった一人で戦うカナディアでは到底できない戦法だ。

「……どうしたら……どうすれば！」

大太刀の斬撃を歯で受け止めたドラゴンが強烈な突進をカナディアに与える。

カナディアの体は大きく投げ出されて、地面へと落ちる。

「うっ……」

カナディアはうめき声をあげる。

意識はあるようだがもう体力の限界に見えた。

手持ちのポーションは二つだけ残っている。

この状況でカナディアを逃がす方法はただ一つ。

俺が囮になることだ。俺が食われてしまえばカナディアも守る対象がなくなり逃げるしかなくなる。

彼女が逃げ切れるかどうかは分からないがポーションで回復させれば可能性はある。

死ぬのは怖いけど、女の子を見殺しにして生きながらえるくらいならそっちの方がマシだ。

どうせ元々死ぬはずだった命である。カナディアを救えるなら……！

一本のポーションでカナディアを回復させ、もう一本でドラゴンの注意を引きつけよう。

「ごめん、父ちゃん、母ちゃん、兄弟のみんな」

きっと【アサルト】のみんなが良い風に話してくれることを信じて、俺はポーションの瓶を握りしめた。

全力全開でぶん投げれば……注意を引きつけられるかもしれない。

そういえばポーションを本気でぶん投げたことは一度もなかった。火力過多の【アサルト】は体力をすぐ減らしてしまうからいつも回復優先だった。

最近は相手の口の中に入れるコントロールばっかり磨いていたから全力で投げたことは一度もない。

俺は片膝を上げて軸足に力をこめる。

そのまましなやかに肩に力を込めて、腕をぶん回してポーションを投げた。

ドラゴンの気を引かせる。それだけを祈って。

少しだけでいい。

ほんの少しだけ気を引かせたいんだ。カナディアが逃げられる時間を稼ぐだけでいいんだ！

だから……頼む！　神様！　お願いします！

まっすぐ投げたポーションがドラゴンの顔面に直撃した。

だけどその俺の願ったことは無情にも果たされない。

なぜなら。


「ゴゲェェェェ⁉」


ポーションの瓶が粉砕《ふんさい》される音とメキメキ！　と首の骨が砕《くだ》ける音が同時に響き、ドラゴンの首がそっちには曲がらないよと言いたくなる方へ曲がっていったからだ。

今まで聞いたことがないような奇声を上げたかと思えば……そのまま沈黙してしまった。

「気を引けたか⁉　ん？　あれぇ？」

「……！　ポーションをお願いします！」

カナディアの声に我に返り残る最後の一つのポーションをカナディアの口めがけてぶん投げた。

「んごっ？」

ちっちゃいお口の中にポーションをぶち込む。そのまま頭を上げて中身を飲み干して瓶を吐き出したカナディアは近くに落ちていた大太刀を手に取って再度大きく跳躍《ちょうやく》した。

飛び上がったカナディアは空中で停止し、手に持つ大太刀を両手で掴み、垂直に刀を振り下ろして落ちていく。

「一《いち》の太刀【落葉《らくよう》】！」

気を失い、沈黙したタイラントドラゴンは肉質が弱くなる。

そのため、今まで弾いていたその一撃を防ぐことはできず、首がすとりと落ちてしまった。

アンデッドでも無い限り、首が落ちれば生物は死ぬ。

つまり……。

俺とカナディアの大勝利だった。

その勝利を喜ぶ間もなく意識が遠くなってしまう。

気を失うんだなという理解だけがわずかに芽生え意識が消えていく。


「……っ。ここは……」

「目が覚めましたか？」

おぼろげな意識が少しずつ覚醒《かくせい》していく。

手足が地についていることから寝転がっていることが分かる。

目線の先にはすごく綺麗《きれい》な女の子が俺を見て微笑んでいた。

何だか頭が柔らかい何かで支えられているような気がする。

それがカナディアの太ももであることに気付くのはそのすぐ後だった、

「俺は気を失っていたのか」

「ええ、ドラゴンを倒してすぐに倒れてしまいました」

うん、膝枕ってすばらしい。

女の子の膝枕に動揺しそうになるが、俺は何とか耐えきることができた。

恐らくカナディアは年下だろうし、慌てふためくのはかっこ悪い。

周囲を見渡すと側にタイラントドラゴンの亡骸《なきがら》があった。

まだダンジョンの最奥地だということは間違いない。

「何から何まで……悪い」

「結果的に私も救われましたし構いません」

ポーションは傷を治すが失った血液までは戻せない。

トミーに刺された後すぐにポーションを飲めばよかったのに……、血を流してから回復してしまったから傷は塞《ふさ》がっても血が足りず倒れてしまったというわけだ。情けない。

「あの……えーと……」

カナディアは何か戸惑《とまど》った様子を見せていた。

何だろう。膝枕の件ではないと思うが……あ、そういえば。

「まだ名乗ってなかったな。俺はヴィーノ。君はカナディアだよな」

「あっ」

当たりのようだ。カナディアの表情に戸惑いがなくなる。

「ヴィーノさん、何があったんですか？　私があそこへ行く時……あなたがパーティを組んでいた人達が横を過ぎていきましたが」

正直に話すしかないようだ。俺は【アサルト】の面々から殺されかけ、さらにタイラントドラゴンから逃げるための囮にされたことを話した。

「それは大変な目に遭《あ》いましたね」

「ああ、まさかあんな感じで裏切られるとは思ってもみなかった」

交易の街に戻って今回の騒動を訴《うった》えてもいい。

仲間殺しは禁忌《きんき》だ。訴えればそれだけで大問題となる。

【アサルト】はA級冒険者になってから交易の街でやりたい放題していたから他の冒険者からの評判は良くない。今回の件でS級昇格試験を受けられたかもしれないが、そんな話も無くなるかもしれないな。

でも訴えても意味がないかもしれない。

無能の烙印を押されている俺が一人喚《わめ》いていても立ち位置的に信用されないかもしれないからだ。

カナディアという証人もいるが、失礼ながら黒髪の彼女の言い分も恐らくは難しいだろう。

一番の問題は交易の街の冒険者ギルドの長であるマスターがトミーと懇意《こんい》にしていることだ。

交易の街に今戻ったら下手すれば身の危険が生じるかもしれない。

俺はカナディアのフトモモから頭を起こし立ち上がる。

体も良くなってきたしダンジョン脱出をしないとな。

アイテム袋を取られてしまったから無一文だ。でもここにいる剥ぎ取ったタイラントドラゴンの素材を売れば金は取り返せる。

「さて……これからどうしようかな」

立ち上がった俺をカナディアは怪しげに見ていた。

「あなたは何者なのですか？」

「え、どういうこと？」

「……私にはあなたが特別な人間に見えます」

「買いかぶりすぎだよ。俺は無能の烙印を押された最底辺の冒険者だ。お情けでA級になっているがそれは変わらない」

「はぁ……」

カナディアはため息をついた。

「私がさっきもらったポーションの瓶です。これをそこの壁に全力で投げてみてくれませんか」

「いいけど……」

カナディアから受け取った飲み干されたポーションの瓶をぶん投げてみる。

これで何が分かるというのか……。

言われるがまま壁に向かって思いっきり投げてみた。

ドゴッっと景気の良い音がする。

「壁にめり込んだ跡がついたな」

「ええ、巨大ゴーレムのパンチでもそうはなりませんよ」

気を失ったせいで忘れていたけど思い出してきたぞ。ドラゴンを倒したのはカナディアだがドラゴンの首をぶち折ったのは俺だった。

確かに今まで全力でポーションを投げたことは一度としてない。そもそもポーションは全力で投げるモノじゃない。回復薬なのだから力と勢いを制御して使うことが大事なのである。

「俺はただのポーション使いなんだ。特殊なことはできない最底辺職のはずで…」

「そもそもポーション使いってなり手がほとんどいない職ですよね。私、聞いたことないですよ」

十数年で一人しか現れてないというのは最上級職と呼ばれる聖騎士《せいきし》や賢者と同等である。

そもそもポーションを使用することは誰にでもできることである。それが上手く使えるだけで何がすごいというのか。

「俺は独自のポーションを作ることしか出来ないよ」

「ええ、私にくれたポーションですよね。傷がほぼ全快してびっくりしました。そもそもポーションにあれだけの効能はありません。これだけの効能を持つのは伝説の秘薬エリシキル剤くらいだと思いますよ」

「戦闘だってポーションを渡すくらいしか……」

「倒れている私の口に的確に投げ込みましたよね。相当な距離があったはずなのに……まぐれですか？」

「あの距離なら目瞑ってでもいける」

「ありえないですから!?」

「で、でも……戦闘力は皆無なんだ。何もできない」

「ドラゴンの首をぶち折っておきながら何言ってるんですか……」

思わず目をぱちくりさせ、カナディアと見合う。

「俺って実はやれる方だった？」

「あなたも含めて、旧パーティはよっぽど無知だったようですね」

またカナディアにため息を吐かれてしまった。

未《いま》だ信じられないが……【アサルト】の面々に無能、無能と言われ続けてその通りだと思い込んでしまったのか。

「おかしいとは思っていたのです。あのパーティ、そんなに強いように見えないのに……私が苦労するA級クエストを難なくクリアするのですから」

「うっ……」

「そりゃそうですよね。適切なタイミングで口の中に回復ポーションを投げてくれる人がいるなら全力で攻撃に打ち込めることでしょう」

「で、でも回復術師は複数人を一度に回復できるんだろ？　それに比べたら俺なんて大したことは」

「回復魔法って完全に治癒できるものではないそうですよ。回復量も少ないそうですし……無いよりマシですし、なり手の少ない貴重な職だから重宝されるそうですけど」

「……俺、自分の力を全然理解していなかったのか」

無能という言葉をずっと信じてしまっていた。

でも少しでもみんなに追いつけるように必死に鍛錬《たんれん》し、ポーションを自在に操る技能を手に入れたのにそれでもまだ足りないと思い込んでいた。

回復ポーションも魔力を回復するマジックポーションも店売りは品質が悪く、回復力が足りないと思っていた。

だからアイテム使いだけが使える素材合成の技術で回復力を大幅に上昇させて使っていたんだけど、それも【アサルト】内だけで運用していたんだ。

カナディアの言うことが本当であれば……A級パーティ【アサルト】は回復術師を加入させたとしてもこれまで以上の活躍は見込めないだろう。

あいつらに伝えるべきか……？

いや、俺の言うことなんて信じないし自業自得だろう。

無能の戯言《ざれごと》だってバカにされるに違いない。あれはもう……痛い目に遭わなければ分からないだろう。

それに俺は殺されかけたんだ。わざわざ伝える意味もない。

冒険者を辞めて故郷に帰ろうかと思っていたけどまだやれるのかもしれない。

ダンジョンを出た俺とカナディアは分かれ道まで一緒に進む。

カナディアは交易の街に戻ると言うけど俺はあいつらと顔を合わせたくはないのでここから少し

離れた工芸が盛んな街【エグバード】へ行こうと思う。あそこは小さいながらもギルドがあるしな。

「それでは私はこれで……」

カナディアは交易の街へ向かって歩き始める。

俺の頭の中には今日一日……特にカナディアに救われた時のことがずっと頭に残っていた。

無能と思い込んで縮こまるのは今日で終わりだ。彼女を逃してはいけない。

「カナディア」

カナディアは立ち止まった。

「もし良ければ……俺と一緒にパーティを組んでくれないか？」

「え……」

カナディアは振り向き、驚いた顔で俺を見ている。

「君が良ければ一緒にパーティを組みたいんだ」

俺はパーティを追い出された冒険者。カナディアも単独冒険者。

俺は近接戦闘ができる人が一緒だとありがたいし、カナディアも回復役がいたら冒険が楽になるのは間違いない。

「……私の黒髪を見てそう言っているのですか？」

この世界では黒髪は死を象徴させる言い伝えがあり、本気で嫌われている。街を歩くだけで石を投げられることも一度や二度だけではないらしい。

災厄を呼び、関わるものは皆、決して幸せになれないという話だ。

実力はあるのにカナディアがパーティを組めないのは全て黒髪が原因である。

でも、俺はそんなのどうでもよかった。

「あの時の……君の黒髪が何よりも美しかった」

腰まで伸ばしたとても長い黒髪。太陽の光を得た黒髪は光沢を以て輝く。

川のように流れるサラサラのストレート。装飾品が一切ない所もその黒髪に自信があるからなのだろうと思う。

翡翠の瞳の間にちらつく前髪は美麗な顔立ちに良く似合っていた。

そして……S級魔獣に舞うように攻撃を加えるカナディアが何よりも美しかった。

俺を助けるために舞い戻ったカナディアの姿に見惚《みと》れてしまったんだ。

美しく揺れる黒髪に目を奪われていた。

「えっ……」

「助けてくれた時のカナディアがさ……とても綺麗だと思ったんだ。馬鹿みたいなこと言うけど
……その黒髪をずっと見続けたい、そう思ってしまったんだよ」

「……」

「だから一緒にパーティ組みたいなって。ん？」

カナディアは惚けた顔で固まってしまい、微動だにしない。

よくよく思えばかなり変態ちっくな発言になってしまった。

出会ったばかりの男にこんなこと言われたら毛嫌いされてしまうのは必然。

カナディアと言えば絶対に気を許さない高潔な淑女《レディ》。

その翡翠の瞳は氷のような視線であらゆる人間を凍らせることができる。

きっとこんなこと言った所で鼻で笑われることだろう。

いや、待て。氷どころか、顔が真っ赤になってないか。熱が出てないか？

「かかかかかみをあwせdrftgyふじこ！」

壊れたおもちゃのように妙な言葉を吐き出している。

誤解無いようにもう一回ちゃんと言おう！

「カナディア……俺のモノになってくれ」

「ふぁい！」

「俺と共に行こう！」

「ヴィ、ヴィーノさんの気持ちはよく分かりました！」

何かちゃんと発言がズレてしまった気がするが訂正する間もなく、カナディアは一歩、また一歩後ろに下がっていく。

「あ、明日、そっちの街に絶対嫁ぎにいきますので！……今日はこれで！　またね、あ・な・た！」

カナディアは猛スピードで走り去ってしまった。

……これは了承ということでいいのだろうか。

ん？　今、嫁ぐって言われなかったか？　あんな態度だとまるで俺がカナディアに求婚したみたいになってるじゃないか。

ただパーティを組みたいとか黒髪を褒《ほ》めただけなんだけど……。

まさかそんな極度に思い込みが激しい人間がいるわけないよな。

◆◇◆

※カナディアside
私の名はカナディア。

私が交易の街に来てから始めた生活は決して楽なものではなかった。

黒髪を持つ者は災厄を呼び、死を象徴させる呪われた生き物。

死神なんて言われて迫害され続けた日々、髪を染めた方がいいと何度も言われたけど……この黒髪を誇りに思っている私は受け入れることができなかった。

成人の十五歳になり、私は父親譲りの大太刀術を生かして冒険者になる。

戦闘術には自信があったし、故郷の近くに潜む魔獣も難なく倒すことができた。魔法を放ったり回復したりはできなかったのでそこはパーティを組んで何とかしようと思っていた。

でもこの黒髪のせいで嫌われ、パーティも組めず、ギルドでも杜撰《ずさん》な扱いをされ続けた。

自分ではそこそこ明るいんじゃと思っていた性格はいつのまにか暗く、人を信じられない冷血なモノに変わっていた。

A級冒険者となった今も……それは変わらない。

それはそんなA級魔獣を討伐した帰りのことだった。

いつも通り一人で戦い、回復ポーションは尽きて体力も限界に達していた。

A級魔獣は毒や麻痺《まひ》攻撃などを行ってくる個体が多くどうしてもその対応に気を取られ満足に戦うことができない。せめてもう一人……一緒に戦う人がいれば攻撃に専念することができるというのに。

「なぁ」

同じA級冒険者のパーティとすれ違った時、声をかけられて私は振り返った。

「まっ、飲んでみなよ」

そうやって優しげな言葉とともに渡された一本のポーション。

私より少し年上で金の髪と碧色《あおいろ》の瞳をした男性は微笑んだまま手を振り去っていった。

「この……ポーション、大丈夫なのかな……」

回復魔法が使えず、パーティを組めない私には……ポーションは命綱。

先の戦いでも手持ちを全て消化してしまい、命からがら帰ってきた。

ギルドへの報告が終わったらすぐにでも休みたいと思っていた。

「……ぐびっ」

あ、美味しい。

ポーションって薬品だからものすごく苦くて……可能なら飲みたくないはずなのに。

「っ⁉　これっ！　傷が……全部無くなってく……」

今回のクエストで受けた傷がほぼ全て癒えてしまった。

こんなポーション初めて飲んだ……。

彼はいったい何者なのだろうか。


でもその前に……恩はしっかり返さなくちゃ。

「もし良ければ……俺と一緒にパーティを組んでくれないか？」

「えっ」

それはあまりに予想外の言葉だった。

彼にポーションのお礼をしようとダンジョンの最奥へ潜った矢先、Ｓ級魔獣の襲来でお互い死にかけて……何とか生き残ることができた。

そんな矢先のパーティ参加のお誘いだ。

だけど、その意図にすぐに気付いた。私の戦闘力に目を付けたのだろう。

確かにこの人のポーションの力は絶大だ。あの力を理解した彼はきっと想像も付かないような冒険者になると思う。

旧パーティがこの人を評価しなかったのは愚《ぐ》の骨頂《こっちょう》だと思うが私にも利点はある。

でも、はい、お願いしますとは言えない。

私にパーティを組んでほしいだなんてこの人は気付いていないのだろうか。

「……私の黒髪を見てそう言っているのですか？」

当然意見を翻《ひるがえ》すだろう。

黒髪の私と一緒にいたらこの人まで迫害を受けてしまう。

黒髪を持つ女は不幸を呼ぶのだから。……私は死神なのだから。

そんなことを気にしない人なんてこの世には存在しない。

でもこの人は柔和《にゅうわ》な笑みで呟いた。

「あの時の……君の黒髪が何よりも美しかった」

「えっ……」

この世に存在しない……はずだった。

聞き間違いじゃないよね？

この人、今……私の黒髪が美しいって言ったよね？

その衝撃は私の全身をかけめぐった。

黒髪が綺麗だなんて言葉を今の今まで言われたことなんてなかった。

この世に生を受けて十六年。冒険者となってからもこの黒髪が原因で様々な嫌がらせをされてきた。

それでも私はこの黒髪が大切だった。両親から受け継いだこの黒髪を捨てることは命を捨てると同義だ。

そして黒髪の持つ伝説を打ち消すために私は今まで一人で頑張ってきたんだ。

手入れもして……長く伸ばして……いつか、綺麗だよと言ってくれる人が現れたら、絶対に好きになるんだろうなと思っていた。

「助けてくれた時のカナディアがさ……とても綺麗だと思ったんだ。馬鹿みたいなこと言うけど……その黒髪をずっと見続けたい。そう思ってしまったんだよ」

この人……ヴィーノさんはまた綺麗だという。

穏やかな顔立ちで……とても純粋な碧の瞳で言うんだ。

思わず涙がこみ上げてきた。

ああ、嬉しい。こんなに嬉しいことが起こるなんて思ってもみなかった。

どうして黒髪の私が綺麗だと言ってくれるんだろう。もしかして私のことが好きだから⁉

「だから一緒にパーティ組みたいなって。ん？」

「かかかかかみをあwせdrftgyふじこ！」

好きじゃなきゃ呪われた黒髪なんて口説かないよね⁉　これって実は求婚なんじゃないかしら⁉

いや……でも、さすがにそれはないか。

「カナディア……俺のモノになってくれ」

やっぱ求婚だあああ⁉　どうしよ！　どうしよ！

「ヴィ、ヴィーノさんの気持ちはよく分かりました！」

そんなの私の黒髪を好きだって言ってくれるなんて好きになるしかないじゃないか！

身も心も愛する人に捧げる覚悟がございます！

母上からも口を酸っぱくして言われてきた言葉だ。夫を立ててつくすことこそ妻の本分だと。

「あ、明日、そっちの街に絶対嫁ぎにいきますので！……今日はこれで！　またね、あ・な・た！」

私は急いで交易の街へと戻り拠点にしている宿へと向かう。

嫁入りには何を持って行けばいいのか。とりあえず全部持って行こう。

そうだ。向こうの街についたらさっそく手料理を食べてもらおう！　エプロンはどこだったかな！

父上、母上。

私は……嫁に行きます！

「待っててね！　旦那様！」

◆◇◆

二時間かけて工芸が盛んな街【エグバード】へ到着した俺はひとまず冒険者ギルドへ向かう。

交易の街の冒険者ギルドよりも規模は小さく、受けられるクエストも数少ないが再出発にはこれくらいがちょうどいい。

街の入口に近くにあるため早速中へと入った。

「あ、ヴィーノさん！　こんにちは」

王国では珍しい桃色の髪をした女の子が俺の姿を見て声をかけてきた。

彼女は受付係のミルヴァである。成人したての十五歳で今年にこのギルドに配属となった。

明るい性格で人懐っこくよく笑うため冒険者の間でも評判の良い子だった。

「ああ、ミルヴァ」

「今日はどうしたんですか？　【アサルト】の方々と一緒ですか？」

この感じ、まだこの街には俺が死んだ話は伝わっていないようだ。

だが……いずれは生死の話も交易の街の冒険者ギルドから伝わってしまうだろう。

「実は【アサルト】から脱退したんだ。詳しい話を今は聞かないでくれ」

「そうでしたか……。ヴィーノさんだけはお優しいと思ってたのに残念です」

【アサルト】の悪い噂はここにも伝わっている。A級パーティはカナディアを除けば交易の街、工芸が盛んな街で一つしかないからな。

「しばらく拠点をここに移すから手続きをお願いするよ」

「分かりました！　A級の方が来てくれるのはすごくありがたいです！」

「ははは……俺はA級の力はないんだけどな……」

ポーション投擲《とうてき》の力が本物ならA級に相応しい力はあると思っている。

だけどしっかり試してみないと何とも言えない。

ミルヴァに手を振り、他の冒険者達に見られない内にギルドから抜け出した。

そのままの足で馴染《なじ》みの安宿へ行き、店主に金を渡して早速部屋を取る。

部屋へは入らず、次に魔獣の素材を売買する交易所へ行く。

アイテム袋はあいつらに取られてしまったから仕方ない。タイラントドラゴンの素材を売った俺はアイテムを入れるホルダーとポーションを大量に買い込んだ。

S級魔獣の素材は思ったよりも金になった。後でカナディアと分けないといけないから取り急ぎ半分使うことにしたが結構に余ってしまった。

店売りのポーションと店売りの薬草と交易所で手に入れた魔獣の素材を使って俺特製のポーションを作成しなければ……。

明日、カナディアがやってきたらしばらく二人で行動するのだし、回復ポーションは大量に持っておきたい。

一通りの準備を終えて、宿に戻って来た俺は部屋の扉を開けた。


「おかえりなさい！　ご飯にしますか？　お風呂にしますか？　それとも……ふふっ！」

「はい？」

可愛らしいピンクのエプロンを付けたカナディアがニコニコした表情で待ち構えていたのだ。

ツッコミ所満載だが……一個ずつ聞いていこう。

「明日来るんじゃなかったの……」

「待ちきれなくてつい来ちゃいました！　にゃは！」

あの別れ道から交易の街まで一時間。そこからこの工芸が盛んな街までは三時間。俺がこの街に来て、まだ一時間も経っていない。

馬車を使ったにしても早すぎる……。本物のA級冒険者はこれほどまでに早く動けるのか。

そんなにパーティを組みたかったのかな。

ふと部屋を覗くとカナディアの私物らしきものが置かれていた。

この部屋は食事や洗濯などを自分でやるかわりに格安で泊まれる宿だ。

俺と同じパーティだと言い一人分料金を払って中へ入ったらしい。

この部屋は二人で住める部屋だから一緒に住むことができるが……。

「もしかして生活圏を交易の街から移したのか？」

「はい！　嫁になるのであれば一緒に住むのが当然なので！」

嫁……？

ああ、相方とかそういう意味か。二人パーティだもんな。

しかし、その常識はおかしい。

旧パーティだってみんな別々の所に住んでいた。各々適した宿を取っていたのだ。

どうやらカナディアはパーティを組んだことがないのかそっちの知識はまったくないようだ。

カナディアは交易の街を拠点にしててよかったのに……。クエストの時だけ合流するパーティは結構いるんだぞ。

そのあたり一つ一つ教えて行かなければならないのだ。

でも。

「夕食作りましたけど……食べます？」

エプロン姿の黒髪美少女がお玉を持って愛嬌《あいきょう》を振りまく。

そんなの食べるしかないよねぇ！

「明日からの方針を話そうか」

「これが顔合わせというやつですね。私知ってます！」

「君……キャラ変わってない⁉」

「夫の前では素になるは当然じゃないですかー！」

あの凜々《りり》しい黒髪冒険者のイメージが……。

よく考えれば年相応と言えばそうなのかもしれない。

身内と他人で受け答えが変わる人ってよくいるし……。

でもカナディアに夫扱いされるのはちょっと嬉しいかもしれない。

これまで女関係は悲惨な人生だったし、カナディアのような可愛い女の子と一緒に話せるのはやはり嬉しい。

カナディアの手料理を食べて一休憩した後、テーブルを挟んで向かい合う。

「これからは俺とカナディアで連携を取っていかなきゃいけない。当然君が前衛で戦い、俺が君を支援することになる」

「そうですね、夫婦の共同作業ってやつですよね」

「他に前衛もいないし、いつも通り戦ってくれていい。俺は君の動きを観察して支援していく」

「何だか夫に後ろから見られてると思うとドキドキしちゃいますね……」

カナディアはきゃーっと可愛らしく顔を隠す。

さっきから夫って言われるけど、冗談で言ってるんだろうか……。

しかし、初対面と本当に印象が変わったな……。にやけ顔をするカナディアがまだ信じられん。

「そうだ俺のことはさんを付けなくてもいいぞ。パーティは基本的に対等だ」

「そ、そうですか？　確かにあなた呼びとかを嫌がる人はいるって聞きますし、……ヴィーノとお呼びします」

「あなた呼び……ってなんだ？　いいや、あとカナディアはいくつになるんだ？」

「はい、今年で十六になりました」

「俺は十九だ。その年でA級とはすごいもんだな」

十五歳で成人して冒険者となるのでカナディアはわずか二年足らず。それも単独でA級冒険者になったということか。

……相当な天才かもしれないな。

「あ、あの！」

「なんだ？」

「私、つくす女ですから！　安心してください」

でも相当変わった子だと思う。というか何か話かみあってなくないか？

翌日、冒険者ギルドへ向かった俺とカナディアは早速クエストを受注する。

目当てはB級クエスト。あとはC級クエストであるウルフの討伐も選び取る。

街の近くの草原で増えすぎてしまった魔獣の討伐。

動きの素早いウルフの討伐はC級に上がったばかりの冒険者には良いお手本となる。

他にも怪我明けだったり、俺達のようにパーティ組んだばかりで連携が取れていない時にも有効だ。

「A級冒険者同士で組まれるんですね！　すごいです」

受付係のミルヴァは感慨《かんがい》深く声をかける。

確かに数少ないA級同士で組むことは珍しいと言える。他にもB級以下の冒険者に声をかけて五人パーティとしたいが……恐らくは難しいだろう。

「ちょっとした成り行きだよ。それより交易の街のギルドから……何か上がってないか？」

「いえ、特に何もありませんよ。まーこんな地方ギルドに情報なんてなかなか来ないですから」

基本的に有力なB級以上の冒険者は皆、交易の街のギルドで常駐していることが多い。

たくさんのクエストが手配されており、難易度が高く報酬が良いからだ。

なのでこの街のような小さいギルドはC級冒険者以下でまわしていることがほとんどだ。

俺とカナディアのようなA級が来るのはよっぽどである。

「カナディアさんもこの前は薬草採取ありがとうございました！　みんな喜んでましたよ」

「……そうですか」

宿を出たあたりからカナディアの態度が急にツンとなってしまった。

でもミルヴァはカナディアに対して悪い感情は抱いていないようだ。頑張ってくださいと声をかけている。

「……死神がこんなトコに何の用だよ」

「ひゃぁ、呪われるぅ……」

ここでもやはりカナディアの黒髪は良く目立つようだ。

冒険者から侮蔑《ぶべつ》の視線と言葉を投げかけられる。

実力主義の冒険者社会において低級の者が高級を侮るなんてありえないのだが……そこはこれからの戦いで見返していくしかないだろう。

「A級の無能と死神が組んでるとかお笑いだな」

「でもS級のタイラントドラゴンを倒したって噂だろ？」

「たまたま死体を剥ぎ取っただけだろ。誰も信じちゃいねーよ」

「ヴィーノ、準備が出来たら参りましょう」

「お、おお」

俺の悪口は何でもいいが、仲間を悪く言われるのはやはり良い気分がしないな。


草原に出た俺達はギルドで聞いた出現ポイントへ向かう。

ウルフは群れで行動する魔獣だ。ただ、そのまま探しても出てこないのでおびき寄せる必要がある。

「カナディア。罠《わな》をしかけるから確認ができたら戦闘準備に……」

「……」

「カナディア？」

「は、はい！　何ですか!?」

呆けていたらしい。慌てたようなそぶりを見せる。

「何か気になることでもあるのか？……もしかしてさっきのギルドで」

「……私自身が何かを言われるのは慣れているので構いません。でもそれが原因でヴィーノにも悪評が立つのがやはり……」

ああ、そのことか。カナディアも同じだったんだ。

自分への悪口は無視できるが仲間の悪口に心を痛める。

カナディアは優しい子だな。

俺はカナディアの肩に手で触れる。

「俺はポーション使いってことで相当にバカにされたからな。今更悪評なんて気にしちゃいねーよ」

「ですが……」

「カナディアは俺が誘ったんだ。俺が君の黒髪が好きで誘ったんだ。堂々としておけ！」

「はい！　ありがとうございます」

ようやく笑顔を見せてくれた。うん、やっぱり笑顔がかわいい。

いくら強いと言ってもまだ十六歳の女の子だ。俺がフォローしてやんないといけないな。

「これからはヴィーノを立てるため常に三歩下がって歩かせて頂きます！」

「戦いでは前に出てね」

グオオオオオ！

さっそく仕掛けた罠に釣られてウルフが三匹現れた。

カナディアは背負う大太刀の鞘《さや》から刀を抜き取り、両手で掴む。

本当に背の丈のほどあるバカ長い太刀だ。重いに違いないのにそれをあんなに華麗に操るんだからすごい。

「ヴィーノ、私の動きを見ていてください！」

「ああ、頼りにしているぜ！」

そうだ。俺はポーション投擲の練習をしておかないと……。

今までは支援だけだったけど今後は攻撃もしていかなければならない。

射程とか速度とか……いろいろ試してみないといけないな。

まずは……向かってくる三匹のウルフに向けて俺は腰に巻いたホルダーからポーションを取り出し、ぶん投げた。


ズゴッ！　ゴスッ！　ドゴッ！

ウルフの頭にぶつけると三匹ともパタリと倒れ、動かなくなる。

今までは走りながら動く仲間の口の中にポーションをぶち込んでいた。

走っているだけの魔獣に当てるだけならまったく難しくない。

俺のポーション投擲は大きな武器となるだろう。

銃《じゅう》を超える射程、弓を超える速度。ポーションは投擲武器として優秀なのかもしれない。

「次の三匹だ！」

「つ、次こそ！」

また現れた三匹にカナディアは向かっていく。

もう一回投げてみよう。

三本のポーションを掴んで、ウルフに向かってぶん投げた。


ズコッ！　ゴスッ！　ドゴッ！


さきほどと同じくウルフは三匹とも倒れ、動かなくなる。

これは気持ちいい！　今まで攻撃と無縁だった俺が魔獣倒せるんだ。これほど嬉しいことはない。

攻撃ができるって分かるとたまらないな。

速度を調節しなければならない支援よりも力の限りぶん投げられる攻撃の方が楽だ。

「まだ次だ！」

「今度は！」


ズコッ！　ゴスッ！　ドゴッ！

戦闘が終わり、一安心。

ふと……見上げるとカナディアが泣いていた。

大太刀を地面に突き刺し目をうるうるとさせる。

「私……役立たずです、ぐすん」

「わーわー！　もうちょっと強い魔獣と戦おうな、な！　絶対次はカナディアが必要だから」

どうやらカナディアの精神面の支援も必要のようだ。


早々にウルフ討伐のクエストを終えた俺達は同時に受注したB級クエストであるガーゴイル討伐を行うため人のいなくなった【朽《く》ちた教会】と呼ばれるB級難易度のダンジョンへ潜ることにした。

工芸が盛んな街【エグバード】は前述の通りB級冒険者がほぼいない。

そのため少し難易度の高いクエストはあふれてしまうことが多いのだ。

ちなみにA級難易度のクエストは交易の街で一括《いっかつ》で受注するようになっている。

ただ良い時間なのでダンジョン内のセーフエリアで野営をすることにした。

持ってきていた道具を広げて、ここで一晩を明かすのだ。

「やっぱり一人で活動していただけあって器用だな」

カナディアはテキパキと動き、火を熾して、野営用のアイテムを展開し、周囲の様子を窺う。

「休憩中に襲撃されるのだけは気をつけていましたからね」

一人旅の一番怖い所はそこである。どんな強者も寝ている時に襲われてしまったらひとたまりもない。

旧パーティでも見張り番は必ず立てていた。半分以上は俺だったし、女共は熟睡しないと動きに支障が出るって言って見張りを絶対やらねーし。

「ヴィーノ。では交代で眠りましょうか」

カナディアの気配りが嬉しい。

まだ若いのにしっかりしている。

黒髪だからと迫害されるのは不憫でならない。

ちなみに今回、俺はメシ当番となっている。

「あ、すごく……おいしい」

干し肉とバジルのクリームスープは俺の十八番の野営料理だ。温かくて、美味くて、力が出る料理である。

旧パーティでのメシ当番はずっと俺だった。他の奴らが作るメシがひどかったというのもあるが……料理担当でもいいから俺はあのパーティにしがみついていたかったんだ。

「今までずっと一人で食べていたんで……何だか嬉しいです」

「そりゃよかった」

たき火の側、カナディアと俺は向かい合い……和やかに談笑する。

同じはみ出し者のA級冒険者だがお互いそれなりの経験は積んでいる。

過去の経験や昔話で盛り上がった。

「カナディアは何を目指しているんだ？　なぜ冒険者になったんだ？」

俺の問いにカナディアは少し黙り込む。

このあたりでどうしても聞いておきたかったんだ。

長身で端正な顔立ち。手足はスラリと長く、スタイルだってかなり良い。

嫌な言い方だが冒険者以外の選択肢もあったんじゃないかって思う。

黒髪を染めてしまえば……印象が反転するのではないかと思うくらいだ。

「全てはこの黒髪ですね」

「黒髪？」

「私は黒髪の一族の末裔《まつえい》なんです」

黒髪が死を象徴する言い伝えがあるのは……いにしえよりその髪を持つ民が闘争をまき散らしたからとか……そんな根拠のない話が現代にまで伝わっている。

「細々と暮らしていて、この大太刀の技術も父から譲り受けたものでした」

黒髪の人間は世界でも極少数いると言われている。いずれも迫害から逃れるためにほそぼそと暮らしていると又聞きで聞いたことがある。でも実際、俺はカナディア以外で黒髪の人間を見たことがない。

それほどまでに姿を隠し、猶且《か》つこの言い伝えが世界中に広まっているのは何やら作為的《さくいてき》なものすら感じる。

俺は金髪だし、たくさん色素の髪色が世には溢《あふ》れているのにどうしてここまで黒髪が嫌われているのだろうか。

「父や母から村から出てはいけないと……、でも納得できなかったんです。どうして黒髪ってだけで迫害されなきゃいけないのかって」

「……そうだな」

「だから私は印象を変えたいのです。S級冒険者になって国の依頼をこなして大きな栄誉を得ることができれば黒髪の言い伝えだって打ち消せるんじゃないかって」

やる気を見せるカナディアの姿だが、言葉の強さとは裏腹に少しずつ、言葉尻が下がっていく。

「でもA級になってから戦闘でつまずくことが増えてきて、死ぬ気で戻っても暴言を吐かれるばかり。ポーションを買うことすら断られることもありました」

だからドラゴンと対峙して、俺を意地でも守ろうとしてくれたのか。

「ヴィーノがパーティに誘ってくれた時は本当に嬉しかったんです。黒髪が素敵だって言われて……私手入れだけは欠かさないようにしていたから……だから」

「俺が支えてやるよ」

「え……」

カナディアは目をぱちくりとさせている。

「俺自身パーティを追い出されたこともあって……何しようかってずっと迷っていたんだ。冒険者を辞めて田舎に帰ってもいいかと思ってた。でもそういう話だったらカナディアの夢を応援したいと思う。どこまでも付き合ってカナディアの望む世界が見たい、そう思ったよ」

「ヴィーノ……ありがとうございます！」

「一人だけじゃない、二人、三人と協力者を増やしていこう！　お互い支え合っていこうぜ！」

「ふふ、私は良き妻になりますからね」

「ん。何か言ったか？　よし、明日からもっとクエストクリアして頑張っていこう！」

「はい！」


「すぅ……」

カナディアを寝かせて俺は火の番を行う。

今までの野営は刀を抱いて寝ていたって言っていたから今こうやって寝転んで寝ているのは俺を信頼してくれているってことなんだろうな。

「しかし……まぁ」

カナディアの寝顔をのぞき込む。

「ほんと……綺麗な顔してるな」

夜空のように輝く黒髪も美しいけど、俺好みの顔立ちってところが特にぐっとくる。

かっこいいこと言って夢を応援したいだなんて言ったけど……結局、助けてもらったあの時にカナディアに見惚れていたのが一番なんだと思う。

カナディアの側にいたいと思った俺のわがままな想いかもしれない。

でもそれで喜んでくれるなら……全力を出せると思っている。もう無能なんて言葉は言わせない。

カナディアの髪を少しだけ撫《な》でてみた。

「ふふ……」

カナディアは笑った。

……もうちょっと近くで顔を見たいな。

「明日もがんばろうな……っんごっっ!?」

至近距離に近づき、額に触れると同時に両手で体を掴みかかられ、抱きしめられる。

いや、違う。抱きしめるってレベルじゃない、鯖折《さばお》りレベルだ！

「イタタタタッ！　折れる……マジ折れる！」

「すぅ……ふふっ！」

「寝顔かわいいなぁ、くっそいてぇ！」

凶悪なハグから逃げられたのはそれから一時間近く過ぎた頃だった。

やっぱりカナディアはかなり変わった女の子だった。痛いっ！


「か、体が痛い」

「寝違えたんですか？」

翌朝、心配そうに言葉をかけてくるカナディアに俺は愛想笑いで返す。君の髪に触れようとしたからだよって言いたくなってしまった。まぁそんなこと言えるはずもない。

「昨日すごく……良い夢を見たんです……。何というかハグされたような」

ハグしてきたのは君だけどな。

よくよく考えればカナディアは一人で冒険者をやっていたわけで……防衛本能が強くなきゃ生き残れないものだ。今後は寝顔を観察するだけに留めよう。

大太刀を持っていたら斬り殺されていたかもしれない。

「しかし……」

「？」

実に素晴らしいカラダだった。力は凄《すさ》まじいがとても柔らかかったことだけは覚えておこう。

十六歳とは思えないほどいろんな所が色っぽい。そこだけは役得だったかもしれない。

【朽ちた教会】の地下ダンジョン。

危険なＢ級モンスター、ガーゴイルはここに住み着いている。

Ｂ級ほどにもなると一般人では到底敵わない。人里に出てきたらかなり問題になるため早急に対応する必要があった。

ガーゴイルは石像に擬《ぎ》態《たい》をしているが、近づけばその悪魔のような翼をはためかせ、鋭利な爪や強力な魔法攻撃を行ってくる魔獣である。

「ヴィーノ」

「ああ、まいったな」

このような所のダンジョンに出現するガーゴイルは一体のことが多い。だが今回は三体見られた。

強力な魔獣三体の同時討伐はＡ級クエストにも匹敵する。

「カナディア、いけると思うか？」

「はい、もう一人じゃありませんから」

「よし……」

気合いは十分。俺だってもう以前のような無能な存在ではない。

「フォローお願いしますね。……今回は良い所見せたいんですから！」

「あ、はい」

じろっとカナディアに睨《にら》まれる。

そういや、ここに来るまでの魔獣は全部俺のポーション投擲で倒していた。

力強く投げるだけで倒せるから楽だし、気持ちいいんだもん。

でも今回、攻撃は控えよう。

今後のためにカナディアの動きを覚えないといけないからな。

「行くぞ、カナディア！」

俺の声と同時にカナディアは飛び出して行く。

「二《に》の太刀【神速《しんそく》】」

大太刀を引き抜いたカナディアは猛スピードで突き進み、ガーゴイル一体に鋭い斬撃を与える。

ウルフだったらこれで両断だっただろう。

防御力の高いガーゴイルではそれに至らず仰《の》け反らせる形となる。

「あの技は瞬間移動して攻撃するようなモノか……」

実際は非常に早く動いているだけなんだろうが、俺の目からは瞬間移動したようにしか見えない。

カナディアは魔法を打つことは出来ないが、魔力を消費して技に派生できると言っていた。

魔力の枯渇《こかつ》タイミングを見極めてマジックポーションをお口にぶん投げないとな。

ガーゴイル三体が横並びとなり手を翳している。

まさか。

「カナディア、下がれ！」

「っ！」

ガーゴイル三体の手から集められた魔力が光線となり放射された。

俺の声に反応したカナディアは何とか避けることに成功する。

「あの攻撃は初めて見ました」

「複数体いると連携して撃ってくるのかもしれないな」

敵の動きを見ていて正解だった。

こうやって敵の動きを見て指示していくのは支援係の大事な仕事だと思っている。

最初は優勢だったが、やはりB級モンスターのガーゴイルはそう簡単にはいかない。

一対一なら問題はないが、三体ともなると勢いだけではどうにもならない。

こういう時に引きつける盾《たて》役や魔法使いがいれば良いのだろう。

それでもやはりカナディアはA級冒険者。時間をかければ三体のガーゴイルも倒すことができるだろう。

だがある程度の被害は覚悟しなければならない。

ただ……それを防ぐために俺がいるんだ。

「カナディア！　口を開けてろ！」

「！」

俺は飛び出してカナディアの方にできる限り近づく。

体勢を崩《くず》しながらポーションを口の中に入れるなんて俺からすればたやすいことだ。

「んごっ！」

カナディアの口の中にポーションのビンがすっぽりと入る。

口の中をケガさせないように何千回、何万回と修行を重ねた投擲だ。

ミスなどありえない。

「からだ……熱い」

「トドメをさせ！」

カナディアは大太刀を垂直に翳して、気合いを入れている。

そのまま先ほどの二の太刀を繰り出した。

さっきは斬り裂けなかったけど、今のカナディアなら両断できる。

ポーションと店売りのカリョク茸《だけ》を調合したソード・ポーションだ。回復と同時に使用者の攻撃力を上げることができる。これをカナディアの口にぶち込んだ。

「まず一体」

想定通り一体を斬り断ちガーゴイルを撃破。そのままカナディアは腰を下げた。

「三《さん》の太刀【円波《えんば》】」

カナディアが大太刀を力強く横に振ると周囲に剣刃《けんじん》のようなものが生まれた。

そして逆方向にいたガーゴイルの二体が真っ二つに斬れてしまったのだ。

「すっげぇ……」

あれだけの範囲攻撃を初めて見た。

間違いなく旧パーティ前衛の三人よりカナディアの方が強い。

そして何よりも……。

大太刀を鞘に戻し、腰まで伸びた黒髪が揺れる姿は何よりも。

「今度こそお役に立てましたか？」

美しかった……。

ガーゴイルを討伐し魔獣の素材を剥ぎ取って帰路へとつく。

今回カナディアと連携した初めてのクエストだったが手応えを感じていた。

「カナディアの動きも見えてきたな。あとはあの超スピードに合わせてポーションを投げ込めるようにならないとな」

「口に大きいの入れられるとすごく恥ずかしいのですけど……」

余裕があるなら手で掴めるように投げるけど前衛は手に武器を持っているので最速で回復させるなら口にぶちこむのが一番早い。

ミスって顔にぶつけないようにしなきゃいけない。

「すぐ慣れるさ。旧パーティの奴らだってそこは文句言わなかったし」

「旧パーティ……」

カナディアは少し考えこむ。

「どう見積もったってヴィーノが無能とは到底思えないのですが……」

「ああ、昔はポーションで敵をぶっ壊すなんて考えてなかったからな。それで」

「いえ」

カナディアは続ける。

「攻撃は抜きにしても、遠距離から的確にポーションで味方を回復させる技量。敵の動きを読んで仲間に指示できる視野。……そして特殊効果を持つポーション。十分ではありませんか？」

カナディアはそうやって一つ、一つ並べるように喋《しゃべ》る。

こうやって人から聞かされると……自分のやってきたことが間違ってなかったことを実感できる。

「旧パーティの人達は本当に見る目がなかったのですね」

「……そうかも」

「私はヴィーノが一緒にいてくれて本当によかったと……心から思います」

カナディアは微笑んでくれた。

俺を必要だと……偽《いつわ》りなく言ってくれる。

俺が本当に欲しかったもの。それは本当の仲間からの信頼だったのかもしれない。

カナディアと共に心機一転頑張ろう。心からそう思える。俺の胸の中は喜びで一杯になっていた。

◆◇◆

※アサルトside

「どういうことだよ!!」

交易の街のギルドに所属するA級パーティ【アサルト】は危機に陥っていた。

ポイズンケルベロスを倒したことでS級冒険者になるための試験に挑む資格は得られた。

しかし王都にある冒険者ギルドの本部に報告したものの未だ何の連絡もやってこない。

戦力維持のためA級クエストを受けてダンジョンに潜っていたが思うように進めていなかった。

二週間ほど前に無能と断じていたアイテム使いのヴィーノを追い出し、ギルドの制度を使った結果念願の回復術師のメンバーを得たものの結果が伴わない。

雑魚《ざこ》魔獣との戦闘ですら満身創痍の状態だったからだ。

新しいメンバーを加えた結果で連携が取れていないと思っていたがこれは明らかにおかしかった。

重戦士のオスタルはその荒々しい口調で何度も何度もきつい言葉を吐く。

「オスタル、少し黙ってろ」

「けどよぅ」

パーティのリーダーであるトミーも窘めるがいらだちを隠せていない。

以前に比べて、魔獣の急襲の回数が増え、態勢が整わないまま戦うことでより一層ダメージを受けていた。

「にーちゃんのクリームスープが食べたい」

「おい！　追い出した奴の話はすんな！」

「仕方ないじゃん！　戦いは役に立たなかったけど……料理とか……野営は上手かったし」

このような話が出るたびオスタルとアミナは言い合いになる。

ヴィーノは野営の設営が得意で料理も上手かった。見張りなども優先的にやってくれていたため、いざいなくなると不都合が続出した。

このパーティは全員戦闘スキルに特化しており、攻撃一辺倒なので戦闘以外のことは不得意だったのだ。

S級モンスターに襲われて死んだと思ったヴィーノはどうやら生き延びていたということも知っている。

本来であればギルドの制度も使えなかったが交易の街のギルドマスターと懇意にしていたおかげで許されたのだ。だがそれは【アサルト】のメンバーが交易の街のギルドの所属メンバーで初めてS級冒険者を排出できるかもしれないということで便宜《べんぎ》を図られているのが理由である。

ヴィーノは今、工芸が盛んな街【エグバード】で細々と低級クエストをこなしていると聞く。

置き去りにされたなど余計な吹聴《ふいちょう》をしてくると思われたが……特に何もなかった。

どうせ無能な冒険者の言葉などもみ消せると思っていたが拍子抜けしたぐらいであった。

それより、今のこの状況の方がまずい。

「うぇ……ポーションまっず」

魔法使いのルネは消費された魔力を回復させるためマジックポーションを飲むがそのあまりの苦さに嗚咽《おえつ》の声を出す。

すでにヴィーノが残したアイテムは使いきっている。仕方なく店売りのマジックポーションを買い込んだが……期待した効能ではなかったことにも愕然《がくぜん》とした。

「きゃっ！」

「アミナ⁉　また急襲かよ！」

突如《とつじょ》現れたリザードマンの群れに【アサルト】の面々は手痛いダメージを受けてしまう。

アミナは吹き飛ばされ、前衛のトミーとオスタルでリザードマン達の動きに対応する。

「くっ……このままでは」

リーダーのトミーはまた歯がゆい気持ちに表情を歪ませた。


リザードマンの群れを討伐できたものの、パーティはほぼ半壊していた。

回復アイテムは残り少なく、ルネの魔力も底をついている。

このままの状態で最奥のボスに挑んだら間違いなく全滅だ。

「くそっ！」

オスタルは傷ついた体で悔しさをにじませ、拳を地につける。

今までA級クエストは苦戦しても最奥までいけないということはなかった。

火力が足りなくて、ボスに時間がかかり、戦闘力の無いヴィーノに不満をぶつけることはあったが、今はそれ以上に時間がかかってしまっている。

今までとは違うこと。その不満は新しく入った回復術師に向けられる。

オスタルが吠《ほ》えた。

「てめぇがもっと回復しねぇからこうなるんじゃねぇか！　無能を追い出したのに……さらに無能が来たってのかよ！」

「はぁ⁉」

今まで無言だった回復術師のガルがその言葉に怒りを露《あら》わにした。

「無能はおめーらじゃねぇかよ！　A級パーティに入れるって聞いたから王都から来たってのによ。おめぇらの動きはB級以下じゃねぇか！」

ガルは王都の冒険者ギルドに所属していた回復術師だ。A級冒険者だけで構成されたパーティの枠が空いたのでその中に入れると思い嬉々として交易の街まで来たらとんでもなく期待外れで先ほどまで黙り込んでいた。

「んだとぉ⁉」

「火力ないくせに攻めまくる重戦士。何で初撃しかヘイトコントロールしねぇんだよ！　いつでも勝手に回復されると思ってんのか⁉　おまえが盾になって他の前衛守らねぇでどうする！　他の奴らにダメージが蓄積《ちくせき》されてんだぞ！」

「ぐっ……」

ガルの剣幕にオスタルは思い浮かぶ所があり、黙り込んでしまう。

今までは他の前衛がダメージを受けてもすぐ回復し、戦闘に戻れるため初撃だけ守れれば問題ないと思っていた。

だが今は同じような戦いだとあっと言う間に他の二人が戦闘不能になってしまうのだ。

「火力はあるが防御が疎《おろそ》かな武道家。雑魚の一撃にフラフラになってんじゃねぇよ！　回復が追いつかねぇんだよ。武道家のくせに避ける気ねぇのか！」

「だって……今まではダメージを負ってもにーちゃんのポーションですぐ回復できたし……」

アミナは下を向く。

今までは傷を負ってもヴィーノのポーションですぐ回復できたのでアミナは装備も防御や回避を捨てた攻撃に極振りしたものだった。おかげで一撃が致命傷になり、回復が追いつかなくなっている。

「一回の戦闘で魔力を使い切る魔法使い。魔力切れたら何にもできないじゃねぇか。どれだけマジックポーション使う気だ」

「う、うるさい！　ヴィーノのマジックポーションがあればこんなことには！」

ルネも負けじと言い返す。

ルネは魔力補填でマジックポーションを使用するため回復術師のガルの分が確保できないのだ。

「何よりリーダーだろ！　指示も出さずに敵の大技食らいまくり、まわり見えてねぇのか！　さっきから強襲されてんのも誰も斥候してないからだろ！」

「……」

トミーは黙り込んでしまった。

ガルの言うことは全て当たっていたからだ。

思えば戦闘中の大技の警戒はヴィーノが指示をしていた。ダンジョンを進む時もヴィーノがいち早く異変に気付き、皆に警戒を促《うなが》していたのだ。

だがトミーはそれに納得することができない。【アサルト】はヴィーノを追い出してしまったから。

さらに言えば殺そうとまでしてしまった。

「言っておくが回復魔法は無敵じゃねぇ。全体化したって傷は少ししか癒えないし、魔力は空っぽになる。……警戒とか野営とかは時間かけりゃ何とかなる。にしてもおめーらが追い出した奴の作ったアイテムがよっぽど優秀だったんだな。傷を癒やして魔力も大幅に回復できるポーションなんて聞いたこともねぇわ！　とんでもねーやつだったんだな！　そっちと組めば良かったよ！」

「そうだよ！」

アミナが声をかける。

「にーちゃんのポーションさえあれば……ガルの回復と合わせて、あたし達はずっと戦える！」

「ヴィーノのマジックポーションさえあれば魔法が山ほど撃てる……」

「あの無能にポーションを供給させ続けりゃいいってことか！」

「……ああ」

だが、今更追い出した人間、しかも殺そうとした人間に対して助力を願うなどできるはずもない。

だけど彼らは皆思い込んでいた。ヴィーノはまだパーティのために尽力し、ポーションを供給してくると。

ヴィーノの人となりを知らないガルだけはその予想もしなかった光景を見て深いため息をついたのであった。

ダンジョン内が轟音で響き始める。通路の奥にドラゴンが降り立ったのであった。ギロリと【アサルト】の面々を見る。

「おい、ドラゴンがでやがった！」

「俺とオスタルで守りつつ、撤退するぞ！　今の状態じゃドラゴンに勝てない！」

◆◇◆

しんと音を立てて討伐対象のドラゴンは倒れてしまった。

俺のポーション投擲の成果をまじまじと見つめる。

「……ドラゴンも簡単に倒せるようになったなぁ」

全力で顔に向けてポーションをぶん投げるだけでB級以下の魔獣であればだいたい瞬殺できるようになった。

A級魔獣も癖のある能力を持つのが多い反面、耐久はB級並が多いので多分A級も倒せる。

ただ一つ絶対に倒せないやつがいた。

「ぷーー、私の出番がありません」

「ま、まぁ仕方ないさ」

出番が無くて怒ってしまう女の子はどうやっても勝てる気がしない。

しかも可愛いのが何とも言えなかった。

カナディアとパーティを組んで二週間……ポーション投擲を使いどれほど敵を倒せるかをやってみた。

ドラゴンから魔鳥にトロール、魔法生物、いろいろ戦ってみたがだいたいポーションぶん投げるだけで撃破できることが分かった。

「もしかして……私、追い出されたりしないですよね。全然役に立たないし」

「あのな……。斬撃が効果的な相手だとカナディアがいないとまずいし、集団戦とかだと前衛で戦ってくれる人がいないと俺の力は完全に発揮《はっき》されない。だから重要！」

「ほんとに？」

カナディア嬉しそうに体をくねらせた。カナディアの扱い方が分かってきた気がする。

そもそも俺の能力はクエスト向きといえる。

敵陣に乗り込んでポーションを投げるだけで終わるんだ、楽なんだよ。

これが護衛とか防衛戦、撤退戦なら変わってくるだろう。

だからこそカナディアの前衛能力は決して無駄にはならない。

「俺にはカナディアが必要なんだ」

「はぅ!?　もうぅ～。妻は夫を支えていくものですからね。いつでもどこでも側で仕えます」

「だから戦闘中は前に出てよ……」

この二週間で手に入れた魔獣の素材を使えば……もっとポーション投擲を応用できそうなことに気付いた。アイテム使いの技能はポーションと素材を合成させて特殊効果を持つポーションを生み出すことにある。

それを豪速でぶん投げれば……どんな奴だってきっと倒せる。

叶うならもっと大きな魔獣と戦ってみたい。

例えるなら【破滅級】と呼ばれるタイプの魔獣とかな……。


俺達は工芸が盛んな街へ戻っていた。

「それで……明日からどうしますか？」

「そーだなぁ」

工芸が盛んな街のギルドは小規模だ。B級クエストの他はC級以下のクエストしかない。

それを俺達のようなA級冒険者が奪ってしまうと他の冒険者から反感を買うし、食い扶持《ぶち》を減らしてしまう。

そのためB級を消化しきってしまったらやることがないのだ。

「交易の街に行くしかないいか」

「いいのですか？」

不安そうにカナディアは言う。

カナディアがS級冒険者になるためにはA級クエストをもっとこなさなければならない。

A級を受けるために大きなギルドがある交易の街へ行く必要がある。

王都へ行くって選択肢もあるが……あっちはA級のライバルが多すぎる。それに拠点はなるべく移したくない。

でも交易の街には前のパーティがいるだろうし、おそらく揉《も》めることになるだろうなと感じる。

今の所、向こうからちょっかいをかけてくる様子はない。生きていることはすでに伝わっているだろうし……。

「仕方ない。明日から向こうで仕事するとしよう」

「はい！　私がヴィーノをお守りしますね！」

ポーション投擲を覚えて俺はもうあいつらにも負ける気はしないけど……カナディアが側にいることの心強さが嬉しかった。

「となると……今日は暇《ひま》になるな」

「だったら……」

カナディアは手を後ろにまわして、くねくねと動き出した。

「一緒に……街の中を見てまわりませんか」

俺は恋人ができたことはない。

元A級パーティの一員だったのだからさぞかしおいしい思いをしたのだろうと思われがちだが、

そんなことはない。

最底辺職ポーション使いの噂は街中に広まっており、女の子の店に行った所でその扱いは変わることなく……金さえ払えば嬢はいろいろやってくれたが、心から俺を愛してくれる女性は現れなかった。

自分に自信がなかったから積極的にいけなかったし、ポーション作りの陰湿キャラとよくからかわれたもんだ……。

だからカナディアに誘われた時は胸が躍《おど》った。

実は俺のこと好きなんじゃね？　って勘違いしてしまうくらいカナディアは俺に優しい。

さすがに出会って二週間でそうはならないので……仲間として想ってくれているだけだろう。

教会で式を挙げたいとか、盛大なパーティをしたいとか言うものだから俺を夫と見立てて結婚生活練習しているのかなと感じる。

ちょっと痛々しいような思い込みが激しいようにも見えるが俺も悪い気はしないので良い。

今日も……わざわざ部屋から出発ではなく待ち合わせにしたのも大きい。

女の子と一緒に遊ぶなんてデートと思ってしまうのだ。

約束の時間が近づいてきたので宿を出て工芸が盛んな街の大通りへ出てくる。

空に繋がるアーチ状の橋を渡って大通りを横断し、その先の公園の待ち合わせ場所へ向かった。

「ま、待たせたな」

カナディアの姿を見て、思わず声が上擦る。

「今、来た所なので大丈夫ですよ」

いつものレザーアーマーの姿とは違う、女の子らしい薄めの色のミディブラウスと足先が見えるフレアスカートはとても良く似合っていた。

その姿に思わず胸がときめく。

「行きましょ！」

戦闘でのカナディアも凛々しく美しいがこうやって、あどけなく笑う姿はとても可愛らしかった。

「そんな服持ってたんだな」

「私だって女ですから……綺麗な服は憧《あこが》れるのですよ」

二人横に並び、街並みを歩幅を合わせて歩いていく。

「憧れだったんですよ。かわいい服着て街並みを歩くの……」

「普段は着て歩かないのか？」

「そうですね。やっぱりこの黒髪を見て……嫌がる人も多いですから。石を投げられることもあるし、汚れるのは嫌だから普段は……ね」

この国では黒髪は災いを呼ぶものと言われている。

この街はおっとりしている人が多いから交易の街ほど批判は多くないがやはりゼロにはならない。

俺が側にいる時は表だって批判をしてくる者は少ないが、一人だったら悪いことにしかならないだろう。

必需品など買わないといけない時は髪を帽子で隠すこともあるらしい。だが黒髪の地位向上を求めるカナディアとしてはあまりやりたくない行為だという。

「あれは……」

俺は少しカナディアに待つように言葉をかけて通りの屋台へ向かった。

銅貨を数枚渡して……女の子が好むアレを購入する。

店員さんから二つ分受け渡してもらったので早速戻ってカナディアに渡した。

「アイス、どうだ？」

「食べます！」

最近はカナディアの好みに合わせて特殊ポーションを作成しているので、味覚が甘い物に目がないってことは分かっていた。

カナディアは満面の笑みでソフトクリームを受け取り、小さな口を開いて嘗《な》めていく。

冒険者としてのカナディアは凛々しいが、今のカナディアの姿は本当に可愛らしい。

黒髪でなければきっとカナディアは羨望の的になるのだろう。

黒髪の悪い噂が無くなればカナディアは一気に注目されるに違いない。

だから今だけでいいから俺はカナディアを独り占《じ》めしたいなと思ってしまう。

「この街の名物を見てまわろうか。明日から交易の街に戻るんだし、よく見ておこう」

「はい！」

俺とカナディアはアイスを片手にゆったりと話しながら街を見てまわる。

この街の大通りは馬車などが交易のために頻繁《ひんぱん》に通るため、横断は空へかかるアーチ状の橋を渡ることが多い。階段も数多く、家よりも通路の方が高い位置にあることが多いのだ。

屋根を伝って歩いた方が早いのかなと思うほど。

この街を作った長が元建築家だったそうだ。

工芸が盛んであるがゆえに職人も多く、小さいながらここは芸術性に富む街となっている。

工芸品の店をふと覗き、店主達と会話しながらこの余暇《よか》を楽しむ。

前のパーティの時、休みは一人でいることが多かったから……こうやって二人で一緒に見てまわるのはすごく楽しかった。


夕方一歩手前まで俺とカナディアは見てまわり、ちょっと休憩に広場の方へ行く。

「今日は楽しかったです！」

「そりゃよかった。交易の街でも……こうやってずっと一緒にまわれたらいいな」

「……」

カナディアはさきほどの明るさとは裏腹に静かで穏やかな表情を浮かべた。

何かまずいことを言っただろうか。

「……ヴィーノは優しい人ですね。この二週間で私がいかに迫害される存在か見てきたでしょう。それでも側にいてくれるんですか？」

空が赤くなり始め、カナディアは一歩、また一歩と離れていく。

「呪われた黒髪。本当に不幸になるのかもしれないんですよ。……死神が本当になる可能性だって」

俺自身、黒髪の言い伝えはよく知っている。だからまったく嫌悪感がないと言ったらウソになる。

頭と体に染みこまれたものはそう簡単には消えない。

でも……死にそうになった時に助けてくれたカナディアの姿は間違いなく美しかった。あの黒髪に俺は見惚れてしまったんだ。

そして今、そんな俺と一緒にいてくれるカナディアが俺は大事だと思っている。

「……こんなかわいい死神なら大歓迎だろ」

「そ、そんなこと……へへへ、嬉しくないんですからぁ」

カナディアは顔を紅くさせ、頬《ほほ》に手を寄せてくねくねし始めた。

つい、本音がぼろって出てしまった。さすがの俺もこれは恥ずかしい。


そんな時だった。カナディアが突如押されたように前のめりになる。

「ひゃっ！」

転びそうになったため思わず両腕を掴んで抱え込んだ。

「あ、ねーちゃん、ごめんね」

カナディアにぶつかったのは小さな子供のようだ。

危なっかしい……ことを。

「ん？」

なんだ、違和感がある。この場所はかなり開けた所だ。意図しない限りぶつかることなんてないはず。

もしかして。

「カナディア、財布をどこにいれている？」

「へ？　このスカート、後ろポケットがあってそこに……」

俺はカナディアのスカートの後ろポケットをまさぐった。

「ひゃあああああん！　お、お尻は敏感《びんかん》だからやめてください」

「やっぱり！」

「もう、ヴィーノが希望するなら少しくらいは……」

「何言ってんだ。財布盗《と》られたんだぞ」

「え」

まだ遠くに行ってはいないはず、追いかけよう。


さっきぶつかったのは十歳くらいの男の子。

綺麗な身なりではなかった。

「まさか……財布をすられるなんて……うかつでした」

カナディアは若干気落ちして俯く。

「今は冒険服でもないし、大太刀もないから油断してても仕方ないさ」

「よく私が盗られたって気付きましたね」

「前のパーティにいた時に何度かあったんだよ。交易の街の方では治安が悪いから結構あるんだぞ。この街では初めてだけどな」

「私……全然気付きませんでした」

「案外手馴れているのかもしれないな。相手に気付かれずに財布を抜き取るのは技術がいる」

「でもヴィーノ……」

「ん、何だ？」

「それでどうして私のお尻を三度も揉んだのですか？　私とてもお尻が敏感なのですぐ分かりましたけど」

「そそそ、そんなの後回しだ！　行こう」

一回目で財布が無いことに気付き、二回目に思った以上に柔らかいお尻に気付き、三回目は手が勝手に動いてしまったので俺は悪くないと思う。

しらっとした目で見られるが、そんなことで言い争っている暇はない！　早く行かなければ……。

ただ、この手に残る感触はしっかり記憶しておかなければならない。

「ここだ」

「……孤児院？」

工芸が盛んな街のマップは頭の中に入っている。

あの広場から走っていくルートと着ていたボロボロのつぎはぎだらけの服で推測したらここしかない。

そして案の定、さっきの男の子が後ろを向いて他の子供達と話していた。

すぐさま俺はその男の子の首元を引っ張る。

「コラッ！」

「わぁ！　な、なんだよ！」

「君が盗んだ財布を返してもらおうか」

「っ！　しょ、証拠はあるのかよ！」

他の子供達も騒ぎ始めた。

「無いけど、何が飲みたい？　毒に冒《おか》されるバブル・ポーションか、麻痺して動けなくなるバインド・ポーション。もう自白剤入りのスピーク・ポーションでも飲んでみるか？」

「ちょ、ヴィーノ。あんまり乱暴しないであげてください」

カナディアが心配そうな顔で俺の側に寄る。

「このねーちゃん、すげぇ美人」

「わー、綺麗な黒髪～」

「長くていいな」

「え、そうですかぁ？　へへへ」

絆《ほだ》されてどうすんだ。

最近分かったが。カナディアは褒められるのに弱い女の子だ。流行の言葉で言うならチョロいというべきか。

「どうせまたディノが盗んだんでしょ」

「あ、てめ、アリー！」

ディノと呼ばれた男の子に対して呆れた顔をするアリーと呼ばれた女の子。他の子に比べて体格も大きく言葉もしっかりしている。

カナディアを褒めちぎっている子達が幼いことからまとめ役の子なのかもしれない。

しかし……足に包帯を巻いてケガをしているのか。

「俺達は冒険者だ。ちゃんと返してくれたら危害は加えない」

「……」

財布を盗んだディノはふてくされたまま何も言わない。

「A級冒険者は街の自治に口出しできる権利を持つ。この孤児院に対して……何かすることだってできるんだ」

「なっ！　卑怯《ひきょう》だぞ！」

「ケンカを売る相手はちゃんと見た方がいい」

やる気はないんだけどな。そもそも今の俺の評価はなんちゃってA級なのでそんな権利は多分ない。この街の長と知り合いでもないし。子供にはったりをかますのであれば問題ないだろう。

だけどこの子供達は覚えておいた方がいい。

上級の冒険者ってまともなのもいるけど、同じくらい自分勝手なクズも多い。

旧パーティのあいつらだったら同じ状況なら何かをする可能性があったのだ。

「あ、あの……財布を返して頂けませんか。お金はいいので、その財布は母からもらった大事なものなんです」

「なんだよ！　Ａ級って……ザコそうなおっさんとぼんやりでまぬけな顔したねーちゃんだからいけると思ったのに！」

「ザコそうなおっさん⁉」

「ぼんやりでまぬけ⁉」

二重できつい！

こんなに胸が痛い経験をするハメになるとは……。

とりあえずこのガキには痛い目に遭わせたい。ポーション五本ぐらい飲ませてやろうか。


「な、何をしているんですか！」

突然の声に俺もカナディアも視線をそちらに向ける。

眼鏡をかけたエプロン姿の若い女性がぐっとにらみつけてきた。

「先生！」

少年が急に暴れ出したため思わず手を放してしまう。

少年とさらに小さな子供達が眼鏡の女性の後ろへとまわった。

「子供に乱暴なことしないでください！」

「わ、私達は……」

その強い言葉にカナディアは動揺する。

俺はカナディアの前に手を差し出し、前に出させないようにした。

当然、孤児院だから大人はいるわけだ。細工はしてある。さっさとこんなやりとり片付けよう。

眼鏡をかけたエプロン姿の若い女性が俺達を睨んだままだ。

だが、体が震えている所を見ると荒事にはそこまで慣れていないという感じだ。

戦闘に特化させるため体を鍛《きた》えた冒険者相手だとそうなるのもおかしくはない。

俺は前衛職ではないけど鍛えてはいるから素人には分からないだろう。荒事にはしないように対処しよう。

「その子が仲間の財布を盗んだので返してほしいからここまで来た。ちゃんと返してくれたら危害は加えない」

「ディノ？」

女性にじっと見られて少年は目を伏せる。

ここで白状してくれたらそれでよかったが。仕方ない、細工を披露するとしよう。

俺は右手をあげた。

「わっ！」

少年の懐からがま口財布がするりと出てくる。

それはそのまま俺の手のひらにおさまった。

「わー、ヴィーノ、どうやったんですか？」

さっき少年の首根っこ掴んだ時に糸を使った仕掛けをしたのだ。

あの時、財布を抜き取ってもよかったんだが……大人が出てくることも考えられたからな。

旧パーティの奴らが皆、脳筋ばかりだったのでこういう搦《から》め手は俺が担当していた。

まっ……それも評価されることはなかったが。

「ディノ！　また、あなたは……」

「っ！」

「大変申し訳ありません。この罰は私がお受けします。どうか……どうか、この子を許して頂けないでしょうか」

女性は深々と頭を下げた。

子供のいたずらの罰は保護者が受けるモノ、当然だ。

俺はカナディアに財布を渡した。

「ヴィーノ、私は財布さえ戻れば……いいのです」

俺の判断を気づかってかカナディアは首を振った。

でもちゃんと落とし前をつけなきゃな。

「……ならこのポーションを飲んでもらおうか」

『え？』

全員の声が揃った。

「飲むのはそこのケガをした子だけど」

「わ、わたし？」

さっきのやりとりで言葉を発した子供達の中で一人体の大きな女の子がいた。

確かアリーと呼ばれていたっけ。足に包帯を巻いており、ケガをしているのが今でも見えている。

俺は腰に巻いたホルダーからポーションを取り出し、アリーに手渡す。

「毒でも何でもないから安心しな」

「あ……うん」

「あの！」

女性が何か言うのを手で止めさせた。

女の子は恐る恐るポーションに口をつける。

「あ、甘くて美味しい」

カナディアの好みに合わせて俺が調合したポーションだ。甘味を通常よりマシマシで入れている。

アリーはまるでジュースのようにごくごくと勢いよく飲んでいった。

女の子が自分の足に手をやる。

「……全然痛くない」

やっぱり外傷だったようだ。それならポーションですぐに治すことができる。

アリーは飛び跳ねて、喜びを体いっぱいで表現している。

孤児院ではケガをしても満足に治療できない子供が数多い。あのケガを全快にさせられるのは俺が作ったポーションだけだ。店売りではこうはならない。

子供達は嬉しそうに騒いでいたが孤児院の先生だけは表情を曇《くも》らせていた。

「この子のケガを治して頂けたのは嬉しいのですが……ポーションのお金を支払う余裕はないんです」

「だったら……」

俺はカナディアの方をちらっと見て、先生の方へ視線を戻す。

「少し孤児院で水でも飲ませてもらおうかな」

俺とカナディアは孤児院の中へ入れてもらうことになった。

ぱっと見た感じ孤児院の中はかなり傷んでおり金銭的な余裕が無いのは見てとれる。

俺は椅子《いす》に座らせてもらい、カナディアは小さな子供達の側で座って話し始めた。

孤児院の先生が水を用意してくれたので厚意に甘えて飲むことにする。

「何とお礼を言っていいか……」

「冒険者のきまぐれって思ってくれてかまわないさ」

「ねぇねぇ！　あのポーションっておっさんが作ったの⁉　店売りとは違うよね？」

「こ、こらディノ」

「おっさんじゃないぞ！　お兄さんな！」

俺はまだ十九歳！　修羅場はそこそこくぐり抜けているがまだまだ若さに溢れている。

子供から見れば何歳でも一緒なのかもしれないけど……。

「申し遅れました。私は院長のピエラと言います。この子はディノ。いたずらっ子で本当に申し訳ありません」

「俺は冒険者のヴィーノ。あっちはカナディアだ。ディノ、スリはやめとけ。割に合わないし、相手次第で孤児院のみんなに迷惑かかるからな」

「はーい……」

ディノはふてくされたように言葉を出す。

まぁ……十歳ぐらいの男の子はなかなか言うことを聞かないのだろうな。

カナディアはというと。

「おねーさんの髪きれー。どうやって手入れしてるの！」

「ふわふわ……」

「だっこしてぇ！」

「はぁ……子供はかわいいなぁ」

ケガをしていた女の子のアリーと他の幼い子達から大人気ですっかり囲まれてふにゃふにゃになっていた。

「あの子達には黒髪の言い伝えを知らないのか？」

「はい、差別になるようなことは教えないようにしています。私もここの孤児院出身で……代々の院長の教育ですね」

「ピエラさんも含めて良い人達に育ててもらっているんだな」

「ありがとうございます。……でもカナディアさんの姿を見るとただの言い伝えですね。とても優しい顔をしてらっしゃる」

黒髪を嫌う子供達は平気で石を投げたりしてくる。

カナディアからもそのような話を聞いている。

しかし、さっき孤児院の前で子供達と話をした時にカナディアに嫌悪の感情を抱いてなかったからもしかして……って思ったんだ。

俺以外にもカナディアに気を許せる人が現れたら……きっと彼女にとって大きな力になると思った。

だからこうやって無理やり孤児院と関係が作れるよう取り計らった。

正直ここまで上手くいくとは思っていなかった。

「おじさん」

「にーちゃんな」

そこは否定させてもらう。

「にーちゃんはA級冒険者なんだろ！　強いってことだよな」

「ま、まぁな」

カナディアは間違いなく強いが、俺はどうだろう。

ポーション投擲には慣れてきたとはいえ、魔獣以外には試していないのでちょっと分からなかったりする。

B級並の実力は間違いなくあると思っている。まだ力を出し切れる機会が無いから分からないんだよな。

「じゃあ、あいつらを追い出してくれよ！　先生が」

「こらっディノ！……ヴィーノさん、ごめんなさい。忘れてください」

「何か困ったことがあるなら教えてくれ。力になれるかどうかは聞いてからでも判断できる」

ここで恩を売るのは悪くない。

ピエラは躊躇《ちゅうちょ》したが……やがてゆっくりと話を始めた。

「交易の街のドン・ギヨームをご存じですか？」

知らないはずがない。

交易の街に存在するギヨーム商会のボスの名前だ。

正直良い噂は聞かない。よく言われる反社会組織ってやつだ。

旧パーティのリーダーのトミーからギヨーム商会には手を出すなと直々に言われていたしな。

多分トミーは商会から金を握らされていたんだろうなと思っている。

A級冒険者とは本来敵対関係になるはずだから見逃させていたんだろう。

「ギヨーム商会の社員が……最近、この街によく現れるんです。どうやら大きな商業施設を作るのが目的だそうです」

ここで作られた工芸品が交易の街や王都へ運ばれていく。

そのためこの街は小さいわりに流通は盛んで人の出入りも多い。

小さいとはいえギルドがあるのもその影響だ。

「大きな商業施設をここに建てるから孤児院を明け渡せと迫ってきているんです。立地条件が一番いいのが理由ですね」

「そうか、ギヨームに目をつけられたか」

「あいつらマジでひでーんだ！　子供なんて奴隷《どれい》にしてしまえばいいって、金になるって……。おれやアリーはまだしも、チビ達は……」

このような話は決して少なくない。

ギヨーム商会の手にかかって滅ぼされた場所の話はよく聞く。

「ピエラさん手はあるのか？　ギヨームは絶対諦めないぞ」

ピエラは首を横に振った。……さすがにないよな。

「にーちゃん達でもどうにもならないの？」

厳しいようだが、難しい。さすがに表だってギヨーム商会と敵対するわけにはいかない。

事件とかが発生すれば一時的にしのぐことくらいはできるけど……。

「冒険者を雇《やと》う金はないよな？」

「はい。……冒険者の方々に見回りはお願いしていますが。ずっとは無理だと言われました」

それもあくまで好意だろう。それにC級の冒険者であれば無理やり突破される可能性もある。

やはり刃向かうくらいなら逃げ出した方がいい。奴らは利益のためなら容赦《ようしゃ》ない。

「なぁにーちゃん、何か手はないのかよ！」

「そうだな……」

もしかしたら……あれが使えるかもしれん。

「王都には身よりのない子供達を集めて……仕事を振り分ける場所もある。公的な機関だし、奴隷よりはマシのはずだ。十五歳になればちゃんと成人して働きに出ることができる」

王都には何度か冒険者のクエストで向かっているからそういう施設があることを知っている。

路頭に迷うよりは幾分良いだろう。

「だけど……王都に向かうまでの護衛にかかるお金が……。魔獣が出る中子供達を連れては歩けません」

「護衛だったら格安で引き受けてもいい。カナディアのためになるなら……安いもんだ」

「あ、ありがとうございます！」

本来A級冒険者がやるような仕事ではないんだけど、俺自身が最底辺と呼ばれて悔しい思いをしたもんだ。子供達を背負い込める甲斐性はないけど、可能な限りは手を差し伸べてあげたい。


目的も達成できたし、今日は引き上げるとしよう。

またちょくちょく顔を見にくればいいか。


「⁉」

カナディアが急に立ち上がった。

その表情はさっきまでのふやけた感じではない、冒険者としての顔だ。

何かを感じ取ったのか？

「どうした？」

カナディアに問う。

「嫌な予感がします。ピエラさん、子供達はここにいるので全員ですか？」

「いえ、もう一人……買い物に」

カナディアはすぐさま孤児院の扉を開けて、飛び出していった。

俺も跡を追うが、すぐに立ち止まることになる。

外へ出てすぐ……四人のビジネススーツを着た男が小さな女の子にナイフを突き付けていたからだ。

「マナ！」

「しぇんせい……」

ピエラさんも慌てて出てくる。

ディノやアリーよりも少し小さい女の子がスーツ姿の男に抱え込まれて震えていた。

スーツ姿の四人の中の一人が近づいてくる。

「お取り込みの所すいやせんが……そろそろ孤児院を掃除《そうじ》させて頂けませんかねぇ」

「そ、そんな！　急に言われても困ります！」

「この間はゆっくり考えてくれと伝えやしたが状況が変わりましてねぇ。一週間以内に出ていってもらうことに決まりました」

一週間で明け渡せなんていくら何でも無茶苦茶な話だ。

だが向こうもそれが分かっているから武力で押し通そうとしているのか。

「商会の方で何かトラブルでもあったのか？」

「あ？　なんだてめぇは……。……冒険者か。余計なことをしないでもらおうか。こっちはビジネスで来ているんでね」

「ビジネスって子供にナイフをつきつけてやるもんだっけ？　本当にあんたらのボスが一週間って言ってんのかよ」

「……」

スーツ姿の男は黙り込む。

もしかしたらこの男の独断の可能性があるな。

ギヨーム商会はここまで突拍子なことはしないイメージだった。

やっていることは過激だが活動にはビジネススーツと呼ばれる高等商家と同じような衣服を使っている。

ボスであるドン・ギヨームが好んで着ている服らしいが……。

冒険者の俺からすれば動きにくそうだが……意外に動ける武闘派もいるらしい。

しかし、人質を取られているのがまずい。

今にもカナディアが飛び出しそうだが俺が手を翳して押さえ込む。

カナディアほどの戦闘力なら大太刀を持っていなくてもある程度戦えると思うがまだ早い。

「立ち退きの契約書にサインを頂きましょう。そうすりゃ子供は返してあげますよ」

「……」

ピエラさんは困惑したままだ。フォローに入ろうと一歩前に出てみる。

「おい、冒険者。武器を降ろして手をあげろ。このガキが傷つけられてぇのか！」

先を読まれ、俺とカナディアは仕方なく手を挙げる。

「おい、武器を降ろせって言ってんだろうが。腰につけているダガーを地面に置け」

「あ、そっち？」

危うくポーションを降ろす所だった。

素材採取用のダガーを地面に置き、手を挙げる。

「さぁ……院長さん、決断してもらおうか！」

「ヴィーノ」

小声でカナディアに話かけられる。

「私、もう限界です。ぶっ飛ばしていいですか」

「あ〜」

さっき、子供達とふれ合わせたことで子供達に対する侠気《きょうき》が出てしまったようだ。

任せてもいいが、カナディアって向こう見ずっぽいしなぁ……。仕方ない。

俺は手を挙げたまま一歩を踏み出し、ピエラさんを守るように立つ。

「ピエラさん、そんなバカみたいな契約書にサインする必要ないぜ」

「えっ？」

「は？　てめぇ、この状況でどうにかできるって思ってんのか？」

「できるんだなコレが……」

俺は両手を即座に降ろして、自前で作ったポーションホルダーに手を触れる。

元はガンホルダーだったものを魔改造してポーションを入れられるようにしたシロモノだ。

俺は両手で掴んだポーションを下手投げでぶん投げた。

上手投げの方が威力が出るが、止まっている人間などはこれで十分だ。

まっすぐに飛んだポーションが武器を構えていたスーツ姿の男の頭に当たって撃沈させる。

さすがに殺しは御法度《ごはっと》なのでかなり手を抜いて投げている。

「な、何しやがった」

魔法も弓も銃も使わずに敵を倒すのだからびっくりするよな。

残りは人質を取る男と取りまとめをしている男のみ。

「人質を！」

女の子を前面に出し、ナイフをつきつける。

女の子を盾にしているようだが……。

「そんなの盾にもなんねぇよ……なぁカナディア！」

俺は早撃ちのごとく、ポーションを抜き取ってぶん投げた。

早撃ちならぬ速投げ。俺の技量だったらコンマ一秒の世界を狙える。

そしてコントロールも正確だ。

当然ポーションの速度を見切れない男は女の子の盾も無駄となり、頭に当たって倒れてしまった。

俺に人質は通用しない。

「ちっ！」

「女の子は助けました！」

ポーションを投げると同時にカナディアが飛び出したおかげで女の子は無事救出することができた。

さすがに身軽だ。俺ではこうはいかない。

残るは取り仕切るスーツ姿の男、ただ一人のみ。

「てめぇら、調子に乗るなよ」

このままポーションを投げて眠らせてもいいが、ここは撤退させるべきだろう。

抑止力にはなるはずだ。

俺達に対して報復に来るかもしれないが標的が俺達に変わるのであれば問題ない。

だがスーツ姿の男は撤退せず……不敵にも笑っていた。

「先生、お願いします！」

スーツ姿の男が後ろを向いて声を張り上げた。

「へ、冒険者がいる可能性は分かっていたからな……。てめぇら皆殺しにしてやる」

まさか……もう一人いたのか？

のそりのそりと歩いてやってきたのは一人の男。

この地方では珍しい和装と呼ばれる服装に草履《ぞうり》、そして……腰に差された刀に手をかけゆっくりと歩いてきた。

こいつ……今までの奴らとは比べものにならないくらい違う。

男は止まった。

「ヴィーノ、来ます！」

「くっ⁉」

男は一瞬で距離を詰めて刀を振ってきた。

俺は後ろに下がってすんでの所で避ける。カナディアが合図してくれなかったら斬られていたかもしれん。

和装の男は抜いた刀をこちらに向ける。

「カナディアはピエラさんや子供達を守ってくれ。俺が何とかする！」

和装の男がまた飛び出してきた。

俺はポーション投擲以外の戦闘技能はない。

当然防御に該当するものもない。

攻撃を受けたら一発で沈むし、当然避けることだってうまくできない。

なら……どうするかって？　受け流すんだよ！

男の袈裟《けさ》斬《ぎ》りをポーションで受け止めて、流して避ける。

再び横に斬ってきたそれをポーションで受け流す。

さらに縦に斬ってきった所をポーションで刀の峰《みね》に打ち付けて打ち返した。

受け流すたびに割れるポーション。だけど……ダメージは一切ない。

これが俺のあみ出した必殺の防御手段！

その名も……。

「ポーション・パリィ！」

ポーションを使えば全ての攻撃を受け流せる。

ポーションがあれば何だってできる！

「くそっ、高い金出して雇ってんだ……。ちゃんと殺《や》ってもらいますぜ！」

こいつ……傭兵《ようへい》か。

冒険者とはまた違う体系で動く流れ者。金さえ渡せばどんな汚いこともやると言われている。

この男は恐らくB級冒険者レベルの力がある。

この街のギルドにはC級以下しかいないと分かっていたから呼んできたのか。

だったら……見せてやろうじゃねぇか。

俺はホルダーに手をかけ、速投げでポーションを二本ぶん投げた。

このスピードを避けられるわけがない。

だがポーションは男の頭に到達する前に真っ二つになり地面に落下してしまった。

それは俺の想像と違った展開だった。

また、頭にぶつけ昏睡《こんすい》すると思っていたのに……止められてしまったのだ。

地面に落ちたポーション瓶が割れる音が聞こえる。

俺のポーション投擲が通用しないだと？

和装の男はまた飛び出してくる。

防御はポーション・パリィに集中できているおかげでダメージは一切ない。隙《すき》をついてポーションを投げるが全て刀で斬られてしまう。

こいつ……見切ってやがる。

どうする。もっと早く……タイラントドラゴンを倒した時のように本気でぶん投げれば見切られないかもしれない。

だが……それをすると間違いなく和装の男の頭が飛ぶ。手足どこにぶつけても多分その部位が飛ぶ。さすがにそれはまずい。冒険者は人殺しが御法度だ。

だけど殺さないレベルだと見切られてしまう。

どうすれば……。

「ヴィーノ！」

カナディアが心配そうに声をかけてきた。カナディアは今日、大太刀を持ってきていない。

私服でお洒落《しゃれ》しているのだから当然だ。もし大太刀を持っているならカナディアに代わってもらってそれで終わりだ。間違いなくカナディアの方が強い。

でもここは俺が何とかするって決めたんだ。

迷っている暇はない。あれを使う。

後ろに飛んで、和装の男から少し距離を取る。

俺は呼吸を整え、両足に力を込めて、膝をあげる。

和装の男は刀を構えた。おそらく投げたポーションを斬ろうとしてるのだろう。

あげた膝を降ろしつつ、前へ進むように力を入れる。

その足を支点として俺は肩をまわしポーションをぶん投げた。

いつもと違う所が一つだけある。

それは……。

「そのポーションは落ちるぞ」

「⁉」

真っ直ぐ飛んでいたポーションが急下降したおかげで和装の男の横に振った刀撃は見事にから振る。

落ちたポーションは和装の男の大事な股間《こかん》の急所へ直撃した。

「がはっ！」

和装の男は泡を吹き、倒れてしまった。

その痛み分かるよ……。すまないとは思っている。

「新技……名付けて、フォーク・ポーションなんてどうかな」

ポーションを投げる時に指の握りを変えるだけで変幻自在に軌道を変えられる。

これぞ俺があみ出した変化弾だ。どんな方向にだって曲げることができる。

「く、くそ！　覚えてろよ！」

そんな捨て台詞とともにスーツ姿の男は逃げていった。

これでしばらくは大丈夫……と思いたい所だ。

「ヴィーノ！」

「お、おい！」

ちょっと格好付けていた所、カナディアが抱きついてきた。

急に感じた女の子の柔らかさにものすごく動揺してしまう。

さらりとした黒髪が触れて気持ちが高揚《こうよう》し、胸に良い感じのものが当たってとても心地が良い。

やべっ、興奮しちゃう。

「すごいです！　やっぱり……ヴィーノは憧れの……私の夫」

「おお！　そ、その、カナディア。みんな見てるから」

カナディアってやっぱいい体してるよなぁ……と思い続けたかったが子供達が矢継《やつ》ぎ早《ばや》にラブラブだーってはやし始めたので情操《じょうそう》教育にまずいと思えてきた。

「わ、私ったら！　はしたない……」

カナディアは逃げるように離れて、両手を頬にあて、顔を紅くさせた。

「にいちゃん！」

今度はディノが飛び出してきた。

「にいちゃんすげー強いんだな！　俺、大きくなったら冒険者になる！　にいちゃんみたいにポーション使いになる！」

「ポーション投げは絶対オススメしないけど……がんばれよ。スリなんかせず、君が先生やみんなを守ってやるんだぞ」

「うん！」

やれやれ、気付けば外は真っ暗だ。

とんだ休日になってしまったな。

宿に戻って、明日の準備を……。


ゴォォォォオーーーン！

ゴォォォォォーーーン！

ゴォォォォォーーーン！


「な、何！」

急に鳴り響く鐘の音、これは確か……ギルドが外の住民に向けて出す警鐘《けいしょう》だ。

ここ数年聞いたことがなかったが……何かあったんだろうか。

「カナディア、行くぞ」

「はい！」

この鐘の音を聞いた時、冒険者は一斉にギルドへ集合しなければならない。

「ヴィーノさん、カナディアさん、気をつけてください！」

「ああ、後で状況説明があると思うからピエラさんも子供達と集まって気をつけておいてくれ」

「みんな！　ありがとうございます！」

俺とカナディアは一度宿へ戻る。カナディアは早急に冒険者服に着替えて、大太刀を手にした。

これで準備完了だ。急いで冒険者ギルドへ向かう。

冒険者ギルドの扉を開けると目の前に受付係のミルヴァが立っていた。

「ヴィーノさん！　カナディアさん！」

冒険者ギルドの中に入った俺達を見て、受付係のミルヴァが安心したように声をあげる。

ぴょんぴょん跳ねて喜んでいる所を見ると若くて初々《ういうい》しいなと思う。

「A級のお二人がいてくださって……本当にありがたいです」

工芸が盛んな街は小規模ギルドだ。所属しているパーティはどれもC級以下の冒険者ばかり。

B級以上は用でもない限り、この街を根城《ねじろ》にしない。

「何があったんだ？」

「ほんとに、ほんとにやばいんです！」

ミルヴァの焦《あせ》り具合からとんでもない事態になっていることが分かった。いったい何があったのだろうか。

「今、ギルドマスターを呼んできます」

ミルヴァは急いで走り出してしまった。

「いつものほほんとしているのに……よほどのことのようですね」

「カナディアはミルヴァと話すのか？」

「ええ、このギルドで黒髪をまったく忌避しないのはミルヴァさんくらいなので」

そんな話をしている内にギルドマスターがやってきた。

「すまない、お待たせしてしまったようだね」

恰幅《かっぷく》の良い、丸々とした体をして近づいてきたのはこの街のギルドマスターだ。

この街のギルドに三十年以上も勤めており、誰よりもこの街に詳しい。

ギルドマスターがやってきたのに合わせて、ギルド内の待ち合わせ場所に腰かけていた冒険者達が近づいてきた。

見知った顔はない。やはりB級以上の冒険者はいないようだ。

「集まった冒険者は十八人です……」

ミルヴァの沈んだ声に……ギルドマスターの表情も険しくなる。

「それだけか。そうか……仕方ない」

「緊急事態で冒険者を集めたってことは……強大な魔獣が現れたってことですか？」

俺の問いにギルドマスターは頷《うなず》いた。

「【破滅級魔獣】に指定されている砲弾龍《ほうだんりゅう》ブラアニが明朝、この街へやってくる」

ギルドマスターの言葉に一同ざわついた。

本来、魔獣はS級からD級まで区分で分けられているのだが、それとは別に【破滅級】という形で違う区分にされている魔獣がいる。

それらは例外なく太古より生きていて、恐ろしい力を持つ魔獣なのだ。

サイズも圧倒的で一パーティ五人で倒せるレベルではなく、破滅級の魔獣と戦う時は数十単位で人を集めて討伐する。

しかし解せないのは……なぜそんな魔獣が現れたのかだ。基本的には人里の近くに現れるものではなく、遠く離れた所で様々な理由で討伐されることが多い。

「今回、砲弾龍が現れた件については……私の父が説明しよう」

その声とともにギルドマスターの後ろからゆっくりと杖をついた老人が現れた。

軽い自己紹介の後、老人は砲弾龍について声をあげた。

「砲弾龍は六十年に一度現れると言われておる」

「六十年に一度ってことは六十年前にも現れたんですか？」

俺の問いに老人は頷き、息子であるギルドマスターにこの街の地図を出させる。

全体図の正門を指さした。

「現れた砲弾龍はこの進路を通ってこの街を通過する。おまえさん方、なぜこの街に巨大な大通りがあるか知っているか？」

この工芸が盛んな街は馬車の移動や流通を滞《とどこお》りなくするために、中央を真っ二つに割る大通りが存在する。

日常、人が大通りを横断するときはアーチと呼ばれた上空にかけられた橋を渡るものだ。

「この大通りこそが、砲弾龍の通る道なのである」

老人はペンを使って砲弾龍が通るルートを地図に書き記した。

この街の歴史は古い。まさかそのような目的だったとは驚きだ。

「つまり、さらに六十年前も同じようなことがあったということですね？」

「左様。ワシの祖父が言っておったわ。さらに六十年前に砲弾龍が出現したそのルートを通った時は草すら生えないと……全てを破壊し尽くしてしまったと……。それでこのような龍が通行できるような大通りを作り上げたと聞いている」

なぜ砲弾龍がこのルートを通るかは誰も知らないようだ。産卵期なのか、何か目的があるのか。

六十年前はこの大通りのルートを通らせたため最低限の被害ですんだ。今回もそうすれば……。

んっ？

「大通りのルート、変わってないか？　老人、これはどういうこと……」

「ええい！　三十年前、当時の街の長が砲弾龍などもう現れないと言って、大通りのルートを変更しおったのじゃ！　ワシらの反対を押し切って……進めおって」

そんなことがあったのか。

そして実際今年……砲弾龍は現れた。ってことは……途中までは大通りを通るが、その後は新設された所ではなく従来のルートを通る可能性がある。

「あ、……孤児院が！」

カナディアは地図を指さす。

砲弾龍の進行先にはたくさんの家屋があり、その先に……さきほど話をしていた子供達が住む孤児院があった。

「進行方向にあるものは……どうなるんです？」

「全て破壊されるのじゃ。奴が砲弾龍と呼ばれる所以《ゆえん》、まるで機械のように体中から砲台を生み出して全方位に弾をばらまく。そして三度の奇声を上げた後、額のコアが赤く光り、口から放たれる熱線は全てを焼き尽くし、なぎ払うのじゃ」

なんてこった……。

老人からさらに詳しく話を聞き、再びギルド内で話し合う。

ギルドマスターはもっと警戒していれば……と悔やんだ声をあげる。

実際六十年に一回という話だが、今年は五十八年目らしい。それを見越して準備するのはまぁ……無理なんだろうな。

他にも要因があり、砲弾龍が近づいているのに気づくのがかなり遅れてしまったと告げる。

まさか……明日の朝に来てしまうなんて普通じゃありえない。不幸が重なりあったということか。

「それで……ギルドマスター。応援は来るのですか？」

破滅級の魔獣を倒す時は各地のギルドから応援を呼んで対応する。

今からでも遅くはない。交易の街からは近いし、王都からも馬車で数時間で到着する。

しかし、ギルドマスターは首を横に振った。

「悪い偶然で王都の方にも強力な破滅級の魔獣が現れたそうだ。S級やA級、この地方のB級冒険者は全てそちら方へ行っている。こちらに応援へ行く時間はないそうだ」

「一応、交易の街にA級冒険者パーティがいたのでお願いしたのですが……」

おいおい、それって……。

「【アサルト】の方々なんです。でもこっちには関係ないって言われて……」

ミルヴァは萎《しお》れるように沈んだ顔立ちになった。

B級の時はクラスアップのために頑張っていたというのに……A級になった途端、【アサルト】は自分達が冒険者の顔と言わんばかりに何もしない。

交易の街には【アサルト】と俺とカナディアしかA級はいないので増長しまくって手がつけられないことになってやがる。

ということは応援の見込みはなし。

砲弾龍の対応をA級二人、C級とD級十六人でしろってことか。

「で、でもヴィーノさんやカナディアさんがいてくださるなら何とかなりますよね！」

A級は強者ではあるが最強ではない。

S級冒険者まで行けば一騎当千とも言えるんだが。実際、人の多い王都ではA級もそこそこいるんだ。

そのような意味では絶望的だろう。下手に手を出さずに避難に全力を上げる方がいい……いいんだが。

「ヴィーノ、私、あの子達を守りたいです」

相方は正義感に溢れている。

せっかくさっき孤児院を悪党から守ったというのに……吹き飛ばされちまったら意味がない。

この砲弾龍の件でギヨーム商会が孤児院へ執着が無くなる可能性が高い。

「じゃあ……このメンバーで何とか進行を食い止めよう。理想は進路を変更させて、新設された大通りを通行させ、正門から裏門に出すことだ」

「チッ、そんなことできんのかよ」

十六人の冒険者から不満の声が上がる。

「そもそもA級でもアイテムしか脳のない無能さんと黒髪の死神女だろ？　今回の件だって死神が魔獣を呼び寄せたんじゃねーの」

冒険者達の不快な視線がカナディアに集中する。

黒髪効果はここでも絶大か。刷り込みってのは恐ろしいな。

「君らも冒険者なら自分の目で見たもので判断しろ。憶測で語って自分の価値を下げるな。文句はカナディアより強くなってから言うことだ」

不快な声をひとまずは黙らせた。

C級、D級がわめいた所で何にも変わらない。

「それで……この中で破滅級のクエストを受けた者はいるか？」

一同静まる。

そりゃそうだ。あれはB級冒険者の資格を持っていないと参加することができない。

所属している街に破滅級が現れたら参加することになるが、六十年近く大型魔獣が出現していないこの街に所属していたら行くことはないのだ。

「あ、私も無いです……」

カナディアも無かったか……。

最近の破滅級のクエストって二年ちょっと前だったし、十六歳のカナディアが受けているはずもない。

「A級で破滅級の戦闘経験のある俺が指揮を執るでいいな？　ギルドマスター、さっそく作戦会議を行いたいと思います」

他の冒険者達はしぶしぶ従うという形で納得させた。

俺以外の誰もが経験したことのないクエストだ。取りまとめなんてできるはずもない。

B級冒険者がいないことも今となってはありなのかもしれない。

俺とカナディアが主軸でやれるなら活路は開けるはずだ。

「ヴィーノ、大丈夫なのですか？」

さすがのカナディアも不安そうに声をかけてくる。

俺はできる限り明るく答えた。

「これはチャンスかもしれない」

「へ？」

「カナディア、君はこの街の救世主になれるかもしれん」

明朝……日が昇ってきて、砲弾龍の咆哮で嫌でも目が覚める。

「見えてきたな」

通るだけで災厄を振りまくと言われた破滅級の魔獣。

砲弾龍ではないが、二年前に王都のクエストで破滅級の魔獣と戦った時は雑用係として支援するのみだった。

基本的に戦い方はどれも同じのため……俺の指揮でもやれると思う。

「うぅ……緊張します」

受付係ミルヴァは俺の補佐役という形で来てもらった。

さすがの俺も十七人のポーション支援をしながら指揮をするのは限界がある。

使用するポーションの選定や巡視をお願いするためここに来てもらっていた。

俺とミルヴァはこの街の高所にある見張り台におり、俺のポーション投擲の射程圏に全て入っている。

「ここに弾が飛んでこないですよね……」

「砲弾龍だから可能性はあるな。そのために滑空《かっくう》装置を装備させたんだから何かあったら飛び降りて逃げていいよ」

「私、ただの受付係なのに……」

他のギルド職員は街の住民の避難に尽力してくれている。

街の規模が小さいのが幸いしたな。避難誘導は順調のようだ。俺を除く十七人の冒険者。

A級冒険者のカナディア。この戦いの圧倒的なエースだ。

そして重戦士が六名。通称ファランクス隊。進行をなるべく食い止める役目を持つ。

戦士が六名。通称アタッカー隊。破滅級の魔獣はまず足を攻撃して怯《ひる》ませる。貴重な火力役だ。

魔法使いが四名。通称ソーサレス隊。魔獣が出す砲台をぶっ壊していくのが目的。

六十年前の進行ルートに進まれると街は大損害に陥ってしまう。

各員にはダメージを与えて、進行方向を変えて……撤退させるのが目的と伝えている。

しかし、俺の目標は違う。

このポーションの力とカナディアの戦闘力をうまく使えば……討伐だってできると思っている。

カナディアをこの討伐の立役者に仕立て上げれば……彼女はこの街の英雄となり、黒髪の言い伝えを打ち破ることができる。

「ヴィーノさん、砲弾龍が正門をくぐって大通りに入りました！」

寝転んだ人間の七人分くらい幅の大通りにすっぽり入るくらいの図体。

高さは……一軒家の屋根くらいはあり、ちょうど……大通りを横断するためのアーチ状の橋がギリギリ抜けられるくらいだ。昔の人はすごいな。それを想定して大通りの幅や橋の高さを決めたというのか。

破滅級の魔獣で最も恐ろしいのは尾である。

その尾を振り回すだけで弱い冒険者はあっと言う間に倒れてしまう。

だけど大通りの幅は魔獣の体でちょうど良く埋まっている。おかげでやつはしっぽをうまく動かせない。

これは大きなアドバンテージとなる。

四足歩行でのっしりと動いているが、でかいだけあって一歩の距離は長い。

一応龍という扱いだが……亀って感じもするな。

今は砲台がまったくないが……どこから出てくるのやら。

俺は拡声器《かくせいき》と呼ばれる魔導機器《まどうきき》を手に取る。この魔導機器は言葉を円錐《えんすい》状の機械に通して拡散することができる。

魔法の力で各員の耳に伝わるこの魔導機器は集団戦においてとても便利である。

「よし、見立て通りだ！　ファランクス隊……龍を食い止めろ！」

大通りの真正面から防御職の六人が砲弾龍の進行を押さえようと盾で押しつけ槍で突く。

事前情報では砲弾龍の攻撃に爪による斬り裂きはない。

至近距離まで行けば有効的に戦えるのだ。踏みつけだけには十分気をつけてもらわないといけないが。

「アタッカー隊！　足を斬りつけろ！」

六人の戦士職が前足に三人ずつ分かれて剣で斬りさいていく。

龍の鱗は非常に固い。しかし時間をかけて削《けず》っていけば弱っていき柔らかい肉質が露わになる。

足を十分に攻撃して痛みでダウンさせれば頭部にも攻撃が届くようになる。そうすれば大きいダメージも与えられる。破滅級の魔獣の耐久は異常と言われる。俺が攻撃に専念すればもう少しダメージを稼げるのだろうが……支援役が一人もいないパーティでそれをやると戦線が維持できなくなる。

今回の俺の役割はあくまで指揮と支援。ダウン時のみ攻撃に専念しよう。

普通の魔獣だったら俺のポーション投擲でゴリ押しできるんだけどな。

「ソーサレス隊！　砲台が出てくるまで頭部に向かって魔法を撃て、全力だ！」

空へかかる橋のあたりに配置させた魔法職の四人は各々、得意な攻撃魔法を砲弾龍の頭部に撃ち込んでいく。

砲弾龍はたまらず呻《うめ》き声を上げた。ダメージが入っている。これならいける！

ここまでは大丈夫だ。そろそろ……本格的に砲弾龍が向かってくるか。

「あ、ヴィーノさん。ソーサレス隊の一人が魔力が切れたと言っています」

「分かった！」

「私、あの人にマジックポーションを渡してきますね！」

「必要ない」

「え？」

「ソーサレス三番！　口を開けろ」

俺は見張り台の足場に並べたポーションコンテナからマジックポーションを取り出し、魔力が切れたというソーサレスにぶん投げた。この位置と距離であれば外すはずもない。

ソーサレスの口の中にすっぽりとポーション瓶は埋まっていく。

「……ポーションって手を使って飲むものですよね？」

目をぱちぱちさせるミルヴァに俺はごく当たり前に言ってやった。

「ポーションは口にぶち込んで飲ますもんだぞ」

◆
◇
◆

※ミルヴァside

はい、私の名前はミルヴァといいます。

十五歳で成人した私は就職してさっそくこの街のギルドの受付係に配属となりました。

と言っても地元がこの街なので当然といえば当然です。

口うるさいギルドマスターやたくさんの冒険者さんと会話をして楽しくやっていたわけですが
……、まさか一年目でこんなとんでもないクエストに参加させられるとは思ってもみませんでした。

今、私は街の見張り台で側にいるA級冒険者のヴィーノさんと一緒に行動しています。

ヴィーノさんはあまり良い噂を聞かないA級冒険者で構成されたパーティ【アサルト】のメンバーでした。

何度かこの街にも来られていたのは覚えています。

【アサルト】にいた時は後ろに控えている感じで影が薄くてこの間会った時に追い出されたと言っていてびっくりしてたんですよねぇ。でも今やこのクエストの司令塔になっています。

他の冒険者さんからもアイテム係と言われバカにされていたようですが、最近のヴィーノさんは自信をつけられたのかかなり堂々としていました。

実際カナディアさんと組んでからクエスト成功率百パーセントですし、ギルド内でも話題になっていましたね。でもやっぱちょっと変な人です。

昨日も作戦会議の後、ギルドマスターにありったけのポーションを準備させていました……。

ポーション千本持ってこいはアイテム屋の店員さんもびっくりだったんじゃないでしょうか。

今、私の側には大量のコンテナが積まれており、それらの中にはヴィーノさんが調合した特製ポーションが一杯入っているようです。

それにしてもこれをどうやってこの見張り台に運んだんでしょうね。

私がここに来た時にはすでにありました。足の踏み場がほとんどないのですが……。

「ヴィーノさん」

「なんだ？」

「このポーションってどうやって運んだんですか？」

「ああ、簡単なことだよ。冒険者は持てるアイテムって制限があって十数個しかないんだけど、ポーション使いは技能で一個を九十九個とすることができるんだ。つまり俺は今十個のポーションを持っているように見えるけど実は千個近いんだ」

「……？」

まるで意味が分かりません。私、頭悪いので理解が追いついていないようです。

つまり、ヴィーノさんは職業能力のおかげで千本近くのポーションを常時持つことができるってことなんでしょうか。え、物理法則どうなってるの？

そういえば前に王都から来た最高の冒険者の称号を持っていて、声がとっても渋い弓使いさんもなんか無限に矢を撃てるみたいなこと言ってましたね。

した。

あれも意味不明でしたね。そうか……、冒険者ってたまに時空を超越するんだって初めて思いました。

「無限矢筒《むげんやづつ》だ」

わけわかんないし、考えるのやめよ。

ちなみに今回は外に出しておいた方が管理しやすいからということでこの場に置いてるようです。

しかもさっき……ソーサレスの方の口にポーションをぶん投げてたし、私の知っているポーションの使い方と違います。

「あ、二番のソーサレスも魔力切れです」

「了解」

ヴィーノさんはマジックポーションのコンテナからビンを一本取り出してそのままぶん投げました。

ソーサレスさんの口の中に入って魔力を満たしていきます。

よく……口の中、ケガしないなって思います。

後々聞いてみたら冒険者さん達も最初は飛んでくるポーションが怖かったようですが、一回口で受けると快感に変わるそうで、恐怖がなくなるそうです。

あのポーションには何が入っているのでしょうか。麻薬でも入ってるんですかねぇ。

砲弾龍の背中から何か煙が出始めました。

「いよいよ主力武器のお出ましか」

背中からにょこっと銃座《じゅうざ》みたいなものが出てきて、そこから砲弾が出始めたのです。

正面のファランクス隊も側面のアタッカー隊もその砲弾で注意を削がれます。

魔獣の背中には六つの砲台が存在している状態です。

「どういう仕組みであんな体になったんだろうな」

それは思います。弾も金属でないでしょうし、生命の神秘ってやつですね。

「ソーサレス隊、前方二つの砲台を打ち落とせ！」

「残る四つはどうするんですか？」

「俺がやる」

え、そこからどうやって……っと思ったら、ヴィーノさんはポーション瓶を手に腕を大きく振りかぶってぶん投げました。

いやいや、あんな小さい的に当たるわけ。

ぱーーーんと何かが壊れた音が砲弾龍の方から聞こえたのです。瓶が割れた音なのか、砲台が壊れた音かは分かりません。でも砲台の一つが完全に砕けていたのでした。

「おい、ぼーっとしてんな！　攻撃しろ！」

拡声器で叫びつつ、ヴィーノさんは二つめの砲台を破壊します。

そのままの勢いで三つ目、四つ目を破壊しました。

今砲弾龍がいるところって、相当な距離ありますよね。双眼鏡《そうがんきょう》使わなかったら銃座なんて豆粒ですよ。

「よく届きますね……」

「距離による減衰《げんすい》もあるから威力は落ちるがあの距離と敵の動きだったら絶対に当てられる」

ヴィーノさんってこんな人でしたっけ。

ポーションぶん投げて戦う人……やっぱり冒険者っておかしな集団なのかもしれません。

ヴィーノさんとソーサレス隊の攻撃もあって砲台が全て破壊されました。

アタッカー隊の攻撃もあって砲弾龍が叫び声を上げ、地面に倒れ込みます。

「よーし、チャンスだ！」

確か……倒れ込んだ時は龍の皮膚組織の肉質が落ちて、柔らかくなり、攻撃が通りやすくなると聞いたことがあります。

「カナディア！」

ヴィーノさんは一本のポーションをカナディアさんめがけてぶん投げます。

カナディアさんは手で受け止めて、中身を飲みほして砲弾龍を見据えます。

カナディアさんは大太刀を引き抜き、砲弾龍の方へ跳躍して向かいました。

「四《よん》の太刀【桜花《おうか》】」

カナディアさんは大太刀を振って、砲弾龍の頭部に攻撃を与えます。

素人目で見ても分かるくらいあざやかな動きです。舞っているという感じですね。

カナディアさんの連続攻撃はその場にいる誰よりも効果的であると分かります。双眼鏡を使っているのでよく見えます。これがA級冒険者の動きなのですね。

思えばカナディアさんと会話し始めたのはこの街に滞在するようになってからです。

私も黒髪の言い伝えは親から聞いていました。

だから正直な所、いい感情は持っていなかったと思います。

でも……カナディアさんはボロボロになりながらも依頼をこなされており、真面目で実直で迫害されても諦めないすごい方でした。

そんな人を悪い人だなんて到底思いません。

でも誰にも気を許さない、怖い印象があったので親しくなりたいと思いつつも話すことができませんでした。

今となっては後悔です。

でも最近ヴィーノさんとパーティを組むようになってすごく物腰が柔らかくなったのです。

険しい表情が取れて、微笑みが多くなり、とても表情が明るくなりました。

私とも世間話をしてくれるようになりました。

そこでこんなことも聞いてみました。

「ヴィーノさんのこと好きなんですか？」

「ふふ……好きと言うか好かれているというか……うふふふ」

何だか愛が歪んでいるような気がしましたが気のせいですよね！

黒髪を横に振って顔を紅くするカナディアさんはとても可愛らしかったのです。

元々、顔立ちも凛々しくて、スタイルも抜群で、長身で一歳しか離れてないのに……この差は歴然なのですが……。

それでも今度一緒に買い物へ行く約束もしましたし、仲良くできればなって思っています。

だから……頑張ってください。

砲弾龍は立ち上がり、再び進行を開始します。

ヴィーノさんは拡声器を使い、再び盾を構えたファランクス隊を呼びます。

「シールド・ポーションをぶん投げる！　受け取れ！」

さっきカナディアさんに投げたのは攻撃力アップが見込めるソード・ポーションらしいです。

しかし、本当にいろいろなポーションを持ってますね。

「……ヴィーノさん大変です！」

「どうした？」

また砲弾龍の背から煙のようなものが出始めました。

さっきのパターンだとまた小さめの銃座が出るに違いありません。

「マジか……」

「ウソ……」

さっきは六式ほどだったのに……今回は二十、いや背中全体に砲台が出現しました。

そこから一斉に弾丸が飛び出ます。さすがの弾幕にアタッカー隊、ソーサレス隊、ファランクス隊は遮蔽物《しゃへいぶつ》から一歩も動けません。

こんなのどうしたらいいいんですか！

「ヴィーノさん！」

「仕方ない。もったいないがプランAを実行する！」

見張り台にも無数の弾丸が飛んでくるので身を隠します。

ヴィーノさんが拡声器を持ちました。

「カナディア！　プランAで行く。頼むぞ！」

カナディアさんが飛び上がり、アーチ状の橋へ上がってそのまま家の屋根へ上がります。

ちょうど高さが砲弾龍の背と同じくらいのため容易に乗り移ることができました。

当然砲弾龍の弾丸の雨に晒《さら》されますが、カナディアさんは大太刀を盾に突き進んでいきます。

「いくら何でも……カナディアさんに砲台を壊させようなんて無理ですよ！　持ちません」

「壊すのはカナディアじゃない」

「それはどういう……」

カナディアさんは砲弾龍の背に乗って走り抜けます。

「回避と防御に専念すればくぐり抜けられるはずだ」

カナディアさんは砲台に目もくれず、まっすぐ背中の上を突き進み……地面に降りていきました。

いや……何か粉のようなものを落としています。砲弾龍の背中に何かを仕込んだ感じでしょうか。

「そう。カナディアに持たせたのはA型魔力パウダーだ」

「魔力パウダー？　何をするつもりなんですか？」

「面白いものを見せてやる。ここに二百本のポーションがある。……これにはA型魔力という特定の周波を持つ魔力にのみ強く引き寄せられる魔の素材、魔鉄を入れている。それと爆弾魔獣のボムの欠片《かけら》とバチバチネズミの毛を合成させる」

これがアイテム使いの合成……。この職はほとんどいないと言われていて、少なくともこの国ではヴィーノさんしかいません。

「見てみろミルヴァ！」

何とコンテナに敷き詰められたポーションがバチバチと振動し始めたのです。

「行くぜぇ！」

ヴィーノさんが大きく手を振りました。

「ゴォーーッ！　ポーションミサイル！」

シュボ！

シュボ！

シュボ！

シュボ！

シュボ！

シュボ！

シュボ！

二百本のポーションは天高く飛び上がったのでした……。

「なぁにこれぇ」

コンテナから二百本のポーションが空へ向かって飛び出て、砲弾龍の方へ向かっていきます。

砲弾龍の砲台から放たれる弾丸で何発かは破壊されますが……その中の半分近く生き残り、砲弾龍の背中に着弾しました。

凄まじい爆発音が響きます。

爆裂魔法ならともかく、ポーションでこんなことをする人を初めてみました。

「やったんじゃないでしょうか！」

さすがにこの威力です。砲弾龍もひとたまりもないでしょう。

「砲台は全て破壊できたと思うが……」

砲弾龍は突如耳をふさいでしまいそうなほどの咆哮を上げました。

ヴィーノさんが言われる通り砲弾龍の背中の砲台は全て破壊されましたが、動きに影響がありません。

「あの背中は相当肉質が硬いな……。あれじゃダメージは通らない」

「そんな……どうすれば」

「やはりカナディアとアタッカー隊で踏ん張ってもらうしかないな」

「ヴィーノさん！　今度は背中から大きな砲台が出現しました」

「あれは……」

砲弾龍の背中からは大きな砲台が出ています。銃座をさらに大きくしたものです。

双眼鏡で覗くと砲台の銃口の数は……十を超えています。

その銃口から大きめのミサイルらしきものが飛び出してきたのです。

「きゃあああああああ！」

「あっちもミサイルかよ！」

工芸が盛んな街の家屋にミサイルが着弾し、爆発音がします。

見張り台の近くも通過して正直怖いです。

お母さん、私……今日死んじゃうかも。

「こっちもミサイルで応戦する。コンテナを並べてくれ！」

でも何とかしないとダメなので言われるがままにやってみます。

ヴィーノさんの指示通り、床にコンテナを並べました。

ヴィーノさんは再び合成して、ポーションミサイルで砲弾龍の弾を迎撃します。

シュボシュボっと飛んでいくわけですがミサイルとミサイルがぶつかりあって爆発音だらけでわけがわからない。もうどうなってるのこれ！

「ミルヴァ！　属性ポーションをくれ！」

「は、はい！」

私はヴィーノさんに属性と書かれたメモが貼られたコンテナからポーションを取り出して手渡し

ます。

「どんな魔獣にも弱点属性ってのは存在する」

炎とか氷とか有名なのはそれですね。

ヴィーノさんは氷属性のポーションを砲弾龍のミサイル砲台に向けてぶん投げました。

フリーズ・ポーションが当たった時に砲台が凍り付き、動かなくなったのです。

「わー、すごい！」

「本当の機械じゃなくて生体の砲台だからな……氷属性が良く効くのかもしれん」

「ヴィーノさんって魔法使いですか？」

「だから、ただのアイテム使いだっての」

ミサイルもそうだけど、ポーションに付加効果を与えて、あれだけの攻撃を与えられるなんて本当にすごいと思います。

さらに傷ついたメンバーや魔力が減ったメンバーへのフォローも忘れていません。

突如大通りの地面が爆発して、砲弾龍の歩みが止まります。

何があったんでしょう。

「マイン・ポーションの炸裂《さくれつ》だ！　地雷っぽく埋めたからな！　効果は絶大だ」

でも……ポーションである必要あるのかなって技も見せてきます。口に出すと怒られそうなので止めますけど……。

ヴィーノさんは破壊してもそこからまた新しい砲台が出てくるので凍らせて活動を止める方針に

切り替えたようです。

「またミサイル砲台が出やがったか」

「どうします？　フリーズ・ポーションはまだありますけど、ここからじゃ当てられませんよ！」

さきほどの凍り付いた砲台が邪魔をして、出てきた砲台が死角となり隠れてしまっているのです。

このままま っすぐ投げても新しい砲台には当たりません。このまま放置するとミサイルを撃たれるし、どうすれば……。

「問題ねぇよ」

「問題ないって、無理ですよ！　ポーションを自由自在に曲げることでもしない限りそんなの無理」

「じゃあ曲げればいいんだよ」

ヴィーノさんの投げたフリーズ・ポーション。

今までまっすぐ投げていた軌道とは違い、やや……曲線を描いています。

砲弾龍の砲台に近づいた所で一気にポーションが横方向にぐいっって曲がりました。

「すごっ！」

そのまま砲台に当たり、凍結させます。

「いけるって言ったろ？」

「えー、どうなってるんですか」

「スライダー・ポーションとでも名付けようか。ライズもフォークもシュートも全部投げられるぞ」

よく分かりませんが、ポーションの軌道を自在に操れるヴィーノさんは魔法使いを超越した存在なのかもしれません。

その内もっと驚くべきことが見れそうな気がします。

「お、ダウンさせたぞ！　みんなやっちまえー！」

じっくり足を切っていたアタッカー隊が砲弾龍の足留めに成功したようです。

カナディアさんを含み、全員で攻撃します。ヴィーノさんもポーションを頭にぶん投げて支援しています。

これを繰り返していくうちに一方的に攻撃できるようになってきました。

これはもしかして……魔獣討伐もできるんじゃないでしょうか！

私、今とんでもなくスゴイ瞬間に立ち会っているんじゃないでしょうか！


ピギャアアアア！　ピギャアアアア！　ピギャアアアア！


今までの悲鳴とは違う……奇声とも言えるような声です。あまりの気持ち悪さに吐き気がしました。

な、何でしょうか。砲弾龍が静まって止まってしまいましたよ。

「これは……もしかして！」

ヴィーノさんは何かに気付いたのか表情が険しくなります。

「まずい！　全員撤退しろ！　主砲が飛んでくるぞ！」

ヴィーノさんは大声で拡声器を使って最前線のメンバーに怒鳴りつけます。

そして……私にいきなり抱きついてきたのです。

「きゃっ、ちょ、何ですか！」

「うるさい、ちょっと黙ってろ！」

「もう！　カナディアさんにバレたら……まぁ私、年上好みですし、ヴィーノさんが優しくしてくれるなら……って」

見張り台から一緒に飛び降りた⁉　落ちる、落ちる、落ち～～～る！

「滑空装置を機動させるぞ！」

そうだ、逃走用にグライダーをつけていたのでした。

風魔法を利用した魔導機器で高所からゆっくりと滑空することができます。

私とヴィーノさんは大通りに降り立ちました。

ヴィーノさんが走って向かう所に私も追っていきます。

砲弾龍の近くまで近づきます。アタッカー隊もファランクス隊も撤退したのでここには私とヴィーノさんしかいません。

遠い所では分かりませんでしたけど……思った以上に大きくて怖いです。

「ヴィーノさん、砲弾龍は何をしようとしてるんですか？」

「忘れたか？　三度の奇声を上げた後、額のコアが赤く光り、口から放たれる熱線は全てを焼き尽くし、なぎ払われるってギルドマスターの親父が言ってただろ」

「ああ、そういえばそうですね。三度の奇声を上げて……ちょうど今、額に何か出てきましたね」

「あれがコアなんだろう。大技をぶっ放す時に露出させると見た」

「あの……、もしかしてこの後熱線が出てくる……とかじゃないですよね」

「出てくるぞ、ほらっ、砲弾龍の口が開き始めただろ」

「……。ここにいたら熱線に巻き込まれるとかないですよね」

「直撃するな。恐らく骨も残らない形になる。なんで、君は逃げなかったんだ？」

あっけらかんと話すヴィーノさんに私の肝《きも》は完全に冷えてしまいました。

「いやぁぁぁぁ!!　まだ彼氏もいないのに死にたくないですぅぅぅ！　すぐ逃げましょう！」

「無駄だよ。なぎ払うって言っていただろ。今更どこに逃げようとも熱線で周囲をなぎ払われたら一緒だ」

「じゃあ……どうするって言うんです！　ヴィーノさん、何とかしてください！」

ヴィーノさんは懐からポーションを取り出しました。

「俺はアイテム使い。ポーションを取り扱うことしかできねぇ……。だからポーションで何とかしてやる」

もうやだぁ……。遺書を書いていればよかったです。

なおも開き始める砲弾龍の口。中から紅く光る何かが見えます。あそこから熱線が放たれるのでしょうか。

「ぐすっ、お母さん……」

「大丈夫だ、ミルヴァ。俺を信じろ」

「で、でも！」

「この貴重なボム神の欠片を入れ込んだボム・ポーションがここにある」

ヴィーノさんはぐつぐつと揺れるポーションを握りしめました。

確か……ミサイルの時も爆発魔獣であるボムの欠片を入れていた気がします。

「決着をつけようぜ砲弾龍！」

ヴィーノさんは大きく振りかぶり、足を上げて、ポーションをぶん投げました。

今回はまっすぐ、とてつもない速さでポーションが一本砲弾龍の方へ向かっていきます。

砲弾龍の口の中から出現する熱線も同じく解き放たれました！

でも……ヴィーノさんの投げたポーションの方がわずかに早かったのです。

砲弾龍の口の中で熱線を受けて爆発したポーションは爆音を経て、砲弾龍の口の中を破壊したのでした。

砲弾龍から悲鳴が上がり、もくもくと黒い煙が出現します。

だけど……まだ砲弾龍は動きます。

「くそっ、まだ決着がつかねぇのか！　だったらカナディア！」

その声と同時に美しい黒髪と俊敏《しゅんびん》な動きで魅了するカナディアさんが現れたのです。

向かう先は……熱線を出すためさっきまで紅くなっていた額のコア。

おそらく……ここが最大の弱点なのでしょう。

カナディアさんは飛び上がります。

「一の太刀【落葉】！」

飛び上がったカナディアさんが大太刀でコアを思いっきり串刺《くしざ》しにします。

その勢いと強さは……どんなモンスターも串刺しにしてしまう。そんな感じでした。

「くっ、それでも固いのか」

刀はコアから弾かれてしまい、手応えはないようです。ヴィーノさんもカナディアさんも表情を曇らせます。

砲弾龍は再び動こうとしました。

「ヴィーノ、プランBを！　これで決着をつけます！」

「分かった。気をつけろよ！」

ヴィーノさんは腰に巻いているホルダーからポーションを取り出しました。

飛び上がるカナディアさんの口にめがけてポーションを投げ飛ばします。

カナディアさんは口で受け止めました。

何か水生《すいせい》動物に魚のエサを与えているみたいですね……。

予想通り、口の中がポーションで満たされたカナディアさん。その効果はすぐに現れたのです。

「天使……？」

私はそう呟いていてしまいました。

カナディアさんの背に生えた……白く美しい羽。

まるで……天使の羽のようでした。そのまま……カナディアさんが高く飛び上がります。

「フェザー・ポーション。一定時間、浮遊《ふゆう》の効果を与える特殊ポーションだ」

そんなバカな……と思いつつもカナディアさんが踊るように白い天使の羽をはためかせるのです。

「なんて美しい……」

「ああ、確かに」

私もヴィーノさんもその動きに見惚れていたんだと思います。

太陽の力を受けた黒髪の天使は大太刀を下に向けて急降下しました。

その勢いはさっきの攻撃より断然強い！

「一の太刀・終極《しゅうきょく》【枯葉《かれは》】！」

砲弾龍のコアは砕け落ち、同時に砲弾龍の活動が収まりそれから……動くことはありませんでした。

無茶苦茶なポーション使いと黒髪の天使のおかげで……私達は勝ったのでした。

◆◇◆

砲弾龍の大討伐クエストを終えて一週間が過ぎた。

砲弾龍の攻撃により被害を受けた街の修復に大通りに座する魔獣の撤去及び解体作業。物資と人の輸送の護衛に足りない素材の採取など冒険者達はずっと働きづめだった。

レアな魔獣である砲弾龍の素材が良い金になったおかげで街の修復の費用は賄《まかな》えるようだ。

このような突発的なクエストで冒険者が得られる報酬は雀《すずめ》の涙ほどである。このあたりは冒険者ギルドの規則などもあり仕方ない所はあるが困窮《こんきゅう》している冒険者達にはつらい所だ。

俺は指揮の件、討伐の実役者ということもあり、砲弾龍の素材の中で貴重な部位をもらうことができた。今後のポーション合成に役立てることができそうだ。

俺は一人冒険者ギルドへ顔を出す。相棒のカナディアは孤児院の方へ手伝いに行っていた。

今回の件があり、砲弾龍の進行方向に孤児院があったためギヨーム商会も商業施設の建設場所を変えたらしい。予想通りだったがまた巨大魔獣がやって来る可能性がある所に大規模施設は作らないか。

孤児院から先生や子供達が引っ越しする必要は無くなったため皆に笑顔が戻っていた。

「ヴィーノさん、おはようございます！」

「ミルヴァ、おはよう」

受付係ミルヴァは元気いっぱいに声をかけてくれる。

この前の戦いでは相当無理させてしまい怖い目に遭わせてしまったと思う。

「あの戦いが終わってから……ヴィーノさん、大人気ですね」

破滅級の魔獣はS級魔獣よりも討伐が難しいとも言われている。

まぁ、他の冒険者達が俺の指示に素直に従ってくれて全力で戦ってくれたのが大きい。

勝手気ままに動かれていたらこうはならなかった。なんだけど……これは何とかならんかな。

「お疲れ様です、【ポーション狂】！」

「今日は何のポーション作ってたんですか【ポーション狂】！」

「【ポーションマジ狂】のポーションマジですごいっすね！　新しいの売ってくださいよ」

このように下級冒険者から慕《した》われるようになった。

「なぁミルヴァ。俺は【ポーション卿《きょう》】って言われていると思ってるんだけど……何か発音が違うような気がしてならない」

「あはは……【ポーション狂】ですよ、【ポーション狂】」

栄誉なことに冒険者ギルドから功労賞ということで二つ名を贈られることになった。それは嬉しいことだし、A級冒険者で二つ名を持つ者は数少ない。あと……困ったことがもう一つ。

「ひっ！【ポーション狂】」

何か女性のギルド職員や一般人が俺の顔を見て怯えるんだがどういうことだろうか。

「そりゃあれですよ。ポーション飲み過ぎてもう飲めない女性冒険者に『もう飲めないだと⁉　じゃあそのガバガバの口に飲みやすいようにドロドロした真っ白いものがつまったデッカイやつをつっこんでやる』とか言って乱暴するからですよ」

「ポーションを口に咥えさせただけだろ！　あと言い方⁉」

十五歳の女の子がそんなこと言うんじゃない。

ミルヴァが呆れた顔で流暢《りゅうちょう》に喋るもんだからつい口出ししてしまった。

そりゃ液体じゃ何本も飲めないって意見を参考にしてヨーグルトタイプのものを用意したというのに……。

その件があってから女の子の口に無理やり瓶をつっこむ変質者みたいな噂が伝言ゲームのように

この街で広がってしまったのだ。

素直に液体類一本に絞《しぼ》るべきだろうか。

男性の冒険者からは同情されるが……一般女性に怖がられるのはちょっとつらい。

「でも……あたしは【ポーション狂】結構好きだけどなぁ」

「へ？」

後ろから現れたのは砲弾龍の時に魔法使いとして共に戦ってくれたC級の女性冒険者だ。

俺よりも年上で……結構色気ムンムンである。

側に寄られて、良い香りにクラクラしそうだ。やばっドキドキしてきた。

「ねぇ、もしよかったら夜に一緒にポーションのことで話し合わない？」

「え、えーと」

ごくわずかな女性冒険者からウケがよくなったのだ。

決まって遊び慣れているお姉さんタイプの人なんだが、恋人のいない俺は願ったり叶ったりだったりする。

だけど……。

世の中そう上手くは出来ていない。

「あ、あたしは用事があるから帰るね！」

色っぽいお姉さんは突如俺から離れて冒険者ギルドから立ち去ってしまった。

くっ、連絡先とか名前とか聞けてなかったのに……だがこうなる原因は分かっている。

「あ、カナディアさん」

ミルヴァの声に恐る恐る振り返る。

すると殺気をまき散らしたカナディアの姿があった。

風が吹いているわけでもないのに黒髪が波打つように揺れており、翡翠の瞳が怪しく光っているようだ。

「別に浮気は男の甲斐性ですので……ヴィーノが誰を愛そうが私は構いません」


ザスッ！


「なんで大太刀を地面に刺すの⁉」

思いっきり突き刺すもんだからギルドにいる他の冒険者も唖然《あぜん》としてるんだけど⁉」

魔獣も去ってしまいそうなほどの圧力だ。自然と滝のような汗が額から噴き出てくる。

「妻は後ろで泣くばかりです。まぁ、ヴィーノが他の女を手に入れるというならその女を殺して私も死にます！」

「君の夢は黒髪の地位向上だよな、本末転倒になってないか⁉」

「それはそれ」

怒りで自分でも何言っているか分かってないんだろうな！

そもそも別に俺はカナディアと交際しているわけでも何でもないわけだし……誰と喋ろうが勝手

じゃないだろうか。そんなこととても言えない雰囲気だけど。

よし、考えてみよう。もしかしたら俺が他の女と話すことでカナディアは捨てられるって思っているのかもしれない。

そうだよ。俺がいなくなったらカナディアは一人になってしまう。だから不安なのだろう。

ここは安心させるのが得策だ。

「大丈夫だよ。俺は絶対カナディアを手放したりしない」

「へ？」

「君がその黒髪で俺を癒してくれる限り……側にいるからさ」

「ヴィーノぉ！　うへへへへ、そんなこと言われたら照れちゃいますよぅ」

「はぁ……。あのー、えーとですねぇ。ヴィーノさんとカナディアさんにここ来ていただいたわけはですね」

今、ミルヴァさんに思いっきり呆れるようなため息をされたような気がする。

そこはあえて聞かなかったことにしよう。

孤児院に行っていたはずのカナディアがここにいるのはミルヴァに呼ばれたからなのか。

「ごほん、驚かずに聞いてくださいね」

可愛らしく咳払《せきばら》いし、ミルヴァは書類を手に取り読み始めた。

「王都の冒険者ギルド……つまり本部からの通達でお二人には正式にS級冒険者になるための認定試験を受けて頂くことが決まりました。その連絡です」

「え」「へ」

俺とカナディアの声が重なった。

「おめでとうございます！　この試験に合格できればお二人ともS級冒険者ですよ！」

「え？　俺も？」

恐らく砲弾龍戦での活躍が評価されたのだろう。カナディアが認定試験を受けるのは当然だがまさか俺まで資格を得られるとは思ってもみなかった。俺のA級ってお情けだと思っていたからS級になるとは思っていなかった。

「はい、書類にはヴィーノさんとカナディアさんの名前が書かれていますよ！」

ミルヴァから書類を見せてもらう。確かにギルド本部の認定印も押されてあるから間違いない。

しかし……まぁ、砲弾龍を倒して一週間だぞ……随分と早い話だな。

「いや、でも……これはチャンスだ。頑張ろうなカナディア！」

「はい！　夢に一歩近づけたんですね！　嬉しい……」

S級冒険者になれれば王都の国管轄《かんかつ》のクエストを受けることができる。

S級は身分の証明として絶大的な信頼もされるので……安心だ。

カナディアの黒髪の言い伝えを払拭《ふっしょく》するための土台作りになるのだ。

「がんばれよ、【ポーション狂】！　応援してんぜ！」

「応援してますからね！」

S級認定試験の話を聞いた他の冒険者達が応援してくれる。

「頑張ってね！【堕天使《だてんし》】！」

「はい、ありがとうございます！」

俺が【ポーション卿】という二つ名を頂戴した中でカナディアは【堕天使】という名をもらった。

あの時俺が飲ませたフェザー・ポーションの効果で白い羽根を生やしたわけだがそれと黒髪の姿が相まってそんな二つ名となってしまったのだ
「なぁ、カナディア。本当に【堕天使】でいいのか？」

「え？　はい！　私の黒髪をモチーフにしているのですよね。だったら……嬉しいです」

女の子にこんな二つ名付けるってどうなのかなって思ったけど……本人が納得しているならいいか。

気付けばカナディアのまわりは彼女を応援する冒険者やギルドの職員達に囲まれていた。

あの砲弾龍戦を経てカナディアへ期待が黒髪に対する憎悪を上回ることができたんだ。

本当に上手くいったと思う。でも……それはカナディアが頑張ってくれたおかげなのだろう。

孤児院にギルドと……カナディアの居場所が出来てきているのがとても嬉しい。

「試験は三日後、交易の街に試験官が来られるそうなので向かってください」

「ああ」

「分かりました」

ミルヴァの言葉に気合い十分に返事をする。ギルド内の冒険者達も俺達の旅立ちを応援してくれていた！

「【ポーション狂】！　【ポーション狂】！　【ポーション狂】！」

「【堕天使】！　【堕天使】！　【堕天使】！」

でも正直、悪口にしか聞こえないのが問題だ。

交易の街【アテスラ】。王国の中で四番目に大きなこの街は王国南部区域の中で最も大きな街である。隣国と陸路で繋がっており、交易が盛んな街として古くから親しまれてきた。

今はギヨーム商会などの手により隣国である帝国の文化が伝わり、急速な近代化が進んでいたりする。それによって冒険者達もまた対応を余儀なくされるのだ。

旧パーティ【アサルト】に囮にされて追い出されるまではずっとこの街を拠点に活動してきた。

まだ一ヶ月も経っていないというのに懐かしい感じがある。

工芸が盛んな街【エグバード】に比べれば人口も多く、冒険者ギルドの規模も比べものにならないほど大きい。ただ、治安が悪いのが玉に瑕である。

【エグバード】から馬車で数時間かけて、俺とカナディアはこの街へとやってくる。そのまま寄り道せず、交易の街の冒険者ギルドへと足を運んだ。

このギルドは酒場と中で繋がっており、今日も昼間から騒ぐ声がよく聞こえる。

この酒場が旧パーティである【アサルト】の行きつけでもあった。

さすがに昼間からはあいつらも飲んだくれてはいないか。

ばったりと会わないことに少し安心する。

「ヴィーノさん、カナディアさん。ようこそおいでくださいました」

交易の街の受付はこの道二十年のカインが務めている。

向こうのミルヴァと違い常に冷静、落ちついた態度だ。それが安心できるというのもある。

カナディアもペコリと礼をする。

カインであれば黒髪だろうが何だろうが変わらない対応するんだろうな。

ちょうど良きタイミングで交易の街のギルドマスターが通りがかる。じろっと見られたのであまり気が進まないが声だけでもかけておこう。

「あ、ギルドマスター。お久しぶりです」

「チッ」

おいおい、舌打ちして向こうに行っちまったぞ。

「私はあの人嫌いです」

「元々差別意識の強い人だったからな」

カナディアがものすごく睨んでいる所を見ると相当黒髪で嫌みを言われたのかもしれない。

A級冒険者パーティ【アサルト】がここのギルドマスターと懇意にしていたからパーティを外れた俺を敵視しているのだろう。

【アサルト】がギルドの補償制度を使ったことも知っている。俺は生きているというのに補償のお咎《とが》めなしなのはここのギルドマスターがもみ消したんだろうと思う。

「王都の本部が地方のギルド支部の方にS級への認定試験を打診したことが痛手ですね」

俺とカナディアの会話にカインが割り込んだ。

いつもは指示書通りの仕事ぶりなのに珍しい。

……理由は分かるというもの。

「ヴィーノ、どういうことですか？」

交易の街のギルトに【アサルト】、そしてS級。俺もカナディアも大半はここで過ごしているのだからもっと喜んで欲しいぐらいなんだけどな……。理由をカナディアにざっくりと説明することにした。


ギルドはS級冒険者を地元から出すことは名誉なことと考えられている。特にこのギルドは今までS級を輩出したことがなかった。

んで一番可能性のあった【アサルト】のメンバーより俺とカナディアの方が早く認定試験の連絡が来たから大慌てだ。

それに俺とカナディアは工芸が盛んな街のギルドに所属しているから、ワシが育てた自慢もできないし面目丸つぶれだ。

実際俺はともかく、カナディアは単独冒険者で活動させられたのは間違いなくここのギルドマスターの嫌がらせなのでカナディアは絶対にこの街の冒険者ギルドを良く思っていないだろう。

【アサルト】がS級になれると思って賄賂《わいろ》とか根回しとか、揉み消しもかなりの数をしていたらしいし、当然か。俺には何も恩恵《おんけい》無かったけど！

「あれでも我々の長ですからこれ以上は……」

「ああ、分かっている」

「では試験官が応接室でお待ちですのでそちらへお向かいください」

応接室は酒場の中を通ってさらに奥の通路に存在している。

俺とカナディアは堂々と酒場を横切って……応接室へ向かった。

交易の街で冒険者やっている時は俺にもカナディアにも陰口を言いたい放題だったやつらが俺達が通りかかることが分かると喋りを止めて黙って見つめる。

「あれだけ暴言を吐いていたくせに何も言ってこないですね」

「S級は文字通りスペシャルの冒険者で、特別で格上なんだよ。それに暴言を吐いたりしたら自分の首をしめるだけになる」

「なるほど……ではもし、私達がS級になれなかったら」

「盛大にバカ笑いするだろうよ。実際に昇格できる確率は二割に満たないって言われている。一回では厳しいかもしれないな」

このあたりは試験官のさじ加減だ。

試験官がS級として相応しいと思えば昇格できるし、無理だと思えばずっとA級のままである。

S級は実力主義だ。俺はともかく、カナディアの戦闘力なら十分になれると思っている。

「ふふ、でもヴィーノと一緒だったら……どんなことでも乗り越えていけるような気がします。最強の【ポーション卿】なのですから」

「はは、【堕天使】には敵わないな……。ああ、二人で頑張ろう！」

通路の先に応接室と書かれたプレートを見かける。ここだな。

礼儀としてノックをするとえらく若い声で入っていいぞ！　と声がした。

ちょっと不思議に思ったが入室することにする。

応接室の扉を開けた先にはえらくちっちゃい……女の子が腕を組んでこっちを見ていた。

子供……？　いや、それはないか。

「よく来たな!!」

やっぱり子供かもしれない。

変声期を超えていないのかと思うくらい高い声で叫ぶもんだから拍子抜けしてしまった。

でも……奥に立て掛けられているハルバードはどう見ても子供が持つものじゃないからそうなんだろうな。

会うのは初めてだがこの女の子が誰かを知っている。

「試験官はあなたでしたか【風車《ウインドミル》】」

「おう！　あたしのことを知っていたか！」

まるで子供のように無邪気な笑顔を見せる女の子。

ちょっとしたアホ毛《くせ》を立たせた青のツーサイドアップでピンクの髪飾りを留めている。

ぱっと見た感じは十二歳くらいの少女にしか見えないが彼女は立派な冒険者である。

【風車】の二つ名を持つ彼女の名はアメリ。

「ええ、アメリさん。S級冒険者であるあなたを知らない人なんていませんよ」

「そっか！　そっか！　あたしも有名になったな。えーとヴィーノとカナディアだな。……それとあたしに敬語はいらないぞ。そういうの苦手だしな」

「そうですか。ごほん、ならご要望通りで……でもいいのか？」

「ああ、年も近いからいいだろ」

「そうなんだ？　君は結構若いんだな」

十代のS級冒険者は聞いたことないから二十歳ぐらいだろうか。いやでも見た目はどう見ても十二歳くらいだ。

「おいおい、よしてくれよ……これでも二十五歳なんだぜ。あはは！」

エッ⁉

それなりに年上じゃねーか！

この場合どう反応したらいいんだ⁉

「カナディア！」

「ぷい」

察してこっちを向いてくれない。

今更、敬語口調やめるのもあれだし、俺の年齢はバレているはずだから言葉通りそのままでいこう。

彼女が試験官である以上機嫌を損ねるわけにはいかない。

アメリにゆっくりと近づく。

「しかしまぁ、低級冒険者を率いて砲弾龍を撃破か」

「あ、ああ……」

【堕天使】はともかく【ポーション狂】あまりに強そうには見えねーけどなぁ」

「ってことはやっぱり目的はカナディアなのか？」

「まーな。久しぶりにＳ級に相応しい人材が現れたんだ。でもＳ級は支援役が少ねーからあんたにも期待してんぜ」

Ｓ級冒険者は戦闘至上主義と聞く。

単独でＡ級まで上り詰め、砲弾龍戦で大活躍したカナディアが注目されたのは当然と言えば当然だ。

カナディアがメインで俺がおまけってとこかな。上等！

「そんで……あんたがカナディアか」

「は、はい、きゃっ！」

声かけと共にアメリは大胆にカナディアの体に抱きついた。

二人ともそれなりの身長差があるのでアメリがしがみついているような感じだ。

「おっ、いい体つきじゃねーか！　しっかり鍛えられてるのにモチモチ肌でやわらけぇ」

「あ、あの？」

「カナディア、あんたいくつになるんだ？」

「じゅ、十六ですけど……」

「マジか！　十六でこんなドスケベなカラダしてんのかよ！　許せねぇ！」

「な、何するんですか！」

年齢の割にカナディアの成長は早い。喋ってみると年相応なんだけどふと見える胸とか尻とかふとももは十六歳のポテンシャルじゃない。圧倒的である。

二人を見るとアメリの方が年下に見えるけど九歳も年が離れているんだよなぁ。

アメリはカナディアの体を胸から下に撫でるように触れていき、いきなり脇腹あたりをわしわし始めた。

「こちょこちょこちょ～」

「ひゃあああん、キャハハハハ！　ちょ、ちょっと！」

「お、カナディアは相当弱いなぁ？　拷問《ごうもん》とかされたらダメだぞ～。おねーさんが今の内にどこが弱いか探してやろう」

おっさんみたいな言動をする……。

アメリはカナディアの体中を手でまさぐり、敏感な所を探し出す。

尻が敏感って言ってたからドコ触ってもいい反応は見られるだろう。

カナディアは体をくねらせて身をよじるがたまらず地面に倒れ込んでしまった。

覆《おお》い被《かぶ》さるようにアメリが動き、カナディアの体をくすぐっていく。

「や、やめ……」

「やっぱり腋《わき》の下の反応が一番かぁ。くびれた脇腹も悪くない……。ふひひ……」

「やりなれてるな。動きに無駄がねぇ……」

「あたしより若くてスタイルのいい女を触らずにはいられねー。その中でもカナディアは……特《とっ》級《きゅう》だぁ」

「ほぉ」

「ヴィーノも参加すっか？」

「お願いします！　いや、ダメだろ！」

くすぐられまくって淫《みだ》らな様子を見せ、顔を紅潮させたカナディアは実に色っぽい。

思わず混ぜてくださいと言いたくなってしまった。

「ホントいい体してんなぁ。十六歳のくせに何カップだぁ？」

「やん、もぅ……ドコ触ってるんですか！」

「ん？　胸よりもくすぐってほしいのか？　こちょこちょ～」

「ち、ちが……ひゃははは、ヴィ、ヴィーノたすけてぇ！」

乱れ、笑い苦しむカナディア。

仲間が困っているんだ。あとちょっと眺めたら助けにいこう。

よし、助けるぞ！　三、二、一。

「ひゃあぁん！」

……尊《とうと》い。

助けるのは止めにしよう。

じっと眺めていたらいい加減にしてくださいと俺も含めてとっても怒られてしまった。

だが……とても良いモノを見せて頂き満足でした。

俺の脳内に刻みつけておこう。

「おっし……んじゃ説明すっぞ」

気を取り直したアメリが疲れて息も絶え絶えのカナディアと俺に向き合う。

「カナディア、大丈夫か？」

カナディアが俺のことをじっと睨んできた。

「ヴィーノのえっち」

「いや、そうは言うけどなぁ……」

「でもアメリさんの手技すごかったです。私の苦手な所をピンポイントで攻めてくるからされるがままでした」

「へぇ……」

「おい、コラ。人の話聞いてるかぁ。カナディア、希望すんなら泣くまでくすぐるぞ」

「いやああ、勘弁してください！」

アメリが手をワキワキさせてカナディアに見せつける。

カナディアはそれを見て露骨《ろこつ》に反応して両わきをしめて俺の後ろに隠れてしまう。

随分とトラウマになってしまったようだ。

「やるならヴィーノにしてください！」

「おい」

「えー、男に興味はないもん。かわいい女の子だから楽しいんだよ」

「だそうだ」

「うぅ……」

閑話休題。

アメリから今回の試験のこと、王都の冒険者ギルドについて話を聞き、意見を交換させてもらった。

気さくに何でも答えてくれて……とてもありがたい。アメリは面倒見の良い冒険者のようだ。

「じゃ、これからS級ダンジョンの【不夜《ふや》の回廊《かいろう》】へ行くぞ」

ああ、この交易の街の近くにあるダンジョンで唯一《ゆいいつ》のS級だ。

それ以下のランクの冒険者には入場制限がかけられていて、俺も入ったことないんだよな……。

ポーションの準備も万端。悔いが無いように行こう。

応接室を出て、前を歩くアメリを追っていく。

酒場ではアメリの姿を見てどよっとざわめいた。

S級冒険者はその存在だけで敬われる。

ぱっと見、十二歳ぐらいの女の子にしか見えないが、背負う巨大なハルバードを風属性の魔法を使って操る様から【風車】なんて呼ばれるんだ。

それにしても……ポーション卿よりもよっぽどかっこいい二つ名だよな。羨ましい。

ギルドの受付所を通り過ぎたらギルドマスターがアメリの顔を見て萎んだ顔をしてしまった。

さっきは舌打ちしてたってのに……。

アメリが振り返る。

「カナディアの扱いでこのギルドにクレームを入れたんだ」

「それはどういうことですか？」

「単独で動いているA級冒険者がいるってことを王都のギルドに報告してなかったんだよ。単独でA級までいける奴はそうはいねぇ」

アメリはやれやれと肩をすくめる。

どうやらカナディアはワンマンパーティと思われていたそうだ。例えるならA級一人で他はB級以下の支援役ばかりで組んでいると思われていたって所だ。

単独冒険者とワンマンパーティでは性質が全然変わってくる。

恐らく支援がいたらカナディアはもっと早くA級からS級へ上がっていたと思う。

一人で戦うことというのはそれほどまでに大変なのだ。特に攻撃特化の職は支援されてこそ真価を発揮する。

クラスアップとパーティ人数についていろんな規約があるんだけど、そこは追々として、単独でA級までいける人は滅多にいないとアメリは言う。

「もっと早く分かってりゃあたしが引き取ったのによぅ～。あたしのフォローであと一人前衛が欲しかったんだ」

S級冒険者からの勧誘、滅多にないことだがカナディアの能力を考えれば当然といえる。

カナディアをずっと一人にさせ続けて、心を消耗させた交易の街のギルドの罪はデカい。そのあたりの話もアメリは知った上でクレームを入れたのかもしれない。

「もし、カナディアがウチに来てくれたらあたしが一時間でも二時間でもこちょこちょしてやるのにさ」

「ひぃ!? そんな長い時間くすぐられたら死んでしまいます!」

カナディアは恐怖の表情を浮かべ、全身を身震いさせた。

遊ばれまくってんな……。

冒険者ギルドを出て、街の正門を抜け目的地へ向かう。

「よし、頑張るぞ!」

「待ちやがれぇぇ!」

その言葉で俺もカナディアもアメリも立ち止まる。

ああ、やっぱり。できれば会うことなくこのクエストを終わらせたかった。

聞き覚えのありすぎる、乱暴で品の無い男の声。

振り向くとそこには……かつて所属していたパーティ【アサルト】のメンバーが揃っていた。

トミー、オスタル、ルネ、アミナ。

冒険者になって初めて組んだパーティのメンバー。冒険者になって四年間ずっと共に過ごしてきた。

でも俺はこいつらに殺されかけ大きな傷を負うことになる。体の傷は癒えても心の傷は根深い。

今や憎しみすら浮かんでしまうほど……大きな隔《へだ》たりを感じていた。

「どういうことか説明してもらおうか、冒険者アメリ」

【アサルト】のリーダーのトミーがアメリに向けて声を掛ける。

険しい表情を浮かべたオスタルとルネ。そして困惑した顔つきのアミナ。あと一人が最近入ったという噂の回復術師の男か。

「何を？」

アメリがあっけらかんと返す。その声は俺やカナディアに向けられる物とは違い、ひどく冷めていた。

「こんな無能と死神がＳ級昇格の試験を受けられて俺達が受けられないってどういうことだよ！」

オスタルがアメリに詰め寄った。オスタルは図体も態度もデカい。

だがアメリは動じていない。

「頭《ず》が高いんだよ。敬語くらい使えないの？」

「っ⁉」

アメリの放つ気迫にオスタルは震え、後ろにへたりこんでしまった。

Ｓ級冒険者が持つ気迫はすごい……。アメリの実力は別格に思えた。

「このパーティのリーダーはあんただっけ。名前は？」

「トミー……です」

アメリの気迫にさすがのトミーも言葉を改める。

元々トミー、オスタル、ルネは俺の年齢とほぼ一緒だ。アメリを敬うのは当然のことである。

俺に対しては敬語じゃなくて良いって言っていたから……根本的に【アサルト】のことは嫌いなのかもしれない。

「じゃーよ。本当に【アサルト】がS級昇格の試験を受けられるって思ってんのか？」

【アサルト】の面々、誰もが言葉を発せない。もう分かっているんだろうな……。だけどそれを認めることができない。

なら俺が言ってやろう。

「自分達はS級どころかA級すら過ぎたランクでしたって誰も言わねぇの？」

「はぁ!?　無能のくせにふざけたこと言ってんじゃねぇよ！」

「あんただってその死神の力のおかげでしょ!?　女の力に頼ってるくせに！」

オスタルとルネが言い返してくるが……痛くもかゆくもない。

格が違うなんて言葉は使いたくないが……いや、格が勝手に下がったのはあいつらだな。

「俺が所属してる時はA級クエストもクリアできていたのに俺がいなくなってクリア出来なくなったんだろ。理由は明白じゃないか」

「……」

オスタルとルネ、そしてトミーから鋭い目つきで睨まれる。

だが俺は怯まない。

君達がA級クエストを失敗続きだってことは工芸が盛んな街のギルドにも伝わっている。

あの小さなギルドで伝わっているのだから王都の冒険者ギルドにも伝わっているのだろう。

A級パーティの凋落《ちょうらく》にざまぁみろという声もよく聞かれる。

【アサルト】はやりたい放題しすぎたのだ。

「調子に乗るなよ……」

トミーの絞り出すような声に一歩カナディアが前へ出た。

「私の仲間に不遜《ふそん》な態度を取らないでください。正直、そちらの回復術師の方以外は鍛え直した方がいいと思いますよ。絶望的に能力が足りてないかと。ヴィーノの回復に頼りすぎていて技術を磨かなかったせいですね」

カナディアの直球な声に【アサルト】の面々は般若《はんにゃ》のように表情を変えた。

「も、もういいじゃん！」

大きな声を出したのはアミナだ。

唯一二つ年下のアミナが対面する俺達の間に入る。

「今までにーちゃんのポーションに頼り切っていたのは確かなんだし……！　ねぇ……にーちゃん、にーちゃんが作ったポーションをあたし達に売ってほしいの」

「はぁ!?　そんなの無能から奪い取ればいいだろ！」

アミナは元々、四人パーティだった【アサルト】で後から入った冒険者だ。

当時はまだまともだったトミー達を尊敬し、このパーティに入って腕を磨いていた。

四年冒険者をやっている俺達の半分の年数で同じ所まで上達したのでアミナ自身才能はあるのだろう。

もしこの【アサルト】がここまで歪まなかったらもっと良い冒険者となれていたに違いない。

アミナの言葉に少し心が動きかけた。だが、やっぱりやめだ。

欲しいなら……正規価格で売ってやる。

「特製ポーション一本、大銀貨一枚、マジックポーションは大銀貨二枚でどうだ？」

「ふざけんな！」

その言葉にオスタルから暴言が飛び出る。ちなみにレートは一番効能が悪く、安いポーション一個で小銅貨二枚ほど。貨幣の種類に小銅貨、大銅貨、小銀貨、大銀貨、小金貨、大金貨となる。

よく使うのはこのあたりだろう。下に行くほど十倍の価値となる。

大銀貨一枚あれば安価のポーションを五百個買える計算だ。

ちなみに同じぐらいの効果がある伝説の秘薬エリシキル剤で大金貨数枚だ。結構破格の値段だと思うけどな。

ただ、A級クエストクリアにもらえる報酬が多くても大銀貨数枚程度なので、今のこいつらでは支払うことすらできないのは知っている。

「んじゃ【アサルト】の方々はB級クエストでもクリアしながら何とかA級になれるように頑張ってください。それじゃ」

話はこれで終わりだ。煽《あお》ってるみたいになってしまったが……これ以上こいつらと話をしたくない。

「ヴィーノ」

鈍い声でトミーが呼び止めてくる。

「俺達と決闘しろ。……俺達が勝ったらS級昇格試験を取りやめ、ポーションを俺達に供給しろ」

「なぁ、トミー。君は自分が何を言っているのか分かってるのか？　横暴《おうぼう》にもほどがある、そう思わないか？」

「……」

オスタルやルネが言葉で追撃をしてこないことから……トミーの言葉が破綻《はたん》しているのは誰が見ても明らかだった。

このトミーという男、リーダーとしての資質はあるんだが想定外の事態に弱い所がある。

多分、自分でも何を言っているのか分かっていないんだろう。

放置してもいいが……それが祟《たた》って他のことに波及《はきゅう》するのはまずい。

トミーはやりかねない。言葉ばっかのオスタルやルネよりよっぽど根性が曲がっている。

「分かった。いいだろう。俺が君達を完膚《かんぷ》なきまでに叩《たた》きのめせばいいんだな」

「はぁ……」

アメリが後ろで言葉を吐く。

「勝手に決めるなって言いたくなるけど、めんどくせーし勝手にしな。あたしは【不夜の回廊】の入口で待ってる。勝ったパーティに試験を受けさせてやる」

それだけ言ってアメリは走り去ってしまった。

二対五だが……負ける気はしない。負けるわけにいかない。

「俺はパスするぜ」

今まで言葉を一度も発してなかった男の声に気がそがれてしまう。

最近【アサルト】に入ったという回復術師の男。

「俺の名はガルだ。【ポーション狂】の噂はかねがね……。あんた達の個人的な争いに参加する気はねぇ。正直、砲弾龍をぶっ飛ばした奴らと戦ってケガなんてしたくないし」

ガルの言うことは尤《もっと》もだ。無関係の立場でカナディアの斬撃やポーション投擲を食らったらたまったもんじゃない。その気持ち、納得できる。

俺は当然了承した。

「あ、あたしも……」

その声に俺だけでなく、【アサルト】の面々も驚いていた。

アミナが声を上げたのだ。

「トミーの言っていることは無茶苦茶だし……、にーちゃんを殺そうとしたあたし達が……にーちゃんからさらに奪うなんて無理、戦えない」

そういえばアミナだけは俺を囮にする計画を知らなかったっけ。あの時も混乱していたように見えた。

他のメンバーよりはこのパーティに入って歴が浅い。だから我慢ならない部分が出てしまったのだろう。

だったら……こっちも。

「カナディア、下がっていい」

「いいのですか？」

「ああ、ここで勝ってもカナディアのおかげって言われそうだし……」

俺はポーションホルダーに手を入れる。

トミー、オスタル、ルネの三人は各々の武器を構えた。

「こいつらなんて俺一人で十分だ」

「言ってくれるじゃねぇか、無能！」

絶対負けられない戦いが始まる。

三対一。

数的な意味では絶対不利である。

だけど……それでも俺は負ける気がしない。

理由は一つ。俺がポーションを使って戦うことをこいつらが知らないからだ。

【ポーション卿】の噂は知っていても目で見なければその技の精練さは分からない。

だからこうなる。

「ファイヤーランっんごっ⁉」

魔法を唱えるには詠唱し、魔法名を言葉で発しなければならない。

口を開けた時点のコンマ一秒の速投げでポーションをつっこむんだ。何もできやしない。

ルネはポーションを口から抜くがもう遅い。中身を飲んじまっただろうしな。

「…………！」

「サイレント・ポーション。これでルネは魔法を唱えられなくなった。終わりだ」

ポーションをやんわりと投げて、ルネの頭にぶつけて気絶させる。

正直嫌いな女だが顔に傷をつけるのは気が引けるので相当手を抜いてやった。

「無能のくせにせこいマネを！」

オスタルが近づいてきて、槍で俺を突いてくる。

悪いがその攻撃は全てポーション・パリィで受け流す。

オスタルは重装甲の防御職。右手に大盾、左で槍。何度も何度も槍の攻撃を受け流し続ける。

こちらの攻撃を意識していない攻めっぷりだ。全身鎧に身を包み、頭部もしっかり兜《かぶと》でガードしている俺のポーション投擲なんてわけないと思っているのだろう。

だが俺のポーション投擲はS級ドラゴンの首をへし折れるんだぞ。

頭にちょっと強めの投擲をするだけで気を失わせることはできる。

だがそれだけでは腹の虫がおさまらない。

無能、無能……こいつほんとそればっかりでうるせーんだよ。

「オスタル、耐えろよ」

「あぁ!?　ごふっ！」

俺はポーションを乱暴にオスタルの盾に目がけてぶん投げる。

あいつの自慢の鋼製の大盾が軋《きし》み、変形していく。

当然盾から来る衝撃でオスタルにもダメージがいく。

「お得意の防御でもっと耐えろよ。オラッ！」

二回、三回、四回、五回。

「オスタルさぁ。D級の時に堂々と言ってただろ？　俺がパーティのダメージを全て被ってやるって。いつからそんな腑抜《ふぬ》けになったんだぁ。なぁっ！」

ギリギリ耐えられるレベルの投擲をのんびり歩きながら、ポーションを一本、一本投げていく。

「俺の作ったポーションは美味しかっただろう？　今まで何本飲ませたと思ってんだよ。オラッ！」

「ひぃぃ！」

ガツンと音を立て、大盾はぐちゃぐちゃに変形していった。

もはや盾と呼べる代物でない盾を捨て、オスタルは両手で槍を持ち攻撃してくる。

「……何なんだよ……、どうなってんだよ！」

俺はオスタルの攻撃を全てポーションで受け流すのでダメージは一切くらうことはない。

そろそろ終わらせよう……。

「オスタル、気付かないのか？　俺がただ……受け流していただけとでも思っているのか？」

「なんだと……？」

俺は雷属性の魔石《ませき》を合成させたサンダー・ポーションをオスタルにぶん投げた。

ポーションは割れ、雷属性の魔法攻撃が出現し、オスタルの全身をかけめぐる。

「があがががあがあがああ！」

俺がポーション・パリィをするために使用したポーションは導電率の高い液体を封入したものに

なっている。

俺を攻撃するたびにオスタルはその液体で全身を濡らしてしまうのだ。

手間暇かけて作った特殊ポーション。そこに雷の魔石を混ぜたポーションを投げてぶつければより良い効果を発揮してくれるのだ。

オスタルは気を失い、倒れ込んでしまった。

ルネが倒れ、オスタルが倒れ……さっきから棒立ちのトミーは青い顔をして止まっている。

「リーダーが手足を動かさないなんてどういうつもりだよ」

「くっ……」

トミーが止まっていることにはすぐ気付いていた。連携を取ってくるならそれなりの対応方法が必要だったが、三人バラバラで挑んできたため正直拍子抜けだ。

たった一人残ったトミーに負けるわけがない。

「昔からそうだよな。元々言葉が流暢なわけではないけど、大事な時には黙り込む性格。君のことはよく知っている」

俺の言葉にトミーは剣を降ろしてしまった。

戦意が無くなった相手に攻撃するほど落ちぶれちゃいない。

俺は手に持っていたポーションをホルダーに戻す。

「俺が勝った時のことを言ってなかったな……。もう俺やカナディアの前に現れないでくれ」

「っ！」

「そんなに欲しけりゃポーションを格安で売ってやってもいい。しっかり頭を下げるんならな」

俺は背を向け、アメリの向かった方へ視線を向ける。余計な時間を使ってしまった。

ポーションのストックもまだまだあるし、影響はほぼないと言っていいだろう。

「ヴィーノ伏せて！」

「え？」

カナディアの声に俺は振り向く。

「俺を見下すなァァ！　ヴィーノォォォ！」

気付けばトミーが顔を歪ませ、剣を振り下ろしていた。

まさか……人の後ろを狙うだなんて思ってもみなかった。受け流しも間に合わない。

俺はダメージを覚悟した。

「っ！」

その時、カナディアが俺を押しのけ前に出る。

トミーの刃がカナディアの腕をわずかに傷つけた。

「カナディア⁉　お、おい！」

「大丈夫です……。避けられる速度だったので」

俺はすぐにカナディアにポーションを飲ませる。

良かった。言う通り傷は浅い。

大事に至らなくて本当に良かった。

だけど……俺はもう我慢できなかった。わざわざ後ろから攻撃をしてくる卑劣《ひれつ》さが許せなかった。

油断する方が悪い。だがそれは相手が明確な悪人であったのならやむなしだろう。

俺は心の中ではこいつらを信じていたかった。袂《たもと》を分かつとしても少しは信じていたかったのだ。

完全に決別だ。俺にとって……トミーは敵だ。

「トミーィィィ！　てめぇ、後ろから人を狙うなんてどういうつもりだぁぁぁ⁉」

「ち、違う……俺は……おまえが……悪い」

「俺はカナディアを……俺の仲間を傷つけることだけは絶対許さない！」

「あ、あ……がばっ！」

口を開け、呆けるトミーの口にバインド・ポーションをぶちこんだ。

体を痺《しび》れさせて動けなくすることができる特殊なポーション。

俺はホルダーに入った九十九本のポーションを空中にばらまく。

呼吸を正し、空へ浮かぶ九十九本の内の一本を手に取る。

「てめぇのその腐った頭をボコボコにしてやらぁ！　頭を冷やしやがれぇ！」

「ポーション・ガトリング」

「オラララ
ラララ

ララララララララララララッッッッッッ!!」

絶えず、速く、空中にあるポーションを九十九本を連続で投げ続けた。

九十九本のポーションはまるでゆっくりと浮遊しているような感覚に見え、俺はそれを回収しては投げ、回収しては投げを繰り返した。

九十九本が地に落ちる前に全て回収し、トミーへ向かって投げ込んだのだ。

最後、ホルダーにある一本を手に……トミーの顔面にポーションをぶつける。これで終わりだ。

「あが……が……」

百本のポーションをぶつけたトミーは全身鎧がコナゴナになり、端正な顔立ちと呼ばれた顔が無《む》惨《さん》なことになっていた。

全身全てにポーションを投げたため……意識は完全に抜けきっている。

トミーはそのまま後ろに倒れ動かなくなった。

「その痛み、ずっと覚えておけ」

カナディアの元へ行く。

「俺が油断しなければ……ごめん」

「大丈夫です。あなたを庇うのが前衛である私の役目ですから」

カナディアの傷が小さくて本当によかった。

ルネもオスタルもトミーも倒れ……誰も文句の言いようがないほど俺の……俺達の勝利だ。

【アサルト】と決着を付けることができた。

「にーちゃん……」

気を失った三人から離れアミナが近づいてくる。

オドオドしているアミナを見据えた。

「アミナ、自分を見つめ直せ。このパーティのままやっていくか離れるか……、ちゃんと考えるんだ」

アミナはまだ性根までは腐りきっていない。元々は才能もあるし十分やり直せるはずだ。

「うん……。ねぇ、ならにーちゃんのパーティに入っちゃだめ？」

アミナは恐る恐る声をかけてくる。縋《すが》るような目つきだ。

しかし俺は首を横に振った。

「君は俺が魔獣の囮にされ殺されたかけた時……俺の死を受け入れただろ」

「……ん」

アミナは俺の言いたいことを理解したのか何も答えない。

「悪いが俺は……君を信用できない。分かるな」

「うん……」

「まぁさっきも言ったが……アミナには俺のポーションを破格の値段で売ってやってもいい」

「あ……」

あのパーティが腐ってしまった原因は……俺にもある。

俺がもっとこの力に気付くのが早ければ……こんなことにはならず、こいつらと一緒にS級の試験に挑めていたんじゃないかと思う。

そこは俺自身も反省しなきゃいけない所だ。

終わってしまったことだけど……繰り返しちゃいけないことであることは分かる。

「君はどうする気だ？」

一人残るA級で回復術師のガル。彼もこのパーティに残る義理はないはずだ。

「俺もこいつらが嫌いだったけど決して才能がないわけじゃねぇ」

「ああ、そうだな」

A級はクリアできなくてもB級クエストはちゃんとクリアできるはずだ。

こいつらがちゃんと反省し、一から鍛え直したらA級相当に戻ることはできるだろう。

「俺が監視してやるよ。それで……今度こそちゃんとS級になれるようにな」

「俺が言う立場じゃないと思うけど……頼む」

思ったよりガルはいい奴だった。

彼がいるならもしかしたら昔のようにひたむきにクエストを挑む【アサルト】へ戻るのかもしれない。

後の片付けや傷ついた奴らの介抱はガルやアミナに任せて俺とカナディアはアメリが待つ【不夜の回廊】へ向かう。

「さよなら……【アサルト】」

俺は新しい仲間と共に上を目指すよ。

「おっ、来たな！」

交易の街から【不夜の回廊】までは歩いて一時間ほど。

街からかなり近い所にあるので不用意に入れないように厳重な管理がされている。

俺達の姿を見たアメリがぶんぶんと手を振っている。

その度、横結びの青のツーサイドアップが揺れて可愛らしく見えるんだが、年上の二十五歳なんだよな……。

鍵の錠《じょう》に魔力を込めないと開けられない錠。S級冒険者の資格証がないと開けられない錠などたくさんの錠が取り付けられていた。

アメリが難なくダンジョンの扉の鍵を開けていく。

地下遺跡みたいな感じだ。あの街に四年住んでいたがここの中の情報はまったく知らない。

「さっそく試験を始めんぞー。中に入れ〜」

「どういう試験になるんだ？」

「ふっふーん、それは最奥についてからのお楽しみだぁ。あと、魔獣が出るからそれはあんたらで退治してくれ」

アメリは俺達の後ろへ付き、俺達を前に押し出す。

この感じだと強力な魔獣が潜んでいるとかだろうか。

S級ダンジョンに潜るのは初めてだ。油断せずにいこう。

「カナディア。最奥がどうなっているか分からない、基本は俺がポーションで倒していく。倒しきれない場合のフォローを頼む」

「ええ、分かりました。ふぅ……」

カナディアも少し緊張している感じだな。

そういう俺も緊張している。いつも通りの力を出せば……大丈夫なはずだ。

「あんたら緊張すんなよ、な！」

「わっと……」

アメリが背中を強く叩く。

やっぱり……緊張を見破られていたか。だけど……こうやって力をもらえると戦えるような気がする。

そしてカナディアの方にも緊張をほぐすため……両手で脇腹をぐにぐにと揉み始める。

「にゃはっ⁉」

「おー、やっぱいい反応だな～」

「うぅ……」

カナディアは脇腹を押さえて涙目となる。

戦闘ではキリッとしてるけど、こういう所に弱点があるのは可愛らしいなと思う。

でも……あまりやり過ぎはよくないと思うので注意しておくか。

「アメリ、カナディアもまだ十六歳だし……からかいすぎるのはよくないんじゃ」

「だからだよ」

アメリはあっけらかんと言う。

「あの子は今まであの髪が原因で人付き合いをほとんどしてこなかったんだろ？」

「それは……そうだな」

「こういう同性のスキンシップはやっておいて損はねぇ……。大丈夫だ、あたしは分かってやっている」

考えなしかと思ったけど……言っていることは一理ある。

俺は男だし、やっぱり……全てを理解することはできない。

そういう意味で同性の意見は大事なのかもしれないな。

「カ～ナディア」

「もう！　つっつくのやめてください！　ひゃう！……ひょ、ひょわいんですぅ」

「いい、……実にいい！　ねぇ……ちょっと胸揉ましてくんない」

「やです！」

本当に考えてんのかなぁ。

カナディアがあまりに後ろを気にするのでカナディアの後ろに俺、アメリの順番で移動することにした。

これなら安心できるだろう。

……安心の意味が違うような気がする。

カナディアも落ち着き、警戒しながら前を歩いていく。

「ようやくいつものカナディアに戻ったな」

「ヴィーノ、あんたももうちょっとカナディアにスキンシップしてあげりゃいいのに……かわいいだろ？」

「かわいいのは間違いないけど、さすがにイヤがられて嫌われたらやだし……」

「じゃあ軽く試してみたら？」

アメリが興味深そうに笑いやがる。

カナディアに対するスキンシップか……俺も男である以上……興味がないわけではない。というよりありまくりだ。

もう少し仲を深めたいという思いが強い。

冷静に考えると……これがある意味スイッチだったのかもしれない。

俺はゆっくりとカナディアの後ろに張り付き、無防備な右脇腹をぐにっと揉んだ。

「ひゃっはっ⁉」

カナディアは左方向に踊るように仰け反る。

なるほど、スキンシップとはこういうことか。確かに楽しい！

何か新しい世界が見えた気がする。

「ヴィーノォ！」

「ご、ごめん！　つい魔が差してしまって」

「ひどいです！　そりゃ……私は夫にいじめられるのが好きな系女子ですが時と場合を考えてくだ

さい！」

「悪かったよ。もうしな……って、え？」

「も～、ここじゃなくて……二人きりでヴィーノが望むなら……私はいたずらしてもいいですよ」

カナディアは頬を紅くして、くねくねし始めた。

「じゃあ、あたしも！」

「シャーーー!!」

便乗しようとするアメリをカナディアは威嚇《いかく》する。

……カナディアってもしかして……。

いや、やめよう。さすがに今それを考えたらまともに動けなくなる。

「と、とりあえず奥に進もう、二人とも」


【不夜の回廊】。それは不思議なダンジョンだった。

周囲を見渡しても特殊な金属を使用した機械式の通路が奥まで繋がっている。

一定の距離の間隔でライトアップされて、どこかで電気が使われているのだろうか。

確か千年前の古代文明はすごく発達していたと聞いたことがある。

このような不思議な遺跡が世界にはありふれているとか……。

地上の寂れた遺跡の地下がこんなことになっているなんてな。

少しだけ広い小部屋に入った俺達は何かに気付く。

「ヴィーノ、何か動いてます」

「魔獣……いや、機械か！」

「ここの機械魔獣は自己修復機能があるから壊しても数日で復活するんだぜぇ」

今回の魔獣はこういうタイプか。

飛行型のガンナーと犬型のロボウルフってところか。

アメリは小部屋の壁に背を向けてよりかかる。

「あんた達の力見せてみなよ！」


ガスッ、ドスッ、ゴスッ、ドクッ、ゴッ。


見せてみなよと言われた十秒後には全てスクラップにしてしまった。

当然、この程度の魔獣であればポーションで一瞬である。

タイラントドラゴンを倒したような本気投法はフォームをしっかり作って投げないと駄目なので一回一本しか投げられないが、雑魚の魔獣であればクイック投法で威力を殺して速投げする。

倒せなければ……倒れるまで投げればいい。

ポーション・ショットは雑魚に効果的だ。

正直殺しがまずい人間相手よりは魔獣とか機械の方が圧倒的に楽。

力を抜くって結構大変なんだよな。

「じゃあ……次行こうか」

「ええ」

「……」

先へ進もうとするとアメリが何だか固まっていた。

アメリがこのように呆けるのを初めて見た。

「ヴィーノ、あんたのその戦い方……なんだ？」

「え、ポーションのこと？　普通だと思うけど」

「普通じゃないし！　あー【ポーション狂】ってそういうことかよ。聞いていた内容と違うじゃねぇか」

アメリは青色の髪をわしわしと手でかき、はぁっと息を吐く。

アメリはさっきの【アサルト】との戦いを見ていない。

そのような意味で、ポーション投擲での戦いは見たことないはずだ。

そりゃ……俺だって剣とか魔法で戦いたかったけど……才能ないんだよ。

ポーション使いはポーションをうまく利用できる職だからそのあたりを勘違いしたのかもしれない。

「おもしれーじゃねぇか」

アメリはくくくと笑い、場が少し明るくなる。

この感じで先へ進んでいこう。

さらに進んだ先に入った部屋はかなり大きな部屋となっていた。右に通路、左は壁。電源が落ちた操作できる電子機器。大規模施設の管制室のようだ。

これも何かのトラップだろうか。

俺は電子機器には強くないので適当にスイッチを押してみるが……もちろん反応はない。

「ヴィーノ、何か手を触れるよう指示している所がありますよ」

「触ってみるか」

カナディアは手形が書かれた電子機器に手を触れた。


――ピピッ　【黒の民】の因子《いんし》を確認しました。起動します――


何か目の前の機器から声が流れなかったか？

そんな反応もよそに入口から見て左側の壁がゴゴゴと上がっていく。

なるほど……こういうトラップか。

何も考えずに右側に行ったらダメだったんだろう。

S級冒険者たるもの、ちゃんと調査しろってことなのかもしれない。

「よし……先に進むぞ！　ってアメリ、どうした」

「え、……ああ……えっと……」

アメリはにこりと笑った。

「なんでもない！」

◆　◇　◆

※アメリside

あたしはS級冒険者のアメリ。

今回、S級を目指すA級冒険者のための試験官として交易の街へとやってきた。

S級になって四年。こうやって試験官をするのにも随分と慣れてきた。

元々、王都にいるA級の奴らを除いて、情報として上がっていたのはA級パーティ【アサルト】の五名。

一人一人の実力はA級でも下位と思われていたが五人揃った時の攻撃力は凄まじくS級に準ずるレベルであると評価されていた。

しかし【アサルト】は反社会的勢力との癒着《ゆちゃく》の噂があり、S級にするとより一層増長しそうだったので何とかして試験を受けさせないよう放置していた。

S級昇格とは結局の所、あたし達のS級冒険者と王都ギルドの上層部のさじ加減である。

あたし達が楽できそうならとっとと昇格させるし、【アサルト】のように面倒事が増えそうなら絶対に上がらせない。

S級を夢見ている奴らには悪いと正直思っている。それほどS級ってのは権力が高く、うまみがあるんだ。

そもそも【アサルト】はここ最近クエストの失敗続きで元パーティのメンバーを殺そうとした噂

もあったので取りやめておくのは正解だった。

そしてここ数週間で急に情報が上がって来たのはA級冒険者カナディアの話だ。

聞けば単独でA級のクエストをこなしていると聞く。

黒髪というただそれだけの理由で若い女の子を一人だけでクエストをこなさせていることが判明して王都の冒険者ギルドで大きな問題となっていた。

黒髪だから仕方ないだろって声もあったがそんなアホなことで優秀な冒険者を殺す気か。

黒髪への忌避感も分からなくはないが……そんなことを拘《こだわ》っているほどあたし達は暇じゃない。

有能は何人いてもいい。

交易の街のギルドマスターは来期で更迭《こうてつ》予定である。ギルドの制度を悪用してたしな。

カナディアは当初の評価に合わせて、工芸が盛んな街を襲った砲弾龍戦で大きな戦果をあげていたためほぼS級は内定の予定である。

カナディアが人付き合いを避ける点を問題視されていたが、あたしが面倒見るってことで反対意見を封殺《ふうさつ》させた。若くてかわいい女の子だもん!

そしてもう一つ。

今回の試験はカナディアをS級にして王都ギルドに呼びつけるのが目的だったが一緒にパーティを組んでいるポーション使いの男が変わっているという話だった。

ポーション使いは王国でもほとんどいないレアな職だ。しかし正直不遇な職と思われていた。

その男ヴィーノはお情けのA級冒険者という話でカナディアを支援することだけが役割と思われ

ていたが砲弾龍戦を経て評価が一変した。

あたし達S級冒険者でも討伐するのが難しい砲弾龍をカナディアと低級冒険者で討伐、それを指揮したのがヴィーノだったという話は王都でも大きな話題となっていたのだ。

今回ヴィーノの資質も一緒に見る予定である。カナディアは当確、ヴィーノはその力に有用性を感じればS級昇格をさせる。

そんなことを考え、あたしは交易の街へやってきた。

ヴィーノとカナディア。会うのが楽しみだ。


「何か雰囲気が変わったな」

「ここからが本番ということかもしれませんね」

あたし達は今、S級ダンジョン【不夜の回廊】の未探索ルートを通っている。

真面目に試験をやっている前を歩く二人に対して未探索ルートを通っているなんて、口が裂けても言うことはできない。

だってS級の立つ瀬無いじゃん！

本当はさっきの機械いっぱいの部屋を右に曲がった先でいくつかの戦闘を行った先に大きな部屋があり、そこで試験官が直々に相手をするのが今回の最終試験なのだ。

なのにこいつら、十年以上誰も開けたことがない進路を見つけ出しやがった。

この段階で試験を取り止めることも考えたがこのまま調査を続ける方が良いと判断した。危険と判断できればあたしがパーティに加わればいい。幸い、ヴィーノは支援役だし、あたしは魔法も使える。パーティのバランスは良い。

二人が危機に陥ったら助けよう……そう思っていたら。

「また魔獣か。さっきから多いな！」

これで三戦目。

人型の機械魔獣にウルフ型、飛行型と大勢の敵がヴィーノ達を襲う。

しかし、ヴィーノがホルダーからポイポイ出してくるポーションでどんどん倒していく。

あたしの知っているポーションとは基本回復薬である。

あと……偏屈《へんくつ》な錬金術師が作るような状態異常を目的とした毒ポーションがあるくらいだ。

瓶ごとぶん投げてるやつを初めて見た。

いや、砲弾龍でもポーションを投げて戦ってたと聞いたから至近距離で投げてんのかと思ったら、とんでもねー速さでそこそこの距離をぶん投げるんだからびっくりだ。

あの速度であの威力、魔力を消費しないから連発できるのか。

「ヴィーノ、大丈夫ですか？」

「ああ、低級の雑魚みたいだし、まだカナディアが出る幕はなさそうだ。一応、警戒だけはしておいてくれ」

ここの機械魔獣のスペックはA級魔獣並だ。かつてS級に上がりたいA級冒険者の半分以上がこの機械の大群を超えられずリタイアしている。

それを低級だと思い込んでいる……。ヴィーノの底が知れない。

カナディアがS級クラスの実力を持っているのは見たら分かる。

だけどそのカナディアが一回も大太刀を抜くことなく見守っている。

「なぁヴィーノ」

「ん？」

「そんなにポーションをドバドバ投げてるけど、残数大丈夫なのか？」

「ああ、【アサルト】と戦った時に百本以上使ったおかげでちょっと残数が心許《こころもと》ないな」

「へ？」

「あと八百二十七本しかホルダーに残ってない」

あたしはヴィーノのポーションホルダーに目を通す。

ポーションがぎっちり入っているがどう見積もっても数は合わない。

「カナディア、あいつの言ってること分かるか？」

「はい、アメリさん。私達ってアイテムの所持制限あるじゃないですか」

そうだな。戦闘に支障が出るから十ほどのアイテムしか持つことができねぇ。

良質な回復ポーションを何本持つかが勝負の鍵とも言える。

「ヴィーノはポーション使いのスキルでその一個が九十九個になるんですよ」

「……」

「だからヴィーノはポーションを千本持ち歩いているんですけど、私達の感覚としては十個分です」

「カナディア、あんた……何言っているか分かっている？」

「理解はしない方がいいです。ただ目に見えるものをだけを信じればいいと思います」

「そうか……あいつが何本持とうが何も困んねーもんな」

そーいや王都のＳ級でレア職のやつらはみんなイカれたスキル持ってたなぁ。

ヴィーノの強みってのはこういう所にあるんだろう。

「今んとこ大丈夫だと思うけど、もしやばくなったら言えよ。パーティの人員が少ない以上一人一人の役割が大事だ。何かあったら……あたしが前に出てやる」

「そうなったら試験失格になるけど……やむを得ない時もあるか。その時は頼むよ」

「おう！」

「それじゃアメリさんに回復のやり方を教えてあげた方がいいじゃないんでしょうか」

「それもそうだな。初めては怖いって話だし」

初めては怖い⁉　なんだそのエロティックな話。

カナディアは経験済だというのか⁉

「じゃあアメリ。口を開けて」

「ん、はい？……がぼっ！」

あたしの口の中につっこまれたそれはポーションの瓶だった。

なるほど、こうやってポーションを口の中につっこんで回復させんのか。

経験せずにぶん投げられたら思わず避けちまうもんな……。

「アメリさん、ヴィーノのポーション回復って何か気持ちいいでしょう？」

本来であれば大口開けてポーションつっこまれたら恥ずかしいもんだ。

だけど……なんだろう。この口の中の瓶を咥えることの気持ちよさ。昔を……子供の頃を思い出す。

「おひゃぶり……」

これはおしゃぶりを咥えているような気持ちよさだった。


【不夜の回廊】の未探索ルートを尚も進行中。

機械魔獣の数はかなり多いが、ヴィーノがポーションで吹き飛ばし、取り逃した敵をカナディアが即座に斬り倒すので……まったく問題なかった。

少ない人数のパーティだが役割をしっかり持っていて強いと感じる。

所々、電子錠のような扉があり、どうにも開け方がわからなかったがカナディアが触れることで反応し扉が開く所が見られた。

「このダンジョンってどういう所なんだ」

当然ヴィーノからそんな質問があがるが、あたしは首を横に振った。

「元々S級の昇格試験に使われているだけの所で詳しくは分かってねぇーんだ。何回か王都から調査団が来ているんだけど結果は同じ」

「だとするとやっぱさっきの機械から声の出た【黒の民】ってのが気になるよな」

ヴィーノはカナディアの方に顔を向ける。

「カナディアは分からないのか？」

「……黒の民とは私が生まれ育った村の昔の名前ですね」

「やっぱり黒髪と関係あるんだな。詳しい話は知っているのか？」

「黒髪に関する言い伝えや現実はみなさんと同じレベルでしか知らないです。詳しい話は両親がまだ早いと教えてくれなかったのですよね」

「遥か昔にあったと言われている【白の民】と【黒の民】の騒動の話かもしれねーな」

ヴィーノとカナディアがあたしの方に視線を向けてきた。

「王都からさらに遠く離れた北の国に【白の民】が住むっていう都があるんだ」

「白の民……」

二人の言葉が重なる。

「言っておくがあたしも詳しくしらねーぞ。何か秘匿《ひとく》事項があってあたし達でも調査できねーんだ。知りたいならカナディアの知り合いから聞く方がはえーかもな」

噂として白の民の都には大層美しい白髪の乙女がいるってのは聞いたことがある。

正直生きていく上でそんなに黒髪、白髪は影響ないから興味もないし、調べたこともない。

カナディアがその黒の民の血を引く存在なのは間違いないんだろう。ま、黒髪だしな。

「もしかしたらここは黒の民が残した遺跡か何かかもしれないな。カナディアのおかげで先に進めるんだ。しっかり探索しよう」

ヴィーノの言葉に納得し気を取り直して先へ進むことにした。

少し進んだ先が老朽化《ろうきゅうか》で天井が崩れ、先が進めないようになっていた。

解錠できる電子錠のない扉が一つと天井が崩れた先に扉が一つ。

崩れているがそこそこなスペースはある。

「行けるのはここまでか……」

「あ、でも下からほふくでくぐれば……奥の方までいけそうですね」

「俺の体じゃちょっと無理だな。だとすると……」

一番体の小さなあたしが見られるが、今回は試験も兼ねているので行く気は無い。

「そもそも電子錠はカナディアしか開けられねぇだろ」

「それもそうか」

「じゃあ……私が行ってきますね。くぐり抜けたら大太刀を渡してください」

カナディアが屈んでゆっくりとほふくで進んでいく。

「狭いです……」

「そんな狭いかぁ?」

下のスペースを覗き込んでみたが女の体だったら問題ない幅だ。あたしだったら一瞬でいけるぞ。

「む、胸がつっかえるんです……」

ほぅ……生まれて二十五年間。

ブラのサイズが一度もアップしたことがないあたしに対する挑戦状だろうか。

あたしはカナディアの足首を掴む。

シューズを無理やり外してやると小さな足の裏が露わになった。

素足は勘弁してやる。

「こちょこちょこちょ」

「あひゃひゃっ！　足裏はやめぇっ！　痛いッ、頭打ったぁ！」

「そのへんにしてあげよ……なっ」

くぐり抜けたカナディアに脱がした靴《くつ》と大太刀を渡して先に進ませた。

進んだ先がこの閉ざされた扉に繋がってりゃいいんだけどな。

「アメリ」

「ん？」

ヴィーノが神妙な顔つきでこっちを見てる。

「これ以上進んでも大丈夫なんだろうか？　もう試験とは関係ないルートなんだろ？　戻った方がよくないか？」

「何だ気付いていたのか」

「カナディアしか開けられない道がある以上そう思うのが、当然じゃないか」

「逆に聞くけど、戻ったとしてこの先は誰が調査するんだ？」

「そりゃ、アメリがさっきも言った通り王都調査団とか……あっ」

ヴィーノも気付いたようだ。

調査団を派遣するなら護衛で冒険者達が依頼を受け一緒に行くことになる。

戦闘力のない学者を守りながらダンジョンを進むのは結構大変だ。

あとカナディアしか解錠できないのなら確実にカナディアは調査団の護衛に任命される。

S級が三人いる今とカナディアと調査団だけの組み合わせ。どっちの探索が楽かというと前者だ。

とりあえず最奥まで行ってこの未探索ダンジョンがどうなっているのか確認してからの方がいい。

そのあたりのことをヴィーノにざっくりと説明した。

「やっぱS級冒険者は違うな……」

「あったりまえだ。何年やってると思ってんだ」

「あ、……そういえば二十五歳でしたね」

くくくっとヴィーノは笑った。

何かむかつく。

ヴィーノは恐らく女性遍歴《へんれき》はない。あたしは童貞《どうてい》を見たら分かる。

カナディアの胸とケツと髪ばっか見ている所を見ると押し倒せていないんだろうと思った。

「じゃあ、あたしが女のカラダってやつを教えてやろうか」

「ちょ、近いって！」

あたしはヴィーノの正面から抱きつき、頬をスリスリとする。

カワイイボウヤだこと。こうやって年下のオトコノコをからかうのは別の楽しみがある。

だからこそこうやっていつも……年齢を提示して同い年くらいに振る舞っているのだ。

さぁ……もうちょっとお楽しみを……。

グサッ！


「ひぇっ！」

ヴィーノの表情が一変したのであたしは振り返る。

鋼鉄でできているはずの床に大太刀が突き刺さっている。

うーーん、どんな力で刺せばこうなるんだろーな。

「私がいない間……随分とお楽しみでしたね」

「これは……えーと、無事でよかったよ！」

「はい、機械魔獣に襲われましたが全部斬りきざんできました！　ヴィーノも味わってみますか？」

「滅相《めっそう》もない……大太刀をし、しまってください」

カナディアの怒りはヴィーノに向けられる。

うむ、この二人の関係がいまいちよく分からない。

カナディアは確実にヴィーノに恋愛感情を抱いている、だけではないな。まるで嫁のごとき振る舞い方をしているような気がする。

本来であればあの場面であそこまでヴィーノを責めることをしないはず……。

反面、ヴィーノはカナディアを性的な目で見ているだけ……って感じがする。

「ふぅ……。許すも許さないもありません。浮気は男の甲斐性なのでそこは仕方ありません。夫の浮気にいつだって泣くのは妻なのですから……。ただ浮気したらケジメで指をつめてもらいますからね！」

「俺はわりと被害者なんだけど……」

「何か？」

「先に進もう！」

それからは魔獣の数も少なくスムーズに最奥地まで来ることができた。

あたしはその最奥地に圧倒される。

【不夜の回廊】の最奥は本当に広い空間が展開されていたからだ。

王都にある王家が管理する大聖堂に似ているのかもしれない。

幾多《いくた》の石塔と中央の奥にある祭壇《さいだん》。綺麗に敷き詰められた石の通路がまっすぐ続いている。

今まで鋼の通路だった先がこの様相とは不思議な感じだ。

「すげーなぁ」

「ああ、儀式でもやってそうな感じだな」

ヴィーノの言うことが尤もに思える。

ぱっと見大聖堂のように見えたこと、儀式のことを考えると……大量の信者がお祈りするような所にも見えた。

「とりあえず、奥まで行くぞ。軽く調査したら撤収だ」

「試験はないのですか？」

カナディア……もしかしてまだ気付いてなかったのか。

意外に純真な子なんだな。かわいいやつめ、後でいっぱい可愛がって笑わせてあげよう。

奥まで進んで、祭壇に皆で足を踏み入れた時……それは動いた。

『よくぞ……ここまで来た。黒の民の因子を持つ者よ』

祭壇の上部で映像が流れ始めた。

古代文明ではありふれた技術だったらしいが今の世では再現できていない。

真っ黒な人影から重厚な声が響く。

「わ、私……ですか」

「やっぱりカナディアに反応してるんだな」

「あたし達は後ろで見てんぞ」

ヴィーノを引っ張り後ろへと下がらせる。

ここはカナディアに喋らせた方がいい。

「あの……教えてください！　ここはいったい」

『白の民の侵攻は始まっている。奴らにこの遺産を渡すわけにはいかぬ』

「あのー聞いてます？」

どうやら録音されたメッセージのようだ。

カナディアの問いに何も反応はない。

『この遺産を持つに相応しい者かどうか試させてもらう。非戦闘員なら退却せよ』

映像は消え、地響きでこの場が震え始めた。

すると空から巨大な何かが落ちてきたのだ。

「魔獣……機械……いや、どうだろう」

「ありゃー、やべぇものなのには違いねぇ」

四足歩行の獣だ。

大きな角に合わせて全身が黒い結晶のようなもので覆われている。

既存の敵で表すならベヒーモスとかそういった類いだろうか。

間違いなくS級魔獣だ。得体の知れない結晶を纏《まと》っているから……S級をさらに超えるものと言えるかもしれない。

さすがにヴィーノとカナディアだけではきついか。あたしは背負うハルバードを手に取る。

「これが最終試験ってことですね！」

カナディアは鞘を捨て、大太刀を抜く。

勘違いしている所悪いが試験はもう終わりだ。

するとヴィーノが横へ来た。

「俺とカナディアの二人でやらしてくれないか？」

「おいおい、マジで言ってんのか……？」

だが……ヴィーノは楽しそうな顔をしている。

「せっかく、俺のポーション投擲を本気で出せる相手が現れたんだ。やらせてくれ」

……ったくそんな顔をされたらしゃーねぇな。

あたしはハルバードを背に戻し、後ろに下がった。

「やばくなったら出るからな！　それまでやってこい！」

「おっけー！」

ヴィーノとカナディアは魔獣のいるフィールドに降り立ち、あたしは祭壇の上で見守る。

あの獣……許すか。そうだな結晶獣《けっしょうじゅう》だな。


結晶獣は咆哮を上げ、ヴィーノとカナディアの方へ体を向ける。

結晶獣は身を震わせ、体に付随《ふずい》するたくさんの結晶が突如向きを変えて、二人に向かって飛んできた。

百を超える結晶体、防御しても削られんぞ！

「バリア・ポーション！」

ヴィーノは四本のポーションを抜き取り、地面に向けてたたき割った。

地面から煙が噴き出て、ヴィーノとカナディアを覆う。

その煙が結晶を全て弾いてしまった。

魔法なのか手品なのかわかんねーな。

結晶体が砕けたのを見てカナディアは飛び出した。

「二の太刀【神速】」

瞬時に移動し、結晶獣の足に大太刀による一撃を与える。

結晶に覆われていない所はそこまで肉質は固くないようだ。

速く重い一撃だ。他のS級冒険者にもまったく負けてねーな。

ヴィーノの奴が大きく振りかぶっている。

狙いは恐らく結晶獣の頭にある角とも言える一番大きい結晶。

あそこが急所と見て狙っているんだろう。

ヴィーノは腕をまわしてポーションをぶん投げた。

なんて速度だ。銃や矢なら分からなくもないけどポーションでこれだけの速度が出せるもんなのか。

武器を使わないことの優位性ってやつが大きいな。そのままこまったく勢いが減衰せず、角に突き刺さった。

確かに今までの魔獣であればこれで頭を撥ね飛ばして勝利できたはずだ。

しかし角はびくともしていない。

「効いてないのか？」

ヴィーノの声に見えていないのを承知で首を横に振った。

角に到達する寸前にバリアか何かで弾かれたんだ。

それでポーションの瓶が割れてしまって威力が殺されてしまったんだろう。

「五《ご》の太刀【大牙《たいが》】！」

カナディアは大太刀を振り上げて、腰を入れて、振り下ろした。

かなり圧力のある攻撃だがそれも角を守るバリアで弾かれてしまう。

逆にカウンターで大量の結晶がカナディアを襲った。

大太刀で防御するも幾多の結晶がカナディアの肌を傷つけていく。

「カナディア！」

ヴィーノはカナディアに向けて走りながらポーションを投げた。

ポーションはカナディアの口の中にすっぽり収まり、傷はすぐに回復する。

「回復魔法が届かない距離からポーションを的確に口の中にぶん投げることができる。その速度は回復術師を軽く超える。複数人一気に出来ないとはいえ、とんでもねぇ支援役だな」

でも女の子の口にポーション咥えさせるって絵面は最低だぜ。

カナディアは瓶を吐き出す。

「ったく女の子にやる技じゃないぜ。さぁ二人とも……あのバリアのカラクリが分かるか？」

ヴィーノは指でカナディアに指示をする。

少し距離があるので何と指示したかは聞こえない。

二人は走って移動し、結晶獣を挟んでヴィーノとカナディアは対面した。

ヴィーノがポーションホルダーから大量のポーションをばらまく。

空中に何十本のポーションがわらわらと出現する。

「はあぁぁぁぁっ！」

ヴィーノは一本ずつ掴んで素早く連続でぶん投げていく。

結晶獣の体を狙うというより、まとわりつく結晶を砕き始めたか。それでいい。

ヴィーノという砲台から出現するガトリング砲ってトコか。弾がポーションなのがおかしな点だ。

ではカナディアは何をするんだと思っていたら結晶を破壊し、通り過ぎていったポーションを大太刀でたたき返してしまったのだ。

もちろん全てのポーションは返せない。途中で砕けてしまったりもするんだろう。

だが返したポーションで結晶をさらに砕いていく。

戻ってきたポーションをヴィーノが受け取り、再度ぶん投げる。

再利用して前後からポーション弾が結晶獣を砕いていく。

ヴィーノの言い方をまねるならノック・ポーションって技になるのか。

それを繰り返すウチに結晶獣の体の結晶は角以外なくなってしまった。

「仕上げだ！」

「六《ろく》の太刀【空斬《くうざん》】」

ヴィーノが結晶獣の上空に投げたポーションをカナディアが放つ斬撃の刃が通り過ぎる。

ポーションから現れたのは火炎の力、そして斬撃の刃には風属性の魔力が混ざっており、炎が大きく広がる。

結晶獣の体は炎にまみれて、苦悶《くもん》の声を上げる。

この燃え方、ノック・ポーションで使ったポーションに助燃剤《じょねんざい》を入れてやがったな。名付けてオイル・ポーションってか。

「ガアアアアアアアアア！」

突如結晶獣の角が大きく光り始める。

「こいつは……天井が震えている」

地響きが鳴り、天から瓦礫《がれき》が降ってくる。

古い遺跡だから力に耐えきれず崩壊しようとしているのか。

大技が来る！

あたしは大声で叫んでいた！

「ヴィーノ、カナディア……ヤツの攻撃を止めろ！」

「はい！」

「分かってる！」

結晶獣の攻撃を食い止めないと恐らく天井は崩れ、あたし達は生き埋めになってしまう。

カナディアは結晶獣に肉薄し、ヴィーノは遠くから大きく手を振りかぶった。

「五の太刀【大牙】！」

「全力だぁぁぁあああああ！」

カナディアの最大の一撃とヴィーノの最大の威力のポーションが結晶獣の角に突き刺さる。

二人の最大の一撃、これで割れないものなど存在しない。それほどの一撃だった。

しかし……結果は無情だ。

「まだ足りないの……」

「くそっ……」

カナディアは単純な火力不足。

ヴィーノは恐らくポーションの瓶があいつ自身の力を百パーセント伝えていない。瓶が持たないんだ。

仕方ない……あたしが最後の一撃をするか。

ここまでよくやった。もう十分だ。

でも二人の目はまだ諦めていなかった。

「カナディア！　砲弾龍の時にやれなかったプランCで行くぞ！」

「分かりました！」

なんだ？　まだ手があるのか？

まだ……ギリギリ間に合うか。もう見守るのはこれで最後だ。

これで無理ならあたしが結晶獣の角を折る。

ヴィーノは側に近づいてきたカナディアに大量のポーションを押しつけた。

本当に何をするつもりなんだ……。

カナディアはすごい勢いでポーションを何本もがぶがぶ飲んでいく。

「もう飲めましぇん」

「良し！」

カナディアは咳き込み、大太刀を構える。

ヴィーノは腰を下ろして、手をカナディアの腰にまわした。

そういうことか！

人間の七十パーセントは水分だと言われている。

それをポーションで満たすことで……カナディアはポーション女となる。

そして、ヴィーノはポーション投擲の能力を持つ。


あいつカナディアをポーションに例えやがった！


「うおおおお！　いけええええええ、カナディア・ポーション！」

ヴィーノはポーションを投げるようにカナディアをぶん投げた。

ポーションを投げたのと変わらないほどの速度だ。

前に突き進むカナディアは大太刀を構えた。


「五の太刀・終極【剛牙《ごうが》】！」

勢いのまま振り切ったカナディアの一撃は結晶獣の角の全てを斬り取ってしまう。

結晶の角は空へと飛び、ゆっくりと大きく地面へと落ち去った。

それと同時に核を壊された結晶獣は力を無くして倒れてしまう。

「おお！　やったぁ！」

思わず、あたしは叫んでしまった。

それぐらい見事な勝利だったのだ。お互いがお互いの特性を生かし、うまく連携をしている。

カナディアもヴィーノも見事な戦いぶりだった。

でも、よく考えれば……がぶ飲みしたからってポーション女にはならねーよな……。

まぁ気持ちの問題なんだろう。

祭壇から飛び降り、二人の元へと向かう。

「二人ともやったな！」

「ああ、何とか間に合ったよ……」

ヴィーノは疲れたような顔を見せる。

反面……カナディアは刀をぽろっと落としてしまう。

「カナディア……？　どうした!?」

かなり無理な動きをしたから反動でおかしくなったのか。

それとも結晶獣の攻撃でどこか……悪く……。

そんな心配をして思わず、駆け寄る。相棒がこんな状態なのにヴィーノはそっぽを向いたままだった。

何を……と思ったら突如カナディアは立ち上がった。

「私！」

カナディアはこっちを向く。

「お花を摘みに行ってきます！」

これまでにない速度で走り去ってしまったのだった。

あたしはヴィーノの方を向く。

「カナディアのお腹は十本が限界なんだ」

そうか……そりゃあれだけ回復ポーションを飲んだらお腹も緩むわなぁ。


でも、まぁ。こいつらなら託《たく》してもいいだろう。

この決定は絶対間違っていない。胸を張って言える。

カナディアが戻ってきたら……伝えてやろう。

◆◇◆

「お待たせしました」

俺とアメリがのんびりと待っているとカナディアがお腹を押さえて戻ってきた。

どこでなにを……とは聞かない。

カナディアがようやく戻ってきたので俺とアメリは結晶獣だったものを彼女に見せる。

「これは……なんですか」

俺もアメリも首を横に振る。

結晶獣の素材をはぎ取ろうと思ったら存在そのものが影のように消えてしまったのだ。

あの結晶の角もポーション投擲で折れないいくらいの強度だったし、いい素材になると思ったのに残念だ。

消えてしまった結晶獣が残したもの……。それは黒く輝くオーブみたいなものだった。

触っても叩いても何にも変わらない。

カナディアに手渡してみる。

「何も変わりませんね」

黒の民と呼ばれたカナディアが持っても変化しないんじゃどうしようもないな。

「アメリ……S級のツテとかで何とかならないか？」

「無理だな。黒髪ってやっぱタブーな所があるからな。調査とかは上の許可が必要かもしれねー」

アメリはピョンと髪を跳ねさせ、オーブをつっついた。

「カナディアの両親に聞いてみた方がはえーんじゃないか」

「それもそうだな」

俺はカナディアにオーブを渡した。

手で掴めるほどのサイズのためアイテムポーチに入れておけば十分だろう。

「よーし、じゃあ出るぞ！」

【不夜の回廊】を出たらすっかり夜になっていた。

かなりの時間……ダンジョンに潜っていたから、恐らくもう日付が変わっているかもしれない。

一時間ほどで街に戻れるとはいえ、正門が閉まってるだろう。

今日はここで野営をするか。

「ごほん！」

突如アメリがわざとらしくせき込む。

アメリがキョロキョロと俺とカナディアを見て手を大げさにあげた。

「ヴィーノ、カナディア。Ｓ級昇格試験合格おめでとーーーー!!」

アメリは大声で叫び、手をパチパチパチパチと何度も叩く。

「わーー！　合格なんですね！」

「ふー、よかったよかった」

そりゃ本来と違うルートに入って、その最奥であんなＳ級レベルの魔獣と戦って撃破したんだ。

余裕で合格だろうよ。

砲弾龍戦だけだと……ピンとこなかったがあーやって手強い魔獣を倒せることができるなら実感が湧くよな。

カナディアとの連携も上手くいったし、相性抜群だと感じる。

「資格証とか用意しておくからよ。二週間ぐらいしたら王都に来てくれ」

これで俺もＳ級冒険者か……。こないだまでは冒険者をやめるとか思ってたのにこんな形になるなんて思ってもみなかった。すげぇ感慨深い。

「S級になったからには王都で暮らすことになると思うし、家とか決めておけよ」

A級までは宿暮らしだったけど思い切って家を買うのもありだな。

S級冒険者なら信用もあるし、大きな家を思い切って買ってみるかぁ。

何だかわくわくしてきた。

カナディアもきっとわくわく……と思ったら泣いていた。

「ぐすっ……これで……夢に……一歩近づけたんですね」

アメリが俺に近づいてきた。多分、夢のことを聞きたいんだろう。アメリにも話して大丈夫だと思うし、黒髪の地位向上の話をした。

その途端、カナディアの方に走って大きく抱きついてしまう。

「カ～ナ～ディア！　おめでとうな！」

「きゃ！　アメリさん、もう、ありがとうございます！」

「あたし……も応援してっからよ！　がんばれよ」

「はい、……ぐすっ」

今回の試験官がアメリで本当によかった。

俺もカナディアもS級として最も下に位置することになる。今後もアメリには先輩として頼りにさせてもらおう。

本音を言うと【風車】の力も見たかったんだけどなぁ。

でもこれから嫌でも見ることになるか。

「あたしはやっぱ……女の子って、泣いている顔より笑った顔の方がかわいいと思うんだ」

「ぐすっ………え」

アメリはカナディアのお腹まわりをわしわしとくすぐり始める。

「ちょっ！　きゃん！　ふ、服の中に手を入れないで！」

「おおー白肌もすべすべじゃないかぁ。いっぱい脇腹をマッサージしてあげるから」

「キャハハハハハ、ちょっと、なにこれ、力が入んない！……ニャハハ！」

「耐えられないだろ～、あたしのテクでどれだけの女の子を狂わしちまったか。試験前はさすがにやりすぎるとまずかったしな！　心置きなく笑い狂ってくれ！」

「ヒャハハハハハ、ダメ、ダメです！　ヴィ、ヴィーノ助けてぇ！　おかしくなるぅ。アヒヤヒャヒャ」

「ふひひ、カナディアはかわいいなぁ。泣いた分だけ、いっぱい笑わせてやるから」

さて、俺は野営の準備をするとしよう。

カナディアの笑い声を音楽にメシを作るとしますか。

笑い疲れた時は何が……いいのかねぇ。

やっぱ十八番の干し肉とバジルのクリームスープかな。

「明日からもっとがんばるぞ！」

◆◇◆

※？？？side

「っ……」

「どうかしましたか……シエラ様」

「……何でもない」

「そうですか……もう遅いですので今日はお休み下さい。あなた様のお体は我ら【白の民】の全てなのです」

「ん……分かってる」


召使いを下がらせて……シエラと呼ばれた少女は窓から外を眺める。

「……黒のチカラをあっちの方角で感じた。随分と遠いけど【ティスタリア王国】の方かな。……まさかね」

王国の方をじっと眺めて、やがてシエラはベッドにゆっくりと腰掛けて……寝転んだ。

今日は何度目かのため息をつく。

「この時代に……黒のチカラがあるわけないか」

シエラは目を瞑り、暇な時間を消化するため眠りにつくことにした。

「白の民なんてほんとキライ。お腹空いた……むかつく」

うつ伏せとなった時、シエラの腰まで伸びた煌めく白の髪がひたりと揺れ……時間はゆっくりと過ぎていった。

第二章

ポーション使いと怪盗少女

「は、早く……この森から抜けさせてくれぇ～～！」

一日で最も陽が差し込む時間帯だというのにこの魔の森はまるで夜のように光を遮《さえぎ》っていた。

そんな魔の森を1つの荷馬車がガタゴトと音を立てて突き進んでいる。

荷馬車の主が震えるように頭を抱え、この魔の森から抜けだそうと必死になっていた。

荷馬車の後ろから数十、数百ともいえるアンデッドの軍団が不愉快な声を上げて追ってくる。

追いつかれてしまったらきっとこの荷馬車はもみくちゃにされてしまうだろう。

「ま……この速度なら何とかなると思いますよ」

馬車と言うが、馬は高価な馬型魔獣を使っており、強度とスピードが段違いだ。二頭で荷車を引いているので安定した良い速度で前進している。

馬の五倍くらいの値段がかかると聞いたことがある。魔獣を手懐《てなず》けるテイマー職の人が馬に替わる輸送手段として育てているらしい。

一部を除き、アンデッド軍団はその速度に追って来られず、距離が離れていく。

「冒険者さん！　は、はやく……なんとかしてくれぇ！」

ただ一部、ゾンビバードと呼ばれる飛行魔獣は馬の速度を上回っているようで、ぐんぐん近づいて、俺達を狙ってきた。

「この程度の魔獣なら欠伸《あくび》をしていても狩れますよ」

俺は自前のホルダーから得意武器を一本取り出す。

今回、魔の森へ潜ると聞いて大量に作っておいて良かった。

隙をついて飛び込んでくるゾンビバード。

俺は荷馬車の縁《へり》にしがみつきながら、もう片方の手でそれを……ぶん投げる。

ゾンビバードの頭に当たり、呻き声と共に浄化されていく。

さらに飛んでくるゾンビバードに対してさらに一本ぶん投げて的確に倒していく。

アンデッド特効のモノを合成して作っているので効果は抜群だ。

「冒険者さん、あんた……さっきから何を投げてるんだ……？」

「へ……ポーションですけど」

依頼主にまだ俺の武器を見せたことがなかったっけ？

聖水をポーションに混ぜ込んだセイント・ポーションは物理的にも効能的にベストだ。

「ポ、ポーションなんか何ができるって……ひっ！　デュラハンが現れたぁ！」

来たな！

デュラハンとは首のない鎧戦士の姿をしている魔獣だ。さらに腰から下は馬のような恰好をし、空を魔法の力で駆けることができる。

広義的には違う形のデュラハンもいるみたいだから……デュラハン種と呼ぶべきなのかもしれない。

この魔の森の主と呼ばれるS級魔獣。出現率は高くないらしいが……出会って即、殺されてしまう人が跡を絶たない。

またデュラハンは氷属性の魔法の使い手でもある。

さっそく空高い所から詠唱を開始し氷魔法を唱え始めた。

事前情報だと氷魔法【アイスロック】。巨大な氷の塊《かたまり》を作り出し、恐ろしいスピードで投下して標的を滅ぼしてくるのだ。

荷馬車に当たるとまずい……。ならポーションで迎撃する。

自前のポーションホルダーからファイア・ポーションを取り出した。

炎属性の魔石を混ぜ合わせたポーションは割れると炎の力があふれ出す。

デュラハンが作り出した氷の塊がぐんぐんとこちらに向かってくる。俺はそれを目がけてポーションをぶん投げた。

氷の塊にポーションが命中し、中に入っている炎属性の力が氷を溶かし尽くす。

戦闘が長引くのはまずい。荷馬車や依頼主に被害が行く前に倒さないといけない。

呼吸を整えて、ごく普通のポーションを手に取る。

全力投擲するときは足に力を入れて、しっかり腕を振らなければならない。

時間はかかるが……威力は絶大。

「デュ……デュラハンが近づいて、何かやってくるぞ！」

デュラハンが荷馬車の方に近づき、詠唱をし始めた。

ポーション迎撃の弱点は敵の攻撃が広範囲の非接触系であること。物として飛んでこないなら打ち落としも受け流しも出来ない。

対処方法がないわけではないが……確実ではない。

だったら……撃ってくる前に……。

「ぶち抜くっ！」

俺の投げた全力のポーションはまっすぐ飛んでいく。

デュラハンは詠唱を止めて、手に持つ槍でポーションを突いてきた。

全力で投げたポーションがそんな柔《やわ》な槍で止められるかよ！

ポーションはデュラハンの槍を粉砕し、そのままの勢いでデュラハンの腹に突き刺さる。

この技は最近生み出した新投法だ。全力でただ投げるよりも威力がある。

投げる時に握りを意識することでポーションの回転速度を上げることができる。ドリルのように真っ直ぐ突き進ませ……瓶が途中で割れて、勢いが死ぬことを極力抑えた技だ。

その効果は絶大。デュラハンのお腹に突き刺さったポーションは高速回転した後、腹を食いちぎるのだ。

「名付けて……ジャイロ・ポーションって感じかな」

ただあまり回数は投げられない。一日に投擲制限を設けないと肩と肘《ひじ》がイカれてしまう。

疲労系のダメージはポーションで癒やせないのが残念でならない。万物に効くわけじゃないからなぁ。

腹に大穴が空いたデュラハンはわずかに動きながらも……次第に力なく地に落ちていった。

倒せたかどうか分からないが……これで大丈夫だろう。

素材が欲しかったが……後ろから大群が迫っているのでここは逃げることに専念しよう。

「やった……、出口だ！」

荷馬車は魔の森を抜けて、草原の方へと走り抜けていく。

俺も依頼主も……危機を乗り切ったことでふぅっと息を吐いた。

あと一時間くらい走れば目的地の【ティスタリア王国】、王都ティスタリアへ入ることができるだろう。

「はぁ……死ぬかと思った」

「これで分かったでしょ。いくら港の街から王都まで魔の森を通るのが一番早いからって限度がありますよ」

依頼主……商人はぐっと落胆してしまった。

結果的には無事だったが……次も大丈夫だとは到底言えない状況だ。

「A級冒険者パーティを付ければ大丈夫だと思ったんだ……。迂回《うかい》してしまうと商品の鮮度が落ちてしまうのが嫌で……」

「普通のダンジョンならともかく魔の森はS級ダンジョンです。A級以下は入場するなって言ってるのに……」

今回、俺が正式に受けた依頼はA級冒険者パーティとこの商人の救助だった。

実際、現場に到着したら冒険者達は傷を負い、魔の森のセーフエリアで動けなくなっていた。

才能豊かで経験もあるA級冒険者が攻略できないのがS級ダンジョンである。まぁ今回のA級達は同じランクの中でも下の方の奴らだが。

俺と別のS級冒険者が現場に向かって、俺が依頼主を王都まで護衛して、もう一人のベテランS

級冒険者が五人の負傷者した冒険者を守りつつ、逆方向の港の街へ向かうことになった。

荷馬車の速度に守る人数の少なさで俺の方は楽なもんだ。もう一人の方は相当大変だろうと思う。

それにしてもA級冒険者も功を挙げようと焦ったんだろうな……。俺が前に所属していた旧パーティと一緒だ。気持ちは分かるが命を捨てては意味がない。

「そういえば……まだキミの名前を聞いてなかったな」

俺は商人の方を向いた。

「俺の名はヴィーノ。王都ギルド所属のS級冒険者です」

「おお、あんたがポーションをバラまいて、戦場をガラスのゴミの山にするという噂のある【ポーション狂】か！」

「なんの噂ですか！　あと何となく発音が違うような気がするので訂正しますが【ポーション卿】ですからね！」

◆◇◆

あー、疲れた。

王都に到着して、商人を送り、冒険者ギルドへ報告に顔を出したらもう日がすっかり沈んでしまっていた。

明日もクエストだし、今日はゆっくりとしよう。

最近忙しすぎてマジで疲れる。くたくたの体を動かして我が家へと到着し扉を開けた。

すると……食欲をそそるカレーの匂いが鼻の中を通っていく。

「あ、おかえりなさい、ヴィーノ」

エプロンを付けた黒髪の美少女がトタトタと俺の方に近づいてくる。

その笑みとおかえりなさいという言葉は俺の疲れをあっと言う間に吹き飛ばしていった。

「ただいま、カナディア」

俺は新しい家でパートナーであるカナディアと一緒に暮らしている。

S級冒険者となった俺とカナディアは王都で暮らし始めて四ヶ月が過ぎた。

もうすっかりと王都の暮らしにも慣れ、お互いS級冒険者として忙しくしている。

始めは別の家で暮らす案もあったんだが。

「一緒に住むなんて当たり前じゃないですかぁ」

カナディアが一緒に暮らすことを渇望《かつぼう》したため、俺達は以前と同じように共同生活を行っている。

S級になってクエストの報酬や手当などが大幅に増えたのでそこそこ良い家を借りることができた。

ゆくゆくは大きな家を買って、ポーション研究所を造りたいなと思っていたりもする。

今はまだS級としてもひよっこ、身の丈にあった暮らしをしていくべきだろう。

「ごはんにしますか？　それともお風呂にしますか？」

「すっげーお腹空いているんだ。ご飯食べたい」

「ふふふ、すぐ準備しますね」

料理をするときのカナディアは腰まで伸ばした黒髪をリボンで一つまとめにしている。

新しい家は台所も大きく、料理好きで料理上手のカナディアも満足していた。

ちなみに俺も料理は得意なので先に帰った者が飯を作るという形となっている。

二人でいる時はカナディアが作ることが多い。

カナディアは和と呼ばれる料理を得意としている。彼女の母親に教わったそうだ。

カナディアの作る肉じゃがや煮物はすごく美味しい。明日は肉じゃがにしてもらおうかな。

今日の晩飯のカレーライスも好みだ。米料理ってこの地方では珍しいんだよな。

あんなに美味いと分かっていたら俺もレシピを覚えて料理技術に取り入れておくべきだった。

ちなみに俺は雑多な鍋料理が得意だ。人数が多い時は作るのも楽だし、美味いんだぞ。

肉入りクリームスープはカナディアも大絶賛するくらいだ。

「今週は出張が多かったですよね」

「ああ、工芸が盛んな街に行って鉱山の街、そんで魔の森だ。ずっと出っぱなしだとは思わなかった」

S級冒険者の仕事の一つとして救助がかなり多い。

強力な魔獣に襲われて特定の場所に取り残された人の救出がある。魔獣を倒しつつ、住民を守る、あとついでに貴重な素材も採取してこいという二重、三重の仕事が重なっている。

S級冒険者のアメリが大変だぞ〜って言っていたことの意味が分かってきた。

ただクエストをこなせばよかったA級以下の時代とはまた違う難しさを感じる。

「王都に変わりはない？」

「あったことと言えばB級の人達が高難度のクエストを達成したり、噂の怪盗がまた活躍したり、ギョーム商会が貴族街で造った建物で大きな催《もよお》しをするくらいでしょうか」

そのあたりは俺も話を聞いている。

一週間ぐらいじゃそんなもんだよな。

「カナディアはどうなんだ？」

「私はいつも通り王国軍事演習の手伝いですよ」

カナディアはここ一ヶ月ほど王国軍の兵士の教育を中位のＳ級冒険者と一緒に行っている。

王や国を守る騎士や兵士達はとにかく実戦が少ない。国同士の戦争もこのあたりでは無いから弱体化が叫ばれているのだ。

魔獣狩りも基本冒険者が行うのでこうやってＳ級冒険者が教育にあたっている。

「嫌なことはされてないか？」

「最初はひどかったですけど、兵士長をコテンパンにしてからはわりと従順になりましたね。最近は仲良くやれていると思います」

カナディアは世界でも珍しい黒髪の一族の末裔。

言い伝えで不幸を呼ぶ者、死神などと言われるがＳ級冒険者という実績を得た今は……いろんな意味で有名になっている。

兵士長を倒した時の姿が美しかったようで実は密かにファンが増えているらしい。

もちろん悪い噂も出ている。このあたりをいつか消し去っていきたい。

「今度、ご飯一緒にどう？　って誘われちゃいました」

「え」

「でも断りました。私はヴィーノと一緒にいたいので！」

カナディアはゆったりと微笑んだ。そんな優しい言葉に胸が思わず熱くなる。

黒髪の件で分からない奴も多いがカナディアは魅力的な女の子だ。

可愛くて髪が綺麗で優しくて、スタイル抜群、料理上手でちょっと抜けている所がまた良い。

今回の軍事演習を勧めたのは俺だ。砲弾龍の件で評価を上げた工芸が盛んな街と比べて王都はまだまだカナディア……つまり黒髪に対する迫害が根強い。

だから冒険者や王国軍の方から意識を変えていくのが一番だと思ったんだ。

ただ、カナディアの魅力を知る男は俺だけだと思っていたのでちょっと複雑だ。

「そもそも私はそんな尻軽女ではないのです。夫に一途《いちず》なのですから……」

「カナディア……俺達の関係って人から見たらどう見えるんだろうな」

「え～、そんなの……理想的な夫婦に決まってるじゃないですか」

これは……S級冒険者になってから分かったことだが……。

俺とカナディアの関係の認識が大幅にズレていることに気付いた。

もっと早く気付くべきだったと今更になって思う。

以前はカナディアが言う妻や夫を俺は冗談で言っていると思っていたのだが、出会って四ヶ月近く経つとカナディアという女の子を理解できてくる。

カナディアは凄く思い込みが激しいのだ。

だから発言全てが本気なのである。

「理想の夫婦って何なんだろうな」

「そんなの……いかなる時も支え合い、愛し合うことが夫婦に決まってるじゃないですか」

とろんとした瞳で見つめられる。

ちなみに俺は正直なところ、カナディアに好意を抱いている。

これがもし恋人同士なら何も考えず交際が発展しただろう。

しかし、カナディアが求めるのは夫婦の関係なのだ。

俺は十九歳だし、カナディアは十六歳。成人はしているので世間的には悪くはないのだがやはりまだちょっと早い。

俺も正直……結婚願望はそこまでないのだ。夜のお店とかも行きたいし……。

「思い出しますよねぇ。初めて出会った時にいきなり口説かれて、俺の嫁になれって言うんですもん！」

似たようなセリフは言ったような気がするがそんな直なことを言った覚えはない。

「工芸が盛んな街でデートした時にアイスを食べながら夕日に向かって……黒髪の言い伝えに悩む私に……こんなかわいい死神なら大歓迎だと言ってくれましたし」

そんなロマンチックなシチュエーションだったっけ。カナディアのお尻に触れて満足した記憶しかない。

「この前なんか私の黒髪に潜って深呼吸したいなんて言い出しますし」

それは事実だ。

でも正直、結婚したっていいんじゃないかと思っている。

カナディアの思い込みを正にしてもいいと思っている。

何度も言うけど可愛くて髪が綺麗で優しくて、スタイル抜群、料理上手で……どこにカナディアを避ける要素があるのか。

でも……なぜか俺の第六感が安易に結論を出すなと告げるのだ。

カナディアは立ち上がり、俺の脱いだ冒険者服を持ち上げた。

いつも通り洗濯してくれるのだろう。

だが……カナディアは立ち止まる。

「ヴィーノ、今週は八人の女性と会話したのですね」

「びくっ！」

「ミルヴァさんとアメリさんのにおいがします。まぁ工芸が盛んな街のギルドに行ったり、鉱山の街では一緒だったと言っていたから当然ですよねぇ」

「……か、カナディア？」

「うーむ、残り六人は何でしょう。普通に喋る分には問題ありませんが。その内の一人に春を売った女のにおいがします」

「き、気のせいだよ」

全て正解である。

カナディアは一週間で出会った女のにおいを全て嗅《か》ぎ分けるのだ。

鉱山の街のお店でちょっとお金を払ってねーちゃんにお酒をついでもらった程度である。カナディアはそれすらも嗅ぎ分けるのだ。

この前王都にある風俗店に行った時は大変だった。帰ったら即カナディアに嗅ぎ分けられ泣かれて二日間出ていかれた。

二日後に夫の夜遊びを我慢するのが妻の役目ですから……としおらしく戻ってきたが、出ていく時に大太刀振り回して斬殺しそうになったことは頭から抜けていた。

この家に刀疵が何個かあるんだぞっと。

目のハイライトが消えて、黒髪が逆立ち、大太刀を構えるカナディアが誰よりも恐ろしかった。あれ経験するとS級魔獣なんてまったく怖くなくなるね。

俺はそれから王都の風俗に行きづらくなってしまった。大人のお誘いとか結構あるのに……。

心の中では従順な女であると信じ込み、意識をしているのだが、頭に血が上ると理性がぶっ壊れて暴れ回るのである。

多分ぶっ壊した後、後悔するタイプだ。そしてぶっ壊す対象は俺である。

ぶっ壊されてから謝られてもどうしようもない。何より強すぎるため力ずくで来られると俺も勝てないのだ。

カナディアの愛はとても重い。それゆえに俺はこの関係を未だ整理できていない。

今は夫婦のような関係……であって婚姻《こんいん》しているわけではない。カナディアは時々本気のプロポーズをして欲しそうな顔をしてくるが結婚してしまうとますます逃げられなくなる。

でも正直、カナディアのことは好きだし、仕事のパートナーとしても大切で相性も良い。

だから俺はこう考えた。

「現状維持だな」

とぼけた振りで乗り切ろう。


一軒家であるこの家は部屋数が多い。

S級冒険者の二人が住む家だ。並の家賃じゃないぜ。

俺の部屋にカナディアの部屋。少し狭いけどポーションの調合用の部屋もある。

婚姻の関係ではないので寝る時は別々……なのだが。

「ヴィーノ。一週間ぶりなので……一緒に寝てもいいですか？」

これは俺がカナディアと結婚を考えてしまう要因の一つである。

こっちの家になってからカナディアは甘えるように俺のベッドで一緒に寝ようともくろむ。

始めはうろたえたもんだが……もう慣れた。

俺も一週間ぶりだったし、快《こころよ》く迎える。

カナディアの夜の格好はピンクのシャツにショートパンツだ。

ピンクのシャツは胸元がすごく緩く、少し屈むだけでカナディアの豊満なお胸がちらりと見えてくる。

傷一つない白いふとももを見せてくれるショートパンツは実によい。

たまたま買ったベッドがダブルベッドで本当に良かった。二人で寝るのにも苦しくない。

一人で寝るのも寂しいというのが理由だがベッドの上で女の子が体を寄せてくるんだ。

「明日は久しぶりに一緒のクエストですね」

「ああ、怪鳥退治だ。一緒にがんばろう」

カナディアはベッドに寝転がり、ふとんにくるまる。

俺も一緒にベッドへごてんと寝転んだ。

二人両手を重ねて、見つめ合う。

カナディアの翡翠の瞳と目が合う。

「じゃあ……おやすみなさい」

「ああ、おやすみ」

両手を繋いで、見つめ合い……二人一緒のベッドに寝転んだら、やることは一つしかない。


「すぅーーーーー」

そして、三分で寝入るカナディアちゃんである。

ここから何をやっても起きることはない。

初めての時もこんなオチですっころんでしまったものだけど……それはそれでいい。

カナディアが俺のことを真に信用してくれているということだ。

出会った時のような防衛本能で絞めてくるようなことはもうない。

今、ここにいるのは……一人の十六歳の女の子なのだ。

「うぅん……」

寝返ると同時にゆるゆるのシャツから胸の谷間が視界に入る。

足を動かすたびに……柔らかいふとももが俺の肌に触れるのだ。

男ならこうなった時どうするか……分かるってもんだろ。

俺はカナディアの体に触れ……ることなく側の机の上に常備しているポーションを掴んだ。

「今日も一本いっておくか！」

魅力的な女の子が寝息を立てているこの状況下、自然と眠ることなどできるはずもない。

慣れたというのはあくまでこの状況下での話なだけで、カナディアの寝息を聞くだけで至る所ビンビンになってしまう。

カナディアと寝るようになってから睡眠不足が問題となってきたので打開策を用意した。

「スリープ・ポーション！」

一発爆睡、これを飲めば朝までぐっすりである！

手を出せよと思われるかもしれないが、何となく寝ている時に手を出すのはいけないような気がするのだ。

行為をするならちゃんと起きている時に……カナディアにちゃんと想いを告げた時にだと思っている。

さて、おやすみ！

でも、このスリープ・ポーションに一つ問題点がある。

「……」

目が覚めた俺が見たものは両手をカナディアの両胸に手を寄せ、思いっきり揉みしだいているところだった。

うん、でかい。違う、手を外さないと……起きてこれを見られたらやばい。

今のところお寝坊のカナディアが先に起きたことはない。

つまり……スリープ・ポーションの効果で俺は寝ながら……カナディアをめちゃくちゃにしてるっぽかった。

この前は髪の中にいたし、その前は顔を尻に埋めていた。断じて起きてはいない。

「う、うーーん」

「カナディア、起きた？」

「はい、良く眠れました。……あ、またシャツもズボンも皺《しわ》寄ってる……恥ずかしいです」

「カナディアったら寝相が悪いんだから……ダメだよ」

「は～い。……ヴィーノ、なんで目をそらすんですか？」

お互い寝ている時での騒動なんだ。

でもポーション飲まなきゃ寝れないし……実に困っているのだ。そして何より罪悪感がすごい。

明朝、準備を整えてさっそく出発する。今週はずっと晴れだから戦いも安定するし、安心だな。

「ヴィーノと一緒のクエストなんて三週間ぶりくらいですね」

「そうだな。お互い個人行動が増えてきたもんな」

S級冒険者は一騎当千の力を持つので基本的に独立して動くことが多い。

ただ、一人で戦うことは危険なのでS級クエストの時はもう一人S級を呼ぶか、A級以下の四人を呼んで組むことが多い。

冒険者の話として厳密にいうとS級パーティというものがない。

もちろん、今のS級冒険者達もA級以下の時はパーティを組んでいた。

なのでこの国でS級パーティは二組あると言われているが、そのパーティ全員でクエストを受けることはほぼないのだ。

そりゃS級冒険者五人使うクエストはそうはないし、人員的な余裕もない。

それでも二人で組んでのクエストはそこそこあるので俺とカナディアはまだ一緒に仕事することが多い方である。

「ヴィーノが人気なせいで……困ります。アメリさんだってヴィーノと組みたがるんですもん」

「自分で言うのもなんだけど支援できる人間ってやっぱ貴重なんだろうな」

「A級時代、一人で戦っている時にあれだけ苦戦していた私が……ヴィーノと組んでからまったく苦戦しなくなりましたからね」

アメリも言っていたとおり、A級時からカナディアの素質はS級レベルだった。

黒髪の件がなくてパーティを組んでいたら最速でS級に上がっていたと言っていたな。

同じS級昇格ながら俺とカナディアの成長の方向性は違う。カナディアは天賦《てんぷ》の才によるもの、俺は裏技と技術によるもの。時間が経てばきっと俺は伸び悩み、カナディアはさらに上へ行くのだろう。

と言っても俺の戦い方は誰にもマネできないし、支援系最強を目指してカナディアに食らいついていきたいな。

ちなみにこの国にはS級冒険者が十人いるが支援職は俺ともう一人しかいないので……俺と組みたがるS級冒険者は多い。

カナディアやアメリのような攻撃重視の人ばかりのため支援するのも大変だ。

あと支援職でS級に上がるのは極めて難しいというのもある。S級は一人でも戦えないといけないのだ。戦闘力の低い支援職はずっとA級止まりである。


さて、今日のクエストはS級魔獣に設定されている怪鳥プテラウェーブの討伐だ。

そんなに強い魔獣ではないのだけどこの怪鳥の難点は空高い所で生活しており、攻撃も高度から魔法を撃ってくる嫌らしい魔獣だ。

おまけに魔法の効きが悪く物理で攻撃しないといけない。

もう一つあるのが怪鳥の子供、子怪鳥が光り物を集める習性があり、街道で宝石を盗られたりと結構な被害が発生している。

王都の美術館の逸品や宝石商の売り物、貴族の所有する装飾品などを遠距離からの移動時にかっ攫われていくことが多いらしい。

それの回収も今回の目的の一つとなる。


俺とカナディアは怪鳥の目撃情報のある王都から馬車と歩きで約二日かかる鳳凰山《ほうおうざん》へと向かう。

鳳凰山自体はB級ダンジョンとして指定されており、今の俺達であれば何の苦労もなく攻略できる。

怪鳥自体は向こうから攻めてくることはないので危険はそこまでない。

「ようやく鳳凰山へ着きましたね」

「街道の宿屋を経由してさらに一日だもんな……王都の範囲の広さに驚く」

各冒険者ギルドで管轄区域は決まっている。

各街にある小さいギルドはB級まで。交易の街のように大きなギルドはA級まで。

王都はS級まで存在する。ゆえに王都のS級クエストの範囲は王国全てとも言えるだろう。

本来鳳凰山は地方の冒険者ギルドの管轄となるのだ。

端まで進むと一週間もかかるところもあるそうで、それを十人でまわすのは本当に骨が折れると言える。

S級はさらに外国への出張もあるらしい。隣国の帝国になんてかなりの回数行くそうだ。

「ここから山頂までさらに一日か……」

「山のダンジョンでは良くあるとはいえ大変ですね」

鳳凰山では貴重な黒曜石《こくようせき》が採掘できる所だ。

冒険者の護衛ありで採掘作業をしていたのが最近怪鳥の妨害が多く、高度で対処できないため俺達に白羽の矢が立ったわけだ。

鳳凰山の登山を開始する。

「今回、どういう風に戦うか」

「怪鳥の子供は倒さないんでしたっけ」

「そこは言われてないな。あくまで奪われた宝石類の回収だ。邪魔になるなら仕方ないけど……可能なら逃がそう」

「あとは高度って所ですよね……。私の跳躍では間違いなく届かないでしょう」

「俺のポーション投擲も真上だと威力が下がるんだよな……。なるべく少ない攻撃回数で撃破しないと……逃げられる」

「フェザー・ポーションで何とかならないんですか？」

「あれは十秒しか持たないんだよ。一回使えば一時間は再使用が出来ない。戦力として考えない方がいいな」

十秒で倒せなかった時が最悪だ。高い所から落下してしまう可能性もある。

「ただ……秘策は用意してある。俺とカナディアが組めば勝てない敵などいないさ」

「ふふ、ヴィーノと一緒なら安心できますね。っ！」

カナディアは何かに気づき、大太刀を引き抜いた。

何か現れたのか？　大丈夫だ。ポーションは千個近く持ってきている。

こういうときのカナディアの危機管理能力はさすがだ。

何匹か足音が聞こえる。これは……ウルフ系だ！

突如現れた五匹のハイウルフ。高山に住む魔獣である。

へっ、この程度の敵は秒殺だ。俺はポーションを手に取る。

「二×三の太刀【風輪斬《ふうりんざん》】」

それよりも早くカナディアは大太刀を振り、鋭い刀の波動がハイウルフ達を斬り刻み沈めていく。

それはあっと言う間の出来事だった。ポーションを引き抜く間もなくハイウルフは沈黙した。

カナディアは大太刀を鞘に戻し、背負う。

「もう足手まといにはなりませんから」

足手まとい……？

あ、そういえば初めてパーティを組んでウルフと戦った時、俺の投擲速度に追いついてなかったもんな。

それが俺の速投げよりも素早い一撃を出せるようになった。さらに腕を上げたと言える。

まったく頼りになって……。

「先へ進みましょう」

じわりと黒髪が揺れていく。

ほんと……美しくて頼りになる相棒だ。

「見えてきたな」

「ええ」

途中のセーフエリアで一泊野営をした後、頂上付近に到着する。

ここまで行けば怪鳥の警戒範囲に入ったと言える。

ただ警戒心の強い怪鳥を探すのは困難を極める。そのためおびき寄せる必要があった。

おびき寄せるのに必要なのは怪鳥の巣を攻撃することが一番確実だ。

黒曜石の採掘でも怪鳥の巣に近づいたから攻撃された可能性が高いらしい。

巣ってのは外敵に見つかりづらいような所にあることが多い。正直探している時間が無駄である。

そうなると光り物を使って、子怪鳥をおびき寄せて巣まで案内させることが一番手っ取り早い。


数時間後、想定通り子怪鳥が現れ、ルビーの指輪を回収していった。

「よし、追って巣を見つけるぞ」

「もう、私が贈った指輪を使うだなんて……」

「わ、悪かったよ。輝くルビーが付いているからちょうどいいと思ったんだ」

実は王都に住み始めてからすぐカナディアからルビーの指輪をプレゼントされた。

カナディアも指に付けており、ペアリングのようなものと言っていたから常時付けていたのだ。

というより付けなきゃ泣かれるので仕方なくってところがすごくある。

悪くはないんだけど装飾品とか付けない俺には合わないんだよな……。

「傷ついたりしたら……修理もするし、新しいのを買うから！」

「あれはそういうためのモノじゃ……ないのです。でも……」

「でも？」

「せっかくなのでヴィーノが給料三ヶ月分の婚約指輪を私に」

「よし、行くぞ！」

とんでもないこと言い出したので進むことにしよう。

そもそも給料三ヶ月分ってなんだ。冒険者は基本給の制度なんてねぇ！

気付かれないように子怪鳥を追い、標的が指輪を巣に入れて、飛び立ったのを確認した後、行動を開始する。

「じゃあ、私が行きますね」

怪鳥の巣はよりによって今いる場所よりさらに上がった山の斜面のてっぺん、さらに岩肌が露出した所の中腹に大きなへこみがあり、そこに巣を作っていた。

こりゃ飛べない普通の人間にはとてもじゃないけど近づけない。

けど……ここには普通じゃないS級冒険者がいる。

「作戦のとおり必要なポーションはもたせる。十分気をつけろよ」

「任せてください。さて……と、行きますよ」

戦闘モードに入ったカナディアはクールで格好良くて美しい。

カナディアの移動力はS級冒険者でも随一。崖《がけ》だって走って渡れる。

あっと言う間に怪鳥の巣までたどり着いてしまった。

大太刀背負いながらよくできるな……。あれができるのは……カナディアとアメリくらいかもしれない。

カナディアの到着と同時に怪鳥の咆哮が耳を強く刺激する。

「やはり感づきやがった」

怪鳥が姿を現して、カナディアの方へ全速力で向かっていく。

ちっ、思った以上の高度だ。

カナディアも気づいているだろうが、あの狭い場所で戦うのは難しい。

注意を散漫にさせてみるか。

ポーションをホルダーから抜き取って怪鳥にぶん投げた。

あの距離と飛行するスピードじゃ敵は打ち落とせない。威力を捨て、射程を伸ばして命中させることだけに注力する。

ポーション投擲のコントロールなら誰にも負けない
「グエっ！」

ポーションが命中した怪鳥は悲鳴を上げて、よろめいて速度を下げる。

豆粒のように見える距離でもポーションを投げて当てられるのは俺くらいなものだ。やはり得物を使わず、ぶん投げられるので軌道も変えやすいし……便利だと感じる。肘や肩に負荷はかかるけど。

俺は続々とポーションを投げて怪鳥の動きを制限していく。

怪鳥は羽で体を隠すように縮こまり始めた。俺の方を向いている。

間もなく、怪鳥が八つの風の刃を飛ばしてきた。

あれは風属性の魔法の一種。物質化している魔法であれば何も怖くない！

「ポーション・パリィ！」

八つの刃を全てポーションで受け流していく。

「六の太刀【空斬】」

カナディアが巣から遠距離技を放つ。

さすがに怪鳥には届かないがそれは怪鳥に恐怖を覚えさせるのには十分だ。

カナディアに意識をさせた所で俺はさらにポーションを撃ち込む。

「グッ……ガァァァアア！」

怪鳥は背を向けて急上昇していく。

巣を諦めて逃げる気だ。

「カナディア、行くぞ！」

「はい！」

俺は今回のクエストのために作成した特殊なポーションをカナディアの跳躍がギリギリ届く距離でぶん投げる。

まっすぐ飛んでいくポーションに合わせ、カナディアは巣から崖に向かって跳躍した。

計算通りならちゃんと届くはずだ。カナディアは右手でポーションを掴み取る。

「ゴー！　ジェットッッッ！」

その瞬間、ポーションの瓶の底が割れて下に向けて噴射が発生する。

素材は風属性の魔石とボムの欠片、ジェットボアの鱗。これらを合成してポーションに混ぜ込めば……空へと飛び上がるジェットブースターが完成するのだ。

その速度は怪鳥の羽ばたく上昇速度など目じゃない。

カナディアを乗せたジェット・ポーションは空高くへと上がった。

あっと言う間に怪鳥をぶち抜いて、カナディアはポーションから手を放す。

左手に持っていた大太刀を両手で持ち、抜かれて唖然と止まる怪鳥の首を両断した。

「さようなら……」

それは首が痛くなるほどの高度での一撃だった。

当然落下していくカナディア。

このままでは転落してしまう。だけど、こんな時のためにあれを何本か渡していたんだ。

落下していくカナディアの背からゆったりと羽が生えて、落下スピードがゼロとなる。

カナディアに持たせたフェザー・ポーションが効果を発揮したようだ。あのポーションは上昇するだけのモノじゃない。こういう使い方もできる。

カナディアは貴重な素材である怪鳥の亡骸を回収し、急いで陸へと戻った。

フェザー・ポーションの効果持続時間は十秒だからな。

「久しぶりの【堕天使】だったな」

「もー、あのジェット・ポーション、アチアチです。火傷《やけど》しちゃったじゃないですか」

確かにあのジェット噴射は熱いだろうなと思っていた。俺は回復ポーションを手に取る。

「両手が塞がっているので……ゆっくり、優しく飲ませてください」

カナディアは甘えるように求めてくる。

仕方ない。カナディアは頑張ってくれたし、その想いを叶えてあげよう。

「仕方ないなぁ」

俺はポーションの蓋を開けて……。

優しく口にぶん投げた。

「がぼっ！」

十秒後、そういうことではないとめちゃくちゃ怒られた。

優しく投げたのに……、女の子って難しい。


さらに二日かけて鳳凰山から王都に戻ってきた。

ある事情で一刻も早く帰りたかったのだが、到着したのは日付が変わる直前であった。

「聞いていた以上にため込んでいましたね」

「ああ、これは相当な宝石量だぞ」

怪鳥の亡骸を近くの街で売りさばき、もう一つの依頼である盗まれていた宝石類だけは厳重に注意して運んで持って帰ってきた。

聞いていたよりも多くの宝石類が奪われており、全部売ったら一生楽に暮らしていけるんじゃないかと思ったほどだ。

もちろん持ち逃げなどするわけにはいかない。

早くギルドに届けたかったがこの時間はもう開いていない。明日の朝一で行くことにしよう。

家に着いて早々、簡単な食事で空腹を満たし、風呂で体を綺麗にして……今日は早く寝ることにした。

明日はどうするかな……。休めるならちょっと休みたい所だけど。

日付も完全に変わり、疲れからか睡魔が襲ってくる。今日は馬車の旅だったけどさすがに疲れたな。

「ヴィーノ」

「ん？　カナディアか」

「……今日もお願いします」

カナディアがいつもの寝間着で枕を持って俺の部屋にやってきた。

出張へ行った帰りはいつもこんな感じだ。

外ではさすがに一緒に寝ることができないので移動を含めて一週間ぶりだった。

抱きしめて寝たい衝動を抑えてごろんとベッドの上で寝転ぶカナディアを見る。

「おやすみなさい」

「ああ」

「すぅ……」

今日は一分か。相当に疲れていたんだな。

俺はぐっすり眠るカナディアを見据え、髪を少し撫でてあげる。

「ふふ……」

気持ちよさそうに寝ているなぁ。

さすがに変な所を触るわけにはいかないが、この寝顔を至近距離で見るくらいは許されるだろう。


……？


少し時間が経ち、何やら居間の方で音がする。

今日は風が強い日だったか？

……ま、いいや。今は寝息をたてたカナディアの姿を眠たくなるまで見続けたい、そう思っていた。

だが……この安らかな気持ち、それが間違いだったのだ。

この時、ちゃんと調査をしていればこんなことにならなかったのだと思う。

翌日、回収した宝石の半分以上を盗み取られることにはならなかったのだ。

「はぁ……」

「だ、大丈夫ですか？」

ギルドマスターの執務室を出て、冒険者ギルド一階の受付の場に戻ってきた俺をカナディアは心配そうに出迎えてくれる。

「めちゃくちゃ怒られた……」

怪鳥討伐をクリアできたのは良かったものの、回収した宝石の半分以上を奪われてしまったことを報告したらギルドマスターからしこたま怒られてしまった。

あの人王国全てのギルドを統轄する人だからめちゃくちゃエラくて上の人で低級冒険者の時代は会うことなど皆無だったけど、S級冒険者となると普通に話すことが増えてくるから別の意味できつい。地位はS級でも気持ちは下っ端なんだよ……。

頭も良く、しっかりした人だからまだ若い俺に対する叱咤《しった》激励《げきれい》のつもりなのだろう。

「まさか……空き巣に入られるなんてまったく気付きませんでした」

「俺も……」

多分夜中にがたごと音がしていたあの時だ。

あのタイミングはちょうどカナディアの寝顔を楽しんでいたところだったんだ。

この俺があんなミスをするなんて……、せめてお宝を寝室に持ってきておくべきだった。

「まさかS級から降格ってことはないですよね？」

「それはさすがにね」

様々な罰則を受けることになったケド。

S級にも実は位があってS+級、S級、S－級の三種がある。俺とカナディアはS－級。

S－級はひよっこという扱い。一番下のランクだからこれ以上上下がることはない。

S級になるのが相当難しいので懲罰が原因でA級に落ちることは基本無いそうだ。

その変わり死ぬ気で働かせられる。ある意味これが罰とも言える。

「お疲れ様でした。これでも飲んでください」

「ありがとな……ミルヴァ」

「へへへ、カナディアさんもお久しぶりです」

「一昨日から王都出勤なのですね」

工芸が盛んな街の冒険者ギルドで働いていた受付係のミルヴァが王都ギルドに転勤となり、一昨日からこちらで出勤しているらしい。俺もさっき出会ってびっくりした。この前、工芸が盛んな街に行った時は何も言ってなかったのに隠してやがったな。

「どうして王都に来たのですか？」

「王都の受付係で辞める方と出産による休職で二人穴が空くのでフォローに来たんですよ。あっちはそんなに人がいらないですしね」

受付係のミルヴァはまだ成人したての十五歳で……ミスも目立つが元気よく、愛嬌のある顔立ちのためあちらの街でも人気があった。冒険者から可愛がられていたからさぞかし残念だろう。そして王都ではすでに噂になり始めていた。若い受付係っていないんだよな。

「ヴィーノさんも相変わらずポーションで有名ですよね。王都に来てからも【ポーション狂】の活躍は嫌でも耳に入りますよ」

「あの戦い方しているやつはいないからな。ポーションの力と投擲術はそう簡単にマネできるものでもないし」

「砲弾龍戦が懐かしいですね〜。一歩間違えたら私死んでいましたもん。でもカナディアさんの天使の姿をこの目で見られたのはラッキーでしたね」

「また今度一緒に買い物にでも行きましょう」

「はい！　楽しみです」


「若さとは素晴らしいな」

「あなたは……」

突如の重厚で優しさのある渋い声色。その声には聞き覚えがあって俺はびっくりして戸惑う。

カナディアも同様な顔付きとなっていた。

だが……一人意も介さない女の子がいる。

「あ、ペルエストさん！　こんにちはーーっ！」

「工芸が盛んな街の嬢ちゃんか、久しいな」

「はい！　また【無限矢筒】見せてくださいねー！」

彼の名はペルエスト。

鋼の肉体に鋭い目つき。おでこのバンダナにあご鬚。あご鬚が良く似合うダンディな男性だ。

この国でただ一人のＳＳ級冒険者。つまり王国最強の冒険者である。

「ヴィーノ。久しぶりだな。マスターにこってり油を絞られたようだな」

「あはは……恥ずかしい限りです」

憧れの冒険者ゆえに緊張する。

ＳＳ級冒険者は王国だけではなく帝国や別の国を合わせた世界を股《また》にかける冒険者である。国家規模の事件に対して動くことが多い。

なのでペルエストさんは基本外国での仕事がほとんどだ。

この人とはＳ級昇格の時に一度会ったきりなんだよな……。

剣術も魔法も高レベルでこなし、やっぱり有名なのは特殊スキル【無限矢筒】から生まれる弓術だろうな。

俺のポーション芸もいつかはこの人レベルにまで頑張ってみたい。

「髭の冒険者さん……いえ、ペルエストさんお久しぶりです」

「ああ……カナディア、よくここまで来れたな」

「まだ目的達成まではまだまだですから」

「……ふふ、そうだな」

何だろう。カナディアとペルエストさんの会話に違和感がある。

まるで昔馴染みのような……温かみ、親しみを感じる。この二人……何かあるのか？

「ヴィーノ、良ければポーションを融通《ゆうずう》してくれないか。おまえのポーションは大したもんだ」

「はい、喜んで！」

「Ｓ級になってがんばっているようだな。しばらく俺も王都にいる予定だ。今度一緒にクエストに行くか？」

「本当ですか！　ありがとうございます」

「だが……まずはマスターに言われた事件を解決してからだな」

ぐっ、それがあった。

盗まれた宝石を探すための犯人捜《さが》しをしなければならない。

ペルエストさんとクエストへ行くために何とか……早期解決をしなければ！

ペルエストさんとミルヴァに礼をして俺とカナディアはこの場を後にして外へ出た。

「これからどうします？」

「うーん」

今朝、宝石類が奪われていることに気付いて家の中を探しまわったけど見つからず、結局そのままギルドに報告をすることになった。

王国警察に事情を話して調査をしてもらう予定だけど……ほんと大失敗だ。

「はぁ……」

「私も一緒に怒られるべきなのに……、一人で罪を被らなくてもよかったんですよ」

「黒髪の件があるからな。カナディアの名誉をこんなことで傷をつけるわけにはいかん」

「私はヴィーノが傷つくのが嫌です！」

「いいよ、いいよ。いっぱい楽しませてもらっているし」

「え？」

恐らく聞こえていなかったはず。

カナディアの言いたいことも分かるが、カナディアの夢は俺の夢でもある。こんなことで経歴に傷をつけさせてたまるものか。

今回は俺が管理するということで全ての責任を俺がもらった。

カナディアに責任を生じさせてしまうとこれだから黒髪が……という声がまだまだ根強くあるのだ。ギルドの幹部達も黒髪のカナディアにS級は相応しくないと思っている人も多い。

ギルドマスターは公平に判断してくれるが……いつかはマスターも変わってしまう。それまでに実績を上げないといかん。こんなことでカナディアをつまずかせるわけにはいかないのだ。


元々今週は休みをもらう予定だったから宝石強盗事件の調査でもしてみよう。

俺とカナディアは木陰のベンチに座りどうするか考える。

そんな時ふと後ろを向くと青のツーサイドアップの髪を揺らしてゆっくりと近づいてくる女の子の姿があった。

何やってんだこの人。

子供にしか見えないその姿だが彼女は【風車】の二つ名を持つS級冒険者だ。

アメリとその名を呼ぼうとしたが意図が見えたのでやめることにした。

彼女は俺とカナディアの昇級の試験官をしてくれて、王都に来てからも面倒を見てくれている。

アメリはソロリと近づき、カナディアの後ろへと立った。

さすがの抜き足だ。気配察知で優れるカナディアがまったく気付かない。そのままアメリの両腕がカナディアの無防備な腋の下に突き刺さる、

「こんにちは〜〜〜！　カナディア！」

「ひゃあああん」

そしてアメリお得意のくすぐり攻撃である。

カナディアが一番苦手とする両腋の下を攻められ、思わずすってんころりと地面に転んでしまった。

「ニャハハハハ、や、やめ、ワキはらめぇぇぇ！」

「そうか、そうか。相変わらずかわいいなぁカナディアは」

それは思う。

地面に倒れるカナディアを組み伏せて、弱点を徹底的に攻めだした。

笑い悶《もだ》え、色っぽい姿を見せるカナディアに思わず生唾《なまつば》を飲んでしまう。

「オラヴィーノ。脇腹が空いてんぞ」

確かに……カナディアのくびれた脇腹がガラ空きの状態だった。

そう言われると攻めたくなってしまう。うん、スキンシップだ。すけべなことは何も考えちゃいない。

俺はカナディアの脇腹を乱暴に揉みほぐす。

「いやあああ、二人とか無理ぃ……！　無理ぃぃ！　ひゃはははははは！」

「はひ……はひ……」

息も絶え絶えで白目むきかけているカナディアをとりあえずベンチに寝かせて、アメリと話をする。

「それでどうしたんだ？」

「おう！　急ぎの話をしたくてな、会いに来たんだよ」

「急ぎの話をするのにくすぐる必要はあるのか？」

「それはそれ」

カナディアのかわいい所が見れたし、深追いはやめよう。アメリは新聞を俺に手渡す。

この王国で最も大きい新聞社であるキングダムタイムズの夕刊だ。

まだお昼過ぎのこの時間は発行されてないと思うけど……コネでもらってきたのか。

「見てみな」

一面を見て見る。

「怪盗ティーナ、今度もお手柄《てがら》！　お宝を貧民街にばらまき施しを与える……。ってこれ！」

新聞には売り払われた宝石類の詳細が書かれていた。

全部……全部それは全て俺の家から持ち出されたものであった。

怪盗ティーナ。

ここ半年くらい前から現れ始めた神出《しんしゅつ》鬼没《きぼつ》の盗人《ぬすっと》である。

予告状を出して、人を集めて、そこに堂々と現れる。魔法のような奇術を使いお宝をかすめ取る。

特徴的な黒のウイッチハットにシルバーのマスク。紫のウイッチドレスからは華奢《きゃしゃ》な印象を見受けられた。

盗み先は決まって悪徳貴族やマフィアや悪徳な地上げ屋と貧民街である【スラム】に仇《あだ》を為す者達である。

格好からして女であることは分かっているが圧倒的な技術で盗み出す手口はまさに神業と言ってもよい。

盗んだものは貧民街で売りさばかれ、分け与えられているそうだ。言えば義賊といわれる者だろう。

「でも俺は悪徳貴族じゃないだろ⁉」

「怪しいポーションばっか作ってるからじゃねーか？　それは冗談として……実際の所、全部盗まれたわけじゃねぇんだろ」

「はっ！　そういうことか」

そう、実は怪鳥の巣から取り戻した宝の内盗まれたのは七割程度だったのだ。

同じ所に全部置いておいたのになぜ全部盗まれなかったのかと思っていた。

盗まれずに置いてあったのは王国美術館のお宝、ホワイトパールや有名宝石商のブラックダイヤモンドなど誰もが知っている有名なお宝だ。

逆に盗まれたのは出所が不明なものと悪徳貴族や悪徳商人が持っていると言われたものばかりであった。

「俺達が怪鳥からお宝を持って帰ってくることを察知して盗み出したってことか……」

「怪鳥がお宝を盗むって話は有名だったし、怪盗が情報を得ていてもおかしくはねぇな」

くっそ……。ってことは怪盗ティーナを捕まえることができれば汚名返上《おめいへんじょう》できるってことか。

しかし、相手は神出鬼没の怪盗だ。王国警察でも捕まえられないのに……捕まえられるわけがない。

「お得意のポーションで何とかならないんですか」

体力の回復したカナディアが立ち上がり話題に入ってくる。

「ポーションを何だと思っているんだ。ポーションはただの投擲武器だぞ」

「あんたも何だと思ってんだ」

「そもそも、ポーションを投擲武器って思っているのはヴィーノだけですからね」

ポーションを武器にしている冒険者はこの国で俺一人しかいないため理解されない。

お宝を回収するためにどうにかする必要がある。そのためには怪盗ティーナを捕まえないといけない。

「昼飯でも食って考えよーぜ。昼の当番はカナディアだったよな」

「はい、今日は市で良い魚が手に入ったので焼こうと思っています。アメリさんもどうですか？」

「お！　いくいく！　カナディアの料理大好き」

にこやかに会話し、我が家の扉を開けた先には……。

黒のウイッチハットと紫のウイッチドレスに身を包む人物がガサゴソ、俺の家の戸棚を物色していた。

うん、これは……あれだな。

「怪盗ティーナだあああ！」

この光景はにわかに信じがたい。

自分の家に怪盗がいるんだぞ。場違いすぎるだろう。怪盗は戸棚を物色していた。

「これは家主殿、ごきげんよう。いつも通り予告状を出したかったんだけどあまりに普通な家で出せなかったことを許して頂きたい」

普通な家で悪かったな。

振り向いた怪盗ティーナはそんな言葉を発した。

女の声だ。……さすがに変声はしてないと思う。

元々怪盗ティーナは予告状を出して盗みに入るものだ。

でもこの家に予告状を出すってのは確かにバカらしいと。むしろ……ギルドに返してから予告状を出して盗みに来てほしかった。

腹が立ったので速投げでポーションをぶん投げてみた。

女って噂だが知ったことか！　死にはしない。

「ちっ！」

怪盗ティーナに軽やかに避けられる。

人に投げる時は速度を落とすようにしているのでやはり避けられてしまう。

「不必要なものを全部返そうと思ったがタイムアップのようだ。残りは後日返しに来よう！　さらばだ！」

怪盗ティーナは窓ガラスを突き破って去っていた。

「俺んちを壊すんじゃねぇぇぇぇぇ！」

窓を開けて、逃げた先をのぞき込むがすでに消え失せていた。

くっそ……修理費用を置いてけよ……。

さすが怪盗だけあって逃げ足がはやい。さすがに追いつけないだろう。

「ヴィーノ……これ」

「お、怪盗からメッセージがあるじゃん」

カナディアとアメリがさきほど怪盗ティーナがガソゴソしていた所の様子を見ている。

近づいてみるとたくさんの宝石類がそこにはあった。

怪盗に盗まれたものの大半だった。

「これらの宝石は盗品や犯罪組織のものではないと分かりましたので返却致します……だそうです」

カナディアが予告状と同じ材質のカードを読み上げる。

怪盗ティーナは義賊みたいなものである。俗に言う悪者以外から盗んだお宝は返却しているのだ。

怪鳥が奪った宝石類が多すぎて怪盗も全部一度に調べきれなかったのか。

あの新聞に載っていたのは確かに悪者が所有している宝石類だった。

結局盗まれたのは悪者が所有している四つの宝石と……そういえば返却しきれてないやつがあるって言っていたな。

「ヴィーノ、ルビーの指輪がまだ戻ってきていません」

「ああ、あれも一緒に入ったままだったか」

子怪鳥をおびき寄せるに使用したルビーの指輪がまだ戻ってきてなかった。

恐らく怪盗ティーナが返しそこなった宝石類の中にあるのだろう。

「だったら怪盗ティーナの居場所が分かるかもしれません」

カナディアはペアで買ったという同じタイプのルビーの指輪を取り出した。

「どういうこと？」

「あの指輪には互いの居場所が特定できるように黒魔術をかけているんです。だから怪盗ティーナが持ったままなら分かると思います」

カナディアがルビーを覆うように手を翳す。

するとルビーから小さな光が出現したのだ。

「この光の大きさでだいたいの距離と方角が分かるのです。これでいつでもどこでも居場所が分かりますよ」

「ちょっと待てぃ」

今、黒魔術って言ったよな⁉　なにそれ、俺まったくそんな話を聞いてないんだけど。

「カナディア、君はまさか俺の居場所をこれで常に監視していた……そういうことか？」

「きゅん？」

カナディアがあざとく笑う。

かわいいな……くそっ。

「アメリ、カナディアを死ぬほどくすぐっていいぞ」

「分かったぞ！」

「いやあああ！　だって夫の監視は妻の義務、にゃはははは、やめぇぇぇぇ！」

思えば俺がどこにいようともカナディアは察して追跡してきた。

思い込みから来る執念かと思っていたけど……そういうことだったんだな。

聞けば黒魔術とはカナディアの故郷、黒髪の集落の秘術らしい。とんでもねー術を編み出しやがって！

だけど、逆転の目が出てきた。これを使えば怪盗に一泡吹かせることができるかもしれない。

今、すぐに特攻してはおそらく逃げられる。ルビーの指輪を手放される前に仕込みをしないといけないな。

怪盗をおびき寄せて捕まえる作戦。……いろいろ仕掛けさせてもらおうか。

相手の居場所が分かり、正体が分かるなら負けやしない。

◆◇◆

※怪盗ティーナside
あたしの名は怪盗ティーナ。

先代の姉から引き継いでこの役目を続けている。

今回の標的は悪徳貴族フィルヒーレ伯爵《はくしゃく》家。

この伯爵家に最近、名高いお宝が運び込まれたと聞いている。

それがあたしの求める宝石、飛行青金石《スカイ・ラピスラズリ》かどうかだ。

この悪徳貴族はガラの悪い組織を使って、貧民街の住民に不平等な労働を強いて適切な賃金を払わないように取り計らっている。

私腹を肥やし上級貴族に媚《こ》びるやつだ。

あたしは目当てのお宝で無ければ返却する主義だが、盗んだ先が悪党であればブローカーに売り飛ばして貧民街に還元している。

宝石の額なんて貧民街の住民の多さからすればはした金に過ぎないが、それでもあたしは自分の正義を貫いている。

予告状を送りつけたため、伯爵家の警備は厳重。私兵や王国軍を使って屋敷の周囲を固めている。

あとはマスコミなどにも連絡をしているため野次馬《やじうま》が多く、貴族街へ詰めかけていた。

「レディースエンドジェントルメン！」

予告通りに姿を見せて観衆を煽る。

口上《こうじょう》を述べ、全員の目を引きつける。

「今宵《こよい》、伯爵家から宝石を頂くと致しましょう」

幻影魔法……【ミラージュ・クリア】。

あたしは得意の魔法を使って……大勢の野次馬の中へ潜り込んだ。

幻影魔法は習得者が少なく見破りにくい魔法だ。

ウチは先祖代々幻影魔法が得意の家系だったこと、姉の指導が上手かったため幻影魔法だけなら世界でもトップクラスに優れていると思っている。

それと得意な義賊スキルを駆使すれば怪盗家業はお手の物だ。

大胆な登場で民衆を沸かせて、幻影魔法で人混みの中に紛れて、警備の隙をつく。

さっと伯爵家に侵入し、事前に調べていたルートを使って宝石のある宝物庫へ到着した。

もうこの屋敷には五回以上侵入している。

幻影魔法を駆使すれば発見されることなくお宝を手に入れられる。

わずか五分でお目当ての宝石を手に入れることができた。

「似ているけど違う。オーバルサファイアかしら。でも売り払っておきましょう」

宝石が盗られたことに気付かれ、伯爵家の護衛や王国兵が宝物庫に詰めかける中、幻影魔法でするりと抜け出して再び、民衆の中に姿を現す。

「狙いの品は確保した！　これは皆へのプレゼントだ！　受け取るがいい！」

あたしは懐に隠していた。たくさんの書類を大げさにばらまいた。

お宝を豪快に投げてもいいいんだけど……それはさすがにね。

「なんだこれ……」

「伯爵家の裏帳簿」

「脱税記録？」

もうこの伯爵家には用はないので退散だ。

明日の一面、怪盗ティーナの活躍か伯爵家の裏事情の暴露か……どっちになるだろうね。

再び幻影魔法を使いいち早くこの場から逃げ出した。

まったくチョロい仕事だ。でもまぁ……王都のほとんどの資産家の家に忍び込んでいるから事前準備が命とも言えるけど……。

この前S級冒険者が怪鳥からお宝を持ち帰ってくれたのはありがたかった。

さすがにあたしも怪鳥と戦う術はない。……目当てのお宝はなかったけど、悪人のお宝を大量に売りさばくことができたのだ。

さて、狙いの宝石を持つ可能性がある家は残りわずか。

……もうすぐ終わる。

貴族街を抜けた所で幻影魔法を解くことにした。

「!?」

何かが飛んでくる気配がしてあたしは体を屈ませてそれを避ける。

カチャンと瓶の割れる音。この音に聞き覚えがあった。

「あのタイミングで回避するとはさすがだな」

金髪と碧眼の優しげな顔をした男。

ごく一般的な冒険者服に妙なホルダーを腰に巻いているS級冒険者。

「【ポーション狂】ヴィーノ」

なぜあたしの居場所が分かった!?

貴族街からは独自ルートで逃げているので見つかるはずなんてないのに！

どちらにしろ……逃げるしかない。

あたしは幻影魔法を使い、急いで離脱する。

「お、見えなくなった。でもな……俺は目を瞑っていても人に当てられるんだ。つまり見えなくなるくらいどうってことはないぜ」

「なっ！」

前に飛んできたポーションを何とかギリギリ躱す。

あたしの移動速度を計算に入れて、ぶん投げているのか！

やっぱりＳ級冒険者は無茶苦茶だ！

でも大丈夫、直線で投げられるなら絶対に避けられる。

回避だけならあたしも自信はある。

「次行くぜ！」

【ポーション狂】がまたあたしの方に向かってポーションをぶん投げてくる。

この距離なら問題なくかわせる。

あたしは左に避けた。

「ウソでしょ⁉」

ポーションがぐいっと曲がったのだ！

それもあたしが曲がった方にまるで意思を持ったように変化した。

「っ！」

左腕に当てられ痛みが発する。

ポーションが割れ、液体がウイッチドレスに付着した。

この液体……普通のポーションじゃない。変な色が染みこんで、光を発している。

「これで見えるぞ！　カナディア！」

正面から突如現れた黒髪の【堕天使】が大太刀を持ってつっこんできた。

ま、まずい！

あたしは腰を下ろして何とかその斬撃を躱すことに成功する。

幻影魔法も放つ暇がない。だったらこいつらを倒すか？　戦闘は一応こなすことはできる。

あたしはナイフを取り出す。

ただその瞬間、ナイフは大太刀で切り落とされた。

今の一撃はまったく見えなかった。最初の斬撃は手を抜いていたんだ。

「ちっ！」

ダメだ！　S級冒険者相手に戦闘で勝てるわけがない。

「こんなところで捕まってたまるかァァァァ！　【ミラージュ・インクリース】」

幻影魔法【ミラージュ・インクリース】を使う。大量に分身を作り、全方位へ移動させることで攪乱《かくらん》させることができる。

魔力をかなり使用するから二度目は無いけど逃げきるにはこれしかない！

あたしは自分の分身を十人に増殖させ、全方位に逃げた。これで攪乱して逃げ通そう。

ちらりと【ポーション狂】【堕天使】の動きを見る。

すると【ポーション狂】は十本のポーションを空中に浮かべていた。

「オララララララララッ！」

十本同時に投げやがった⁉

あいつの投げてくるポーションが胸を強打し、思わずうずくまってしまう。

足を止めたらまずいと無理して立ち上がった先には……【堕天使】がいた。

「零の太刀【コショウ】」

「へ？」

【堕天使】は何やら粉をあたしの顔をめがけて振り下ろした。

たまらず吸ってしまったあたしは鼻が急にムズムズし始めた。

だめだ、我慢できない！　くしゃみが出る！

「は……は……ハク……がぽっ！」

大口を開けたあたしの口に挟み込まれたそれはポーションだった。

予想もしない攻撃にあたしは自然と中身を飲みきってしまう。

「……だ……めだ」

やっぱり……毒のポーション。

寝ちゃだめだ……寝たら……でも、耐えられなかった。

「あなたはあたしを超える才能を持っている！　幻影魔法を勉強すれば立派な怪盗ティーナになれるから！」

あたしと同じ金髪赤眼のおねーちゃん。

普段はすんごく優しいんだけど、怪盗修行になるとすごくうるさくなる。

年が離れていて、あたしを産んですぐ亡くなった母代わりだった。

お母さんからおねーちゃんに引き継ぎ、先祖代々伝わる家業を失いたくないから気持ちは分かるけど……。

あたしは怪盗なんて……実際興味がない。

でも何だかんだおねーちゃんが好きだったから、我慢して必死に覚えたんだろうなって思う。

五年前、あたしが十二歳になった時おねーちゃんは病気で寝たきりになってしまった。

おねーちゃんから怪盗の技術や幻影魔法を教わりながらも……必死に看病をする。

でもやっぱり王都の貧民街に住んでいるからお金はないし、具合もよくならない。

あたしはおねーちゃんの病気を治すため、怪盗家業でお金を稼ぐ提案をした。

でもおねーちゃんはそれに頷かなかった。

「怪盗ティーナは正義の味方なの。決して悪には染まってはいけない」

そして、あたしが十五歳になって成人するまで……病気に耐え抜いてくれたけど、おねーちゃんは逝《い》ってしまった。

最期の言葉は今でも覚えている。

「あなたはあなたの道を進みなさい。もし迷っているなら……飛行青金石を手に入れなさい。その時、あなたは空へ羽ばたくことができる」

お母さんもおねーちゃんも十七歳が初デビューだったと言っていた。

だからあたしも十七歳になったから怪盗ティーナとしてデビューした。

おねーちゃんの遺言である飛行青金石を手に入れるために……。

目を瞑ればおねーちゃんが子供の時に言ってくれた言葉を思い出す。

「あなたの名前は怪盗ティーナから取ったってお母さんが言っていたよ。一緒に頑張ろうね、ステイーナ」


「はっ！」

目覚めた。

明るい照明に思わず目が眩《くら》みそうになる。

「くっ！」

すぐに動こうと思ったが手足が動かない。

視線を向けると台にX字で拘束《こうそく》されていた。手足に錠がついており動かせない⁉

これ、拷問台なんじゃ！

「ふふふ……目が覚めたようだな」

声の方向に視線を向けると金髪、碧眼の優男、S級冒険者ヴィーノがイヤらしい眼であたしを見ていた。

服は……脱がされていない、けど絶対これそういう場面だ！

義賊技術を使えば錠を外せるけど……そこからはこの男や多分奥にいる【堕天使】からは逃げられない。

今は耐えるしかない。

「ウイッチハットと眼を隠すマスクを外させてもらおうか」

くっ、無理やり剥がされてしまい、あたしの素顔が晒されてしまう。

「へぇ……結構カワイイ顔してるな」

自慢じゃないけど貧民街のアイドルと言われるくらいには見てくれは良い。

でも、仕事と怪盗修行で彼氏も出来たこともないし……こんな感じで捕まるならさっさと初めてを捨てておけばよかった！

絶対、あたし犯されるんだ！

「イヤらしい眼で見ないでよ！　変態！　スケベ！」

「そんな眼してないし！」

【ポーション狂】は焦ったように声を出した。

「どうせ服を剥ぎ取ってイヤらしいことするんでしょ！　分かってるんだから！」

「いや、俺……冒険者だからそれはちょっとまずいって」

【ポーション狂】はじろっと顔を近づけてくる。

「そんなこと言って、どうぜポーションをイヤらしい所につっこむ気でしょ！」

「その使い方はさすがの俺も考えたことないよ!?……そんなことされたいの？」

「……!?」

ば、バカにして！

そんなことを思うわけ……。

よくよく見たら【ポーション狂】って顔は悪くないのよね。

S級冒険者だから筋肉もあるだろうし……冒険者だから多分優しくしてくれる。

「どうしてもって言うなら……触……ひっ！」

【ポーション狂】の後ろで殺気を放つ【堕天使】の姿に思わず縮み上がってしまった。

黒髪から闇のオーラが出ているようですごく怖い……。

「女の子を痛め付けるのは趣味じゃない。それで……、君の名は？　怪盗ティーナはあくまで仕事の名前だろ」

「……」

あたしは口を噤《つぐ》んだ。

「いろいろ喋ってもらいたいんだけど……」

「悪いけど、あたしは何も喋らない。どんなことをされたってね！　怪盗としての矜持《きょうじ》がある。どんな拷問にも耐えきってみせる！」

「イヤ……拷問なんて。あ、そうだ。あれで喋らせるか」

【ポーション狂】はあたしの顔をじろっと見つめる。

「本当に言わない？　今ならつらい目に遭わなくてすむけど……」

「ぷい」

もはや喋る気もない。

こいつらが寝静まったら逃げだそう。さすがに夜通しの監視はないはず。

二人相手だと逃げられないと思うけど、一人だったら多分逃げられる。

何がなんだろうとどんなことをされても耐えてみせる！

「カナディア、アメリを呼んできてくれ。君好みの金髪美少女が両手を挙げて待っているってん？

それから五分後、青髪をツーサイドアップで縛った子供にしか見えない女の子がやってきた。

でも有名人なので知っている。Ｓ級冒険者のアメリだ。

ものすごく期待に満ちた顔をしており正直ドン引きだ。

不可解なのはそのアメリが動けないあたしの元に手をワキワキさせながら近づいてくることだった。

とても嫌な予感がする。

急いで錠を外そうとするが焦りでうまくいかない。

【ポーション狂】は明るい声を出した。

「話す気になったら言ってくれ。まぁ……笑いすぎて言えるもんならな」

「い、いやあああああああああ！」

あたしはこの日地獄を見た。

◆◇◆

これなら彼女の体に傷もつかないし、アメリのストレスも解消できるし、いい拷問なのかもしれない。

隣で震えてるカナディアに声をかける。

「あんなに拘束されてくすぐられたら……私は死んじゃいます」

「ま、まぁ……あれは例外だからね」

「アヒャヒャヒャヒャ、や、やめてぇぇ！　死ぬぅぅぅぅい！」

こりゃ陥落《かんらく》も早そうだな。小腹が空いたし、何か食ってこよう。


三十分後、息も絶え絶えの怪盗ティーナが拷問台で震えている。

ポーションの実験台としてやむなく購入したものだが、こんなことに使えるなんて思ってもみなかったな。

怪盗が暴れまくったせいで上下一体のウイッチドレスが上方向にめくれ上がり、柔肌と白のくまさんパンツがこんにちはしている。

足の枷《かせ》が外れてるじゃん……すんげぇ暴れたんだろうな。

それにしても女の子のパンツが当たり前のように見えるのはまずい気がする。

横目でちらちら見ていたらカナディアが駆けだしてドレスを下げて隠してしまった。

「見過ぎです！」

仕方ないじゃん！

よし、本来の仕事に戻ろう。

「君の本名を教えてくれるか」

「スティーナでしゅ……」

見事屈服したようだ。

俺より少し色素の薄い金髪で赤眼。

横から伸ばしたロングツインテールは魅力的な姿をしている。

カナディアがキリっとしている美人なら彼女は幼さの残るかわいらしさだ。

「やめて……って言ったのに泣くまでくすぐるなんてひどい！　ぐすっ」

「おぅ！　女の子は泣いてる顔より笑ってる顔の方がいいぞ！」

「えっ、ひゃん！　いやん！　つっつくのやめ！」

「アメリ……そのへんでやめてあげような」

拷問台の後ろでアメリが怪盗ティーナ、本名、スティーナの両脇腹を狙いつくす。

さすがに可哀想《かわいそう》なのでやめてあげるよう言葉をかけた。

「カナディアがSランクなら、スティーナはA＋だな。いい感度してるぜ。あたし好みだ！」

何のランクだよ。

さて、そろそろ話を進めさせてもらおう。

「なんなのよぅ……無茶苦茶に陵辱《りょうじょく》して、【ポーション狂】の変態！」

「俺が犯したように言うのやめて！」

まだ拘束を解くわけにはいかないので、涙で濡れた顔を拭《ふ》いてあげることにする。

「それでスティーナ。君にはいくつか聞きたいことがある」

「……うん」

「もし嘘をついた場合」

「嘘をついた場合？」

「また君は死ぬほど笑うことになる」

アメリはスティーナに見えるように両手を伸ばしてワキワキし始めた。

「ひっ！」

これなら大丈夫だろう……。

「怪盗ティーナ。確か、王都で五年前にも活動していたと思うけど、同一人物ではないよな？」

「うん、あたしの家系は代々怪盗をやっていたの。権力者に対するささやかな抵抗と民衆への扇動《せんどう》を目的としてね。五年前は姉が活動していたわ。病気で亡くなったけど」

王国内で怪盗ティーナを遡れば適度に名前が挙がってくるのだ。

俺は王都に住んでなかったので又聞きでしかなかったのだが……王都出身のメンバーからすれば

有名人だったようだ。

　スティーナの呼吸が安定してきたので言葉を並べる。

「君の目的を教えてくれるか？」

「……。飛行青金石を探してるわ」

「ああ、ちょっと前くらいに王都に運び込まれたって噂の宝石のことだな」

「アメリ、知っているのか？」

　アメリはひょこっと拷問台の後ろから顔を出す。

「飛行青金石を手にしたものは自由自在に空を飛び回ることができるって言われている。本当かどうかはわかんねーけどな」

「どうしてその宝石が必要なんだ？」

「……言わなきゃダメ？」

　にょっきっとアメリの手が動く。

「わ、分かったわよ！　お姉ちゃんの遺言で飛行青金石を手に入れろって言われたの！　これで満足!?」

　キレ気味に言われてしまった。

　さすがに遺言関係を無理やり言わせるのは悪かったな。

　それからも何個か質問をさせてもらった。

　基本的に広く言われている通りで悪者のお宝だけは売り飛ばし、他の所で盗んだ宝石が飛行青金石でなければ返却したようだ。

義賊というのは間違いないのだろう。

王都の貧民街に一人で暮らしている。怪盗としての知り合いはいるけど正体を知るものは誰もいないらしい。

まぁこんなもんか。

あとは怪盗の技は基本幻影魔法で欺《あざむ》いている。

「もういいでしょ！　いい加減放してよ！」

スティーナは気が強い女の子のようだ。長時間拘束されているのだから仕方ないか。

そろそろ解放してあげよう。

「もっとくっころ、みたいなことされたかった！　もう……何なのよ！」

くっころってなんだ。王都民だけが分かる暗号だろうか。

この子、嫌がっているわりに……実際楽しんでないか？

「弄《もてあそ》ばれるなら男の方が良かった……」

スティーナはまだ混乱しているのかもしれない。言葉につっこむのはやめてあげよう。

「【風車】だって本当はいい年なんでしょ！　おばさんがいい年こいて何してんのよ！」

「あーー、それは言っちゃぁ」

「何よ、ホントのことじゃ、はひっ！」

脇腹を揉まれて飛び跳ねた。

スティーナからは見えないだろうがアメリの目が怪しく光っていることが分かる。十代からすれば二十五歳はその用語を思わず使ってしまうのかもしれないけど、ダメな言葉だと思う。

この状況でアメリの悪口を言うなんて……何というかわりとおバカなのかな。

アメリの両指がスティーナの脇腹に深く差し込まれて、強く刻み込まれた。

「ちょ、や、やめっ！　あひゃっ！　こ、呼吸ができ、できない！」

スティーナは体をよじるが当然逃げられるわけもなく悶えつくす。

「あ〜〜〜〜〜〜！　あ〜〜〜〜〜〜！」

もう俺には止められないのでアメリの気が晴れるまで放置することにしよう。

「カナディア、紅茶でも淹れてくれない？」

「は、はい」

カナディアも巻き込まれるのがイヤなのか遠慮がちだ。

スティーナの尊厳のため男の俺が見るのはやめておいてあげよう。

笑い狂った顔とか……はだけた下着とか見たらかわいそうだもんな……。

スティーナの奇声が止まったのはそれから一時間後のことだった。


「お、覚えておきなさいよ！」

「おう！　今度一緒に遊ぼうな！　カナディアも一緒に笑い合おうぜ！」

「何で私も!?　遠慮します！」

ヘロヘロになって足腰立たないスティーナを解放して帰してあげた。

名前も顔も分かったので逃がしたって問題はない。住所とかも実は割っている。

今日はいったんお開きとしてアメリにも帰ってもらうことにした。

さて、次の手を考えなければならない。

「絶対許さない！　ばーか、ばーか！」

暴言を吐いて帰っていくスティーナに何とも締まらないオチになったなと思う。

明朝、カナディアと相談し合う。

「ヴィーノ、どうする気ですか？」

スティーナから残る宝石も回収したため、悪者から盗んだ宝石以外は全て回収できたといってもよい。

だがその悪者から盗んだ宝石の補填が俺の罪として残っている。

この点、スティーナを王国軍に引き渡せば罪は怪盗ティーナに移るので俺のやらかした失敗は帳消しとなる。

ちなみに冒険者は正義の味方ではない。

犯罪者の逮捕《たいほ》権などもない。あくまで冒険者の役割はダンジョンでの魔獣討伐、素材採取がメインだ。

あとS級はそれに王国軍の教育や王族、貴族の護衛が加えられる。

つまりスティーナを捕まえて王国軍に突き出すかは個人の裁量となる。

普通であれば突き出すんだけど……。

「もう一度スティーナに会いにいこうか」

昨日は怪盗での仕事中だったし、普段のスティーナに会ってみたい。

そこでもう少し見極めてみようか。

「あ、ヴィーノ。お忘れですよ」

「え？」

俺の指に取り返したルビーの指輪をはめられる。

有無《うむ》を言わさないオーラでにこりと笑うカナディアに何も言えなかった。

女遊びするときは絶対外していかねぇと……。


王都には明確に格差が存在する。

王城周囲に存在する貴族街。冒険者ギルドや店、それなりの暮らしができる商業街。

あとは貧民街の三種である。

D級、C級の冒険者達も税金が払えず貧民街で暮らすものも多い。

俺とカナディアは当然ながら商業街に居を構えている。S級冒険者が貧民街に住んでいたら夢がなさ過ぎる……。

このあたり、社会的な問題になっているが冒険者である俺達がどうにかできるものでもない。あるがままで暮らしていくしかなかった。

貧民街、通称スラムに到着した俺達はスティーナが働いている飲食店へ向かう。

ゴロツキやスリも多く、治安は悪いが冒険者にケンカを売ってくるやつはさすがにいない。

俺とカナディアにはＳ級の胸章《きょうしょう》もあるしむしろ尊敬されたいくらいだ。

「いらっしゃいませ！」

スラムの中にある大衆食堂の中でスティーナはエプロン姿で接客していた。

軽快に客とやりとりをしており人気者であることが分かる。

金髪のツインテールがひょこひょこ揺れ、メシを食っている客達がスティーナ目当てで来ていることがよく分かるほど視線を集めていた。

そして俺と目が合う。

「げっ！」

すごく嫌な顔をされた。

だがその表情はすぐ変わることになる。

「こちらにどうぞ！」

客席にまわされて、俺達は傷が付きまくったテーブルへと通される。

スラムの店だけあって……やっぱり汚れてんな。

「ご注文は？」

ふてくされた顔でスティーナが注文を取りに来た。

「昨日は大丈夫でしたか？」

「大丈夫じゃないわよ。肌が無駄に敏感になって、服着るのも大変だったんだから」

「あー、分かります！　アメリさんのアレくらうとほんと足腰立たなくなりますからね」

アメリの被害者たちが分かち合う。

メニュー表をぱらりとめくる。ハンバーガーのお店のようで手頃な値段で色とりどりの素材をバンズにはさんで提供するようだ。

「スティーナさん、オススメは何ですか？」

「そーね。この時期だったらレタスにピクルス、あとベーコンエッグなんていいわよ」

「それにします」

「あ、じゃあ俺も」

「で、何しに来たのよ。あたしに会いにきたってのは分かるけど」

「もう少し君と話したいと思ったんだ。仕事上がりでいいから少し話せないか？」

スティーナが少しだけ頭を抱える。

「仕事先がバレてるってことは……」

「悪いけど住んでる所も押さえてある」

スティーナははぁっとため息をつきメニュー表を回収していく。

俺達から離れて立ち去っていく間際に振り返った。

「二時間後、スラムの中央公園に来て」

それだけ言ってスティーナは仕事に戻っていった。

「ヴィーノはスティーナさんとどういった話をする気なんですか」

「……もう少し彼女のことを詳しく知りたい。ただそれだけかな」

「へぇ……、まぁ王国は重婚可能ですから一夫多妻制として側室を持ちたい気持ちも分からなくもないですけどねぇ」

「違うから……。大太刀を突きつけるのはやめてください」

そもそも側室ってなんだ。初めて聞くぞそんな言葉……。

黒髪が逆立とうとし、大太刀を抜こうとするカナディアを押さえて、少し遅くなった朝食を取ることにした。

あ、思ったより美味しい。


食事の後、軽くぶらついて時間を潰した後、仕事を終えたスティーナと合流する。

「あなた達目立つし、あたしの家にいくわよ」

そういえばさっきからチラチラ見られているような気がする。

S級冒険者というよりはカナディアの黒髪だろう。王都ではやはりいい目をされていない。

「でも……スラムの人達はこの髪で無駄に絡《から》んで来たりはしませんね。商業街や貴族街だとたまにあるのですが」

「あたし達は生きることで精一杯だからね。黒髪なんて言っている場合じゃないのよ」

そういう意味でスティーナもカナディアに対して悪い感情はなさそうだ。

公園を抜け、さらに進んだ集落の奥にボロボロのアパートが見えてきた。

「入って」

今にも崩壊しそうなアパートだった。

俺はあんな目にあったけど旧パーティ【アサルト】にいた時代は順風満帆《じゅんぷうまんぱん》にクラスアップしたので暮らしが苦しいということは一度もなかった。貧富の差って思った以上に深刻なのだな。

スティーナの住む一室は非常に質素であった。

テーブルが一つポツンとあり、さらに小さな台所がポツンとあり、風呂トイレは見当たらない。

これがスラムの現実なのか。

「怪盗の力を使えばもっと稼げるんじゃないのか？」

「あたしはあの力を悪いことに使いたくないの。怪盗ティーナは悪には染まらない。だから真っ当に働いて、真っ当に暮らす。それが一番よ」

怪盗ティーナはあくまで仕事と言うことだろうか。義賊は一般的には悪だという認識だが心の底まで悪とは思わない、それは俺も思っている。

もし、スティーナがその力を犯罪に使用しているなら俺は迷い無く王国警察に突き出しただろう。

俺とカナディアはスティーナに言われ椅子に座ることにする。

「っておいおい」

怪盗ティーナの衣装が無造作に床に落とされていた。

「大事な仕事着じゃないのかよ」

「大事か……大事なのかな」

「大事なものではないのですか？」

カナディアの言葉にスティーナは息を吐いた。

「あたしは怪盗ティーナになりたくてなったわけじゃないからね」

「だったらなぜ……ああ、飛行青金石か」

スティーナはゆっくりと頷く。

「お姉ちゃんが病気になって、怪盗ティーナを続けられなくなってすぐはあたしに怪盗技能を教え込んでくれたけど……亡くなる一年前くらいから急に何も言わなくなったのよね」

スティーナは怪盗の衣装の近くにある棚をじっと見ていた。

棚の上には写真立てが一枚、今のスティーナによく似た人と小さい子供が写っていた。これが亡くなったという姉なんだろう。

「あたしは十七歳になったら怪盗ティーナを始めるって言い張ったんだ。でもお姉ちゃんは複雑な顔してたの」

妹に怪盗ティーナとして継いではしいという半面、怪盗に興味がないことを知っていたのだろうか。会ったことがない俺には分からないが。

「もし怪盗ティーナをやるなら飛行青金石を手に入れることを目標にしろってさ。だからあたしはその遺言通りに動いているの」

「飛行青金石を手に入れたら怪盗は辞めちゃうのですか？」

「どうだろ……。辞めるかもしれないし……空虚な気持ちになるかもね。あたしはこのスラムで生まれて、スラムで過ごしたわけだし」

「……そうか」

「まぁ……あなた達があたしを王国軍に突き出すって言うなら飛行青金石を手に入れてからにして欲しいかな。それで悔いは無くなるから望むなら自首するよ」

　スティーナはさばさばと答えを出す。

「俺達冒険者は君を突き出す権利なんてない」

「そう……」

「でもなぁ。君が盗んだ宝石の件でギルドから賠償《ばいしょう》の補填をしなきゃいけないんだよ。それが何とかなれば」

「あ、そうなんだ」

　軽く言われる。

　するとスティーナは写真立てのあった棚からガサゴソと書類を取り出した。

　そのままファイルごとを俺に渡してくる。

「運が良かったわね。あなたが賠償しなきゃいけない宝石は全部非合法なことで手に入れたやつだし、責任取らなくていいわよ」

「へっ」

　スティーナに渡された書類をざっと覗く。

こ、これ……世間に出たらいろいろひっくり返るものだぞ。

賄賂や横領、弾圧の証拠に加え宝石の入手ルートなども書かれていた。

王家とも繋がってんじゃねぇか。これを情報屋に売るだけで巨額の富が稼げそうだ。

「どこでこんなの見つけるんだ……？」

「下見でいつも屋敷に侵入してんのよ。もし運悪く捕まった時に交渉できるようにね」

スティーナはにこやかに笑う。

不法侵入でつき出すべきかもしれない……。まぁ、見なかったことにするか。

俺も悪徳貴族に慈悲《じひ》を出す気にはならないし。

怪盗技術とはもしかしたらお宝狙いではなくこういった証拠をかすめ取ることを指すのではないだろうか。

これをギルドに提出すれば俺の罪は無くなるだろう。ただ表に出すとエライ話になるので多分握りつぶされる事になるだろうけど。

「でもあなた達に捕まった時は予想外だったわ。あなた達を強請《ゆす》れるものはまだ持ってなかったし」

「……」

「ヴィーノ、顔が真っ青ですよ」

調べられていたら絶対、夜な夜な寝相でカナディアの体に触れていることがバレてしまっていたな。

危なかった……。

何度も言うが意識はないんだ。だけど……とんでもないことをやっている気がする。

心配そうに声をかけてくるカナディアの目を見ることができない。

「これであなた達があたしを捕まえる理由はなくなったってことね」

「そう……なるか」

「だったらもう、あたしに関わらない方がいいわよ。所詮怪盗ははみ出し者。関わっていいことなんてないんだから」

「うーん、まー。でもあまり無茶なことは」

「何か外が騒がしいですね」

カナディアの言葉に俺もスティーナも外が騒がしいことに気付く。

外へ出た所、少し離れた広場で人が集まっているようだ。

俺達は野次馬のところへ向かった。すると身なりの良いスーツを着た男達が拡声器を手に叫んでいた。

「怪盗ティーナに告ぐ！　我らの秘宝、飛行青金石をかけて貴様に挑戦状を叩きつける！　貴様が貧民街に住むことは知っている。今夜盗みに来るが良い！　捕まえてみせよう！」

おいおい……大規模な挑戦状だなぁ。

しかもあのスーツ姿には見覚えがある。

ギヨーム商会。元々は交易の街で事業を拡大していたが最近は王都まで手を出してきた。

やっていることは褒められたもんじゃない悪徳企業だ。

かつて工芸が盛んな街でやり合ったギヨーム商会とここでも会うなんてな。

「スティーナさん、もしかして行くんですか？」

「当然！」

「おいおい……さすがに罠だぞ！　でも何でギヨーム商会が怪盗ティーナを……」

「この前あたしが宝を奪って悪事をバラまいた伯爵家はギヨームと太いパイプで繋がっていたの。だから復讐《ふくしゅう》でしょうね。でも飛行青金石で釣ってくるなんて願ったり叶ったりだわ」

スティーナは覚悟を決めたように燃えた表情を見せる。

怪盗ティーナの活動は基本挑戦状を送って、下見をしてこそ真価を発揮するはず。

大丈夫だろうか……。

「悪いけど……準備があるからここで帰らせてもらうわ。いろいろ巻き込んで悪かったわね、それじゃ！」

スティーナは足早に駆けだし去ってしまった。

こっちの言うこと聞く耳持たずか……。

「ヴィーノ……」

本当に大丈夫だろうか。何だかすごく嫌な予感がする。

このまま……にしてはいけない。


——所詮怪盗ははみ出し者。関わっていいことなんてないんだから——。

俺もカナディアもかつてはみ出し者だった。

一人でも何とかなるって耐え忍んであやうく死ぬかと思うほどの大失敗したんだ。

一人じゃダメだ。

……スティーナを助けてあげたい。

「カナディア……俺についてきてくれるか」

「夫の行く所、地獄の果てまで付きそうのが妻の役目ですから！」

◆◇◆

※スティーナ視点ｓｉｄｅ
日も沈み、あたりは真っ暗となる
今回の標的であるギヨーム商会、王国支部は貴族街の一画に造られている。

洋館のような形をしており、貴族のお屋敷に侵入するのと同じ扱いだ。

「お姉ちゃん行ってくるね」

お姉ちゃんのうつる写真に一声かけて……仕事着へと身なりを変える。

ウイッチハットにウイッチドレス。怪盗よりは魔女っ子って感じの衣装だけど……こうやってあたし達はずっと歴代の怪盗ティーナを演じてきたのだ。

狙いは飛行青金石。

これを手に入れた先、あたしはどうなるのだろう。怪盗をすっぱり辞めるのか、それとも続けるのか。

目的もなく怪盗を続けられるかどうか……正直分からない。

この仕事が成功してから考えることにしよう。

貴族街へとすぐさま移動する。向こうから挑戦状を送りつけてきたので。すでに野次馬でいっぱいだ。

魔力も十分にある。さっさと仕事をこなそう。

「レディースエンドジェントルメン！」

幻影魔法を使い、高台へ足を踏み入れる。

歓声が上がり、皆の視線をあっと言う間に集中させる。

「今宵……ギヨーム商会殿より飛行青金石を頂きに参上しました」

皆の視線を釘付けにしているあたしは幻影。攻撃されたとしても捕まえることもできないし何の心配もない。

本体のあたしは上を見ている民衆の中をくぐり抜けてギヨーム商会の中へ入っていく。

幻影魔法で姿を隠しながら入れば問題はない。

もちろんトラップなどには注意が必要。でも義賊スキルで罠外しが得意なあたしにそれも通用しない。

あっと言う間に挑戦状で指示されたギヨーム商会の展示室へと足を踏み入れる。

部屋の中は真っ暗だ。

だけどあたしが付けているマスクは暗視《あんし》にも対応しており、何の問題もない。

中央に位置する青く光る宝石、飛行青金石。

本物かどうかは正直見てみないと分からない。

中央に仕掛けられた罠もないことを確認する。


……すんなり行きすぎてる。

トラップもない、人もいない。どういうことかしら。

例え宝を手にした瞬間、人が大勢入っても……幻影魔法を使えば難なく抜けられる。

考えても埒《らち》が明かない。行こう。

「っ！」

目の前の宝石を手に取った時、展示室内の電気が通り、明るくなる。

その瞬間あらゆる部屋の扉から……スーツ姿の男達が武器を持って入室してきた。

そして一番先の通路をゆっくりと歩くのは端正な顔立ちをした若い男。

「初めまして怪盗ティーナ。嬉しいですよ。あなたと出会える日を待ち望んでいました」

「……ドン・ギヨーム」

一代でギヨーム商会を一から立ち上げた男。まだ三十にもなってない若い男が王都を侵食する商会の主とは信じられない。

左、右を見て逃げやすい所を探す。

「この間の伯爵家の一件は困りました。私の計画が遅れた責任を取ってもらわないといけませんね」

「悪いけど……捕まる気はない」

「ふっふっふ、そうでしょうね。ずっと捕まえてみたかったのですよ。五年前に姿を消してしまい私は愕然としてしまいました」

お姉ちゃんの時のことだ。

その時から怪盗ティーナを狙っていたのか。

「怪盗が地に墜ちるところ、どうしても見てみたかったのです！　さぁ……これまでですよ！」

「……あなたの悪趣味に付き合う気などない」

あたしはすぐさま詠唱開始する。

得意の幻影魔法を使えば取り囲まれたって難なく逃れられる。

「幻影魔法……【ミラージュ・クリア】」

……あれ。

「発動しない……なんで、【ミラージュ・クリア】！」

「さぁ……怪盗を捕まえるのです！」

何度使用しても幻影魔法は発動しなかった。

しないというより、魔法をかき消されているような……。

「ちっ！」

飛び込んでくるスーツ姿の男達の攻撃を回避していく。

でも、多勢に無勢。組み伏せられてしまった。

「は、放せ！」

「怪盗ティーナ……カラクリを教えてあげましょう。今、この部屋は魔法を遮断するフィールドが張られているのです」

「なっ！」

「帝都の方で作られた技術を少し頂くことができまして……。機械の力は凄いですね～。あなたの魔法を完全に押さえ込むことができましたよ」

ドン・ギヨームが一歩ずつ近づいてきて……あたしのマスクとウイッチハットを乱暴に剥がしてきた。

「ふふ、中は麗《うるわ》しいお嬢さんでしたか」

「この……卑怯者！」

「怪盗に卑怯者扱いされるとは困りましたね」

男数人に組み伏せられてまったく体を動かすことができない。

魔法も発動しない。どうしたら……どうしたら逃げられる⁉

「彼女の体を持ち上げなさい」

肩や腕を掴まれる……男達が体を持ち上げてくる。

じっとりした瞳でドン・ギヨームは近づき、あたしのウイッチドレスに手をかけ破かれてしまう。

「ああっ！」

乱暴に剥ぎ取られ、下着から何まで男達の視線に晒されてしまう。

恥ずかしくて、悔しくて、涙が出そうだった。

「な、何をする気よ……」

「言ったでしょう？　怪盗が地に墜ちる所がみたいって」

「……？」

「あなたを産まれたままの姿にして民衆の前で怪盗の敗北という形で見せつけるのですよ」

「!?」

「殺すのは私もイヤですからねぇ。あなたの体の隅《すみ》から隅まで民衆に見てもらうことにしましょう」

「こ、この変態！」

男達が残るウイッチドレスを引っ張ってきた。

必死に脱がされないように力を入れるが止められるわけもない。

こんなことになるなんて……ここ一番で大失敗してしまった。

この結末はイヤだ。

いや……。だ、誰か……。

誰か助けて……！

「いやあああああああっ！」

「ハハッ！　怪盗の敗北です！」

「それはどうかな」

その声には聞き覚えがあった。

突如……空間を切り裂くように現れた人影。

黒のタキシードに……あたしが持っているのと似たシルバーのマスクを付け、黒のシルクハットを付けた人物が現れたのだ。

その男は即座に何かを投げて、あたしの体を押さえつけている三人の男の頭にぶつけて気絶させた。

「あなたは……何者です！」

ドン・ギヨームが問う。

「ふふ、私の名は……」

男はさきほど投げつけたもの……ポーションを手に答えた。

「怪盗ポーション！　そう呼んで頂こうか！」

それはまさに創作で出てくるような怪盗の姿だった。

黒のタキシードとマントにシルクハットにマスク。

ポーションを持って意気揚々と話す姿はどう見たってあいつだ。

S級冒険者ヴィーノ。もしかしてあたしを助けに来たっていうの？

それにしても……なんだろう。あいつが現れてからこの部屋全体で何だか甘いにおいがする。

「ドン・ギヨーム。彼女をかい、か、解放してもらおう。そしてその飛行青金石は怪盗ポーションである私が手に入れることにしま、しましょう」

口上を述べ慣れてないから噛みまくっている。

あいつは強いけど大丈夫なの？　冒険者がこんなことをしたら大きな問題に発展すると思うんだけど。

「新しい怪盗の様ですね！　だが……この部屋では怪盗の力は使えない！　さぁおまえ達……捕まえなさい！」

一斉にスーツ姿の男がヴィーノの方へ向かっていく。

だめ……いくらあいつが強くてもこの人数相手じゃ。

「ぐわあああああ！」

ヴィーノに飛びかかった男達は皆一斉に吹っ飛んでしまった。

なおも十人、二十人と向かっていくのに押し飛ばされていく。

全員吹き飛ばされてしまい、残っていたのは怪盗ポーションともう一人……。

「この数を……いなすだと……」

「当然！　私の助手、怪盗ポーションレディは最強なのだからな！　フハハハハハハ！」

いつのまにかヴィーノの横にもう一人いた。黒髪はそのまま、目を隠すマスクを付け大太刀を担ぐ。そこはいい。

……とてもえっちな格好をしている女がそこにはいた。

誰がどう見たって同じS級冒険者のカナディアだ。

武器を持って襲ってくるスーツ姿の男達を華麗な動きでかわして、一太刀で斬りつけていく。

鞘を付けた状態だから斬り殺してはいないようだ。

さすがのドン・ギヨームの私兵もS級冒険者には敵わない。

ドン・ギヨームがあたしの方に顔を向ける。

「その子を人質にしろ！」

再び男達に掴まれてしまうが、急遽《きゅうきょ》飛んできたポーションで男達はあっと言う間に倒されてしまった。

「私に人質は通用しない。ポーションレディ！」

カナディアが大太刀を振り回して、あたしの方に駆け寄ってきた。

あたしの腰に手をまわしてくれて、ヴィーノの方へと進む。

「大丈夫ですか……スティーナさん」

「カナディア、あなた」

「カカカ、カナディアじゃありません。ポーションレディです」

「恥ずかしいのね……」

小声で話をする。

ひとまず、ヴィーノの後ろへとまわった。

「あなた……何でそんなエロい格好してるの？」

「え、エロ!?」

端的《たんてき》に言えばカナディアはレオタードの格好をしている。

豊満な胸元はこれでもかというほど露出し、あたしを助ける時に動いたことでブルン、ブルンしていた。

発育良すぎじゃない？　別の意味で犯罪的だ。きわどいVラインとぷるぷるのお尻が丸見えじゃない。

「痴女《ちじょ》？」

「違います！　ぜ、全部ヴィ、怪盗ポーションの指示です！」

「あなた……女の子に何着せてんの」

「いや、怪盗の助手はお色気って相場が決まってるんだって！　おほん、口調が乱れてしまったな」

ヴィーノは声を震わせ弁明する。

正体ってポーションぶん投げたり、黒髪のまま戦ったりって……隠す気はあるのだろうか。

だけど形勢逆転、これなら逃げられる。叶うなら……ギョームが持っている飛行青金石を回収したいケド。

「くくく……」

ドン・ギョームは高笑いを始める。

この状況でもまだ……あるのだろうか。

「面白くなってきました！　いいでしょう！　アレを出しなさい、全てを捻《ひね》りつぶすのです！」

ギョームが手を振ると展示室の天井がぱかっと扉のように開いたのだ。

そして落ちてきたのは非常に大きな物体。

その物体が動き出したかと思うとドラゴンサイズの機械魔獣に変化していく。

「ハハハハハ、帝国から購入した機械獣ジェノサイドマシーンです。蜂《はち》の巣になるといいでしょう！」

機械獣が起動し、あたし達に向けて武器を向ける。

「ふっ……」

だけど当然ヴィーノは小馬鹿にするように笑うだけだ。

「か弱きレディを守るため……怪盗ポーションが手を下してやろう」

ヴィーノがポーションを握る。

「スクラップにして差し上げよう！」

「スティ……怪盗ティーナはじっとしていたまえ」

ヴィーノがあたしにマントをかけてくれる。

ウイッチドレスもビリビリに破かれている状況、下着姿を隠そうと手を使っていたところだった。

「乙女の柔肌を晒すわけにはいかんからな！」

何、かっこつけてんのよ。……あたしは怪盗のマントを両手で掴んで隠すようにする。

暖かい……。

怪盗ポーションレディ……カナディアが大太刀を鞘から引き抜いて機械獣の元へ走り出す。

相手が機械であればカナディアも手を抜く必要はない。

まるみえのお尻を震わせて機械獣に近づいていく。

「良き……尻だ」

こいつドコ見てんのよ。でも良いお尻なのは間違いない。ちょっと自信無くすなぁ。

機械獣は八本の手に刃の武器を持ち、上半身は人型となっている。下半身は車輪がついており、高速で移動する。

肩や腹部からは銃座があり、鉛弾《えんだん》がカナディアに向かって飛ばされる。

カナディアは鉛弾を大太刀で弾き、刃の一撃をかわし、大太刀で胴体を斬りつける。

でもその斬撃は通らない。

なんだろう、見えない壁のようなものに弾かれている。

カナディアは敵の銃弾を避けつつ何度も斬撃を与えるが有効打は与えられていなかった。

一度、カナディアは後退する。

「どうやら前、横からの攻撃は全て遮断されるようです」

「このおかしな魔法を遮断する部屋も含めて帝国製だったか。あの国の技術ってやっぱすげぇな」

前から狙えないのであれば後ろにまわりこむしかない。

「では私が後ろにまわりこむのでヴィ……怪盗ポーションが攻撃を！」

「分かった！」

「でも、いいの？」

あたしはカナディアに声をかける。

「さっきからその格好で攻撃しまくってるけど……いろいろ見えてるわよ」

「えっ」

まる見えのお尻とか開きすぎた胸元とか。

股の際も相当危ないと思うんだけど……。

何というか……戦う痴女って感じ。

自分の格好に気づき、カナディアはマスク姿のまま顔を真っ赤にさせてへたりこんでしまった。

「私、もう戦えましぇん。お嫁にいけない……」

「えぇーーっ⁉　何でぇ」

「あなたのせいでしょうに……」

ヴィーノだけでなく、この部屋に無数の男がいる中であんな格好で戦わせるなんて最低よ。

あたしはカナディアが攻撃するとき、ヴィーノはポーションも投げずにカナディアの体をずっと見ていたことを見抜いていた。

マスク付けていようが視線は分かるの。

結局、カナディアはあたしを守るってことで戦うのを止め、ヴィーノが前線に出ることになった。

ヴィーノは片足を上げて、大きく手を振りかぶりポーションをぶん投げる。

凄まじい速度の攻撃だが特殊なフィールドに阻まれ、ポーションが割れてダメージが通らない。

あたしを倒した時のようにポーションの軌道を変えて投げるがそれでもフィールドに阻まれてしまった。

「ちっ、さすがに真後ろに変化する技はないんだよな……」

「ハハハハハ！　打つ手がないようですね怪盗！　この機械獣は自由自在に防御フィールドを変更できるのです！　物理攻撃の全てを遮断します」

そんなことが……？

今、魔法はこの部屋の効果で発動ができない。

打つ手がないじゃない。

だけど……ヴィーノには余裕が見られた。

「防御フィールドを変更できるってことは……常に全方位に張ることができないということだ」

今は前面、側面にフィールドが張られ、恐らく後方には張られていない。でも……ヴィーノは後方を攻撃する手段はない。

「ど、どうするの！」

「心配ない」

「えっ……」

「ポーションに不可能はないんだ」

ヴィーノは指の間に四本ずつ、計八のポーションを取り出す。

そのまま懐から取り出した何かをポーションの中に入れ始めた。

「一定時間物体を浮遊させる素材【浮遊石の欠片】と物理攻撃を反射する魔獣【アタックミラー】のガラス】を合成する！」

これがこの国で一人しかいないポーション使いという滅多にいない職業の得意スキル。

そこから生み出されたポーション八本をヴィーノはぶん投げた。

浮遊石の効果でポーションは空中に維持される。そのポーションはぐるりと機械獣の周囲に展開された。


ヴィーノは数十本のポーションを空へばらまき、その中の一つを掴んで、ぶん投げた。

真正面からのポーション投擲はダメージを与えられない。でもそのポーションは機械獣の横を通り過ぎ、浮遊しているポーションに当たって跳ね返った。

速度維持したまま跳ね返ったことでがら空きの後方にダメージがいく。

機械獣は後方からダメージを受けたことにより物理無効フィールドの位置を変える。

でもヴィーノは連続でポーションを投げ続ける。八方向に浮かぶポーションに当たることで跳ね返り、機械獣にダメージを与えていく。

ヴィーノは驚く速さでポーションを投げまくる。


「オラララララララララララララララララララララララッッッ‼」


八方向から反射されたポーションはその勢いのまま機械獣を傷つけていく。

物理無効フィールドを張ってもその先に別方向からポーションが降ってくる。

これがポーションのオールレンジ攻撃。ポーションの弾丸が全方位から降り注いで機械獣の体を傷つけていく。

「リフレクター・ポーション！」

百発以上のポーションを撃ち込まれて、機械獣は火と煙を吹いて……完全に壊れてしまった。

とんでもないわ……これがS級冒険者【ポーション狂】。

怪盗スキルと同じくらいトリッキーじゃない。

すごい……。

その圧倒的な姿がどこまでも目に映っていた。

「ば、バカなあああああ！」

ドン・ギヨームはへたりと座り込んでしまった。

ご自慢の機械獣がスクラップにされて本当にざまぁないと思う。

でも……問題はここから。

未だにギヨームの手下に囲まれており、戦いながらこの商会を抜け出すのは至難の業だ。

「く、く……しかし、逃げられませんよ！　通路は完全に塞ぎました。逃げるなら窓を破って空へ逃げるくらいですね！　魔法を封じているので不可能ですがァ！」

その通りだ。もし、風属性魔法【スカイ】を使って空に逃げたとしても魔力消費が激しく……逃げ切れやしない。

「どうするの……」

「問題ないよ、手はある」

「はぁ？　逃げられるわけがないでしょう！　さぁ、こいつらを追い詰めるのです！　時間をかけてゆっくりとかぽっ！」

大口を開けたドン・ギヨームの口の中へポーションがつめこまれる。

あのようにつっこまれたら嫌でも中身を飲み干してしまう。


ぎゅるるるるるるるるる！


「はぅ！」

ドン・ギヨームはお腹からとんでもない音が流れて、あいつはお腹を手で押さえた。

「ゲザイ・ポーションのお味はいかがかな。では去らせてもらう。ポーションレディ！　手はずの通り！」

「お、おのれぇぇぇぇぇ！」

カナディアは大太刀を持って窓の方に進む。

「三の太刀【円波】！」

大太刀を大きく振るい、周囲の男達と窓を一緒にぶち破った。

まさか……そこから飛び降りる？

「よし、進むぞ」

「ひゃん！」

ヴィーノがいきなりあたしを抱え上げたのだ。お姫様だっこするように持ち上げられる。

そのまま……走って展示されている飛行青金石のとこへ行く。

「それを取るんだ」

「う、うん！」

ヴィーノは一度あたしを床に下ろす。指示された通り目の前の飛行青金石を取るとヴィーノはポーションを四本、ホルダーから抜き取った。

ヴィーノは大きく振りかぶって同時に四本ぶん投げたのだ。でもそれは窓とはまったく逆方向。意味が分からず、見ているとそのポーションは未だ浮遊しているリフレクター・ポーションの方へ飛んでいく。

「もう一度抱えるぞ！　ポーションレディも！」

「えっ、きゃっ⁉」

「いつでも大丈夫です！」

跳ね返ったポーションがこちらに飛んでくる。

ヴィーノもカナディアもそれに飛び乗ったのだ。

ポーションで飛んで逃げていく気⁉　いくら何でも距離がもたないんじゃ！

「ゴー！　ジェット・ポーション！」

「なあああああ⁉」

あたしの声と重なり。ポーションは突如爆発音を発し、砕かれた窓を通って空へと発進していったのであった。


貴族街は王都でも高い位置にある。

ギヨーム商会の展示室は高所にあるためそこから飛び立つことは王都の空を飛んでいるのと同じ。

あたし達は今、ポーションに乗って夜空の中を飛んでいる。

……あたしは夢を見ているのだろうか。

「あなた達、無茶苦茶ね」

「そうかな～」

「私は慣れましたけどね」

これバランス崩して落下したら終わりなんだけど……大丈夫なのかしら。

カナディアも難なくポーションに乗って空を走っている。

二人ともマスクや帽子を外して素顔を晒す。

「あーマスクと帽子って視界が遮られて大変だなぁ」

「それより大丈夫なの？　追手とか来たら」

「追手は来ない。後ろを見な」

「え？」

後ろを向く。

すると貴族街……いや、ギヨーム商会の屋敷一帯が……何か淡いピンク色のモヤモヤがかかっていた。

「何あれ……」

「魔法の一種だな。降り立ったら説明するよ……協力者がいるからね」

もしかしたらヴィーノ達が来た時に感じたあの甘いにおいが影響しているのだろうか。

「それより、夜の旅もいいだろう」

「ま、まぁね……」

正直な所、恥ずかしい。

服はビリビリに破かれているから油断したら下着がポロリだし、思いっきり力強い手で抱かれているし……、何か変な気持ちになる。

お姫様だっこに憧れがあったから胸がどきどきする。

男の人の腕ってやっぱ違うんだぁ。

「飛行青金石は……持ってるか？」

「うん」

本物の飛行青金石を手に取る。水色に近い綺麗な色をした宝石だ。

空を飛ぶことができるほどの魔力を持つと言われているけど……そんな風にはまったく見えない。

「本物だけど……おねーちゃんはどうしてあたしにこれを盗み出せって言ったんだろう。空へ羽ばたくことができる、そう言ってたんだ」

「なんだ……今、その通りじゃないか」

ヴィーノに言われ周囲一帯を見渡す。空は満天の星空がどこまでも繋がっている。地を見れば貴族街を通り過ぎ、商業街の明かりが無数にライトアップされていた。

そして先には貧民街、スラムも見えてくる。

こんな景色あったんだ。初めて見たな……。

「スティーナはスラムで生まれてずっと王都で暮らしていたんだろ」

「うん」

「お姉さんはさ、怪盗に拘らず、自由に生きろって言いたかったのかもしれないな。空へ羽ばたくってそういう意味じゃないかなって思うよ」

ヴィーノは恐る恐る言葉をかけてくる。

何となくだけど、あたしもそうじゃないかなって思えてきた。

病気になった頃は怪盗ティーナを継がすことで精一杯だったけど、寿命がわずかになって……何も言わなくなったのもそんな気がしてきた。

だから飛行青金石を手に入れるという終わりを作ったんだと思う。終わりがなければ……ずっと何も考えず怪盗をし続けていただろうから。

……空は綺麗だ。世界にはもっと綺麗な所がいっぱいあるのかな。

「今までよく頑張ったな……」

「あ……」

頭に温かい手の感触がし、ゆっくり撫でられる。

あたしを抱いたままなのでやりづらそうだけど、ヴィーノの撫ではとても温かくて気持ちがよかった。

「ねえ、ヴィーノ」

「ん、なに？」

「助けてくれてありがとう、嬉しかった」

この夜空を見せてくれた彼に精一杯の笑顔をしてみた。思えば……こうやって笑えたのは久しぶりだな。

「お、おお！」

「何よ……オドオドして」

「いや、その……笑った顔もかわいいなって」

「なっ！　何言ってんの、バカぁ！　勘違いしないで！　べ、別にあなたのことなんて！」

チャキン、チャキン、チャキン
前方から大太刀を鞘に戻しては抜き、戻しては抜く。それを繰り返す……女が見える。

目から嫉妬の炎を燃やして、流れる黒髪が悪魔のよう。

「私の後ろでイチャイチャ。いい度胸ですね、お二人とも」

「カナディアさん！　この状況で大太刀抜くのは駄目！　落ちちゃう！」

黒髪の痴女の怒り顔に怯えながらもあたしは夜空をずっと見ていた。

……次にやりたいこと見つかったよ……おねーちゃん。

◆◇◆

ふぅ……何とか上手くいった。

即席で演じた怪盗ポーション。結構上手くいったんじゃないだろうか。

俺、演技の才能があるのかも。冒険者やめたら俳優にでもなろうかな。

今回作ったジェット・ポーションは怪鳥の時のようにトップスピードを重視した仕様ではなく、速度を落として飛距離を伸ばす仕様で作っている。

実際に空を飛べるわけじゃないのでグライダーと似たようなものだろうか。

基本放物線を描くため、王都を少し通り過ぎた平原で降り立った。

平原には人通りがないし、魔獣も見えないのでしばらく待つことにしよう。早く帰りたそうな女性陣を宥《なだ》めて協力者達を待つ。

スティーナのマントの下はドレスを破かれて下着まる見えだし、カナディアはドスケベなレオタード姿である。

二人で体を寄せ合い体を隠すようにしている。写真とか撮って永久保存したい。

「うまくいったよーだな！」

S級冒険者アメリと……もう一人姿を現した。

「……なるほどね。あの甘いにおいのしたケムリはこの人か」

スティーナは納得したように言葉を出す。

アメリの横には怪しげな魔導着と杖を持ち、血色の悪い顔色と片目を隠した男性……。

S級冒険者【幻魔人《ファントムリッチ》】の二つ名を持つシィンさんだ。

王国で最高の魔法使いであるシィンさんは当然幻影魔法も使用できる。

スティーナのような独自に派生した魔法ではない正攻法のもので……その力は柔な魔法障壁など通用しない。

いくら帝国製の機械が魔法を遮断したと言っても最上級の魔法使いの術を遮断することなどできないのだ。

しかし、転送魔法ってすごい。俺とカナディアをあの部屋まで送り届けてくれたのもこの人だ。

「言われたとおり商会の近くいたやつらの記憶は消滅させた……。今日の件は何も覚えていないだろう」

今、ギヨーム商会の所にかかっているピンクのもやもやはシィンさんが使った忘却魔法の影響である。

忘却魔法には睡眠要素も混ぜられているらしく、今頃あの場にいた者達は皆眠ってしまっているとのことだ。明日の朝まで目を覚さないだろうから、怪盗ポーション、ポーションレディの記憶は完全に消え去ることになる。

あの場にいた全員、お宝の飛行青金石は盗まれているから怪盗ティーナにしてやられたと思うだけだろう。

「ありがとうございます。シィンさん！」

「ヴィーノ、おまえのためではない、勘違いするな」

ギリっと強い目で睨み付けられる。

正直な所、俺はシィンさんにものすごく嫌われている。

その原因はただ一つ。

「シィンさん、お手伝いいただきありがとうございました！」

「カカカ、カナディア……。そ、その格好……ぶほっ！」

シィンさんがカナディアのドスケベなレオタード姿を見て鼻血を出し倒れかける。

このとおりシィンさんはカナディアのことが好きなのだ。

今、カナディアが王国軍事演習をシィンさんと一緒にやっているのが大きい。

俺はシィンさんに近づき、小声で話す。

「言っておきますけど俺が……カナディアを説得してあの服着せたんですからね。シィンさんの持ち物であるあの服をね！」

「わ、分かっている！」

強力な魔法使いに大規模な魔法を使ってもらうためにいろんな工作が必要だったのだ。

実はあのレオタードはシィンさんの持ち物である。

好きな人にあのレオタードを着てほしいという三十五歳独身魔法使いの願いを叶えてあげたんだ。

……正直俺も見たかったから強いことは言えない。

アメリが呆れた顔で俺とシィンさんを見ていることから……いろいろバレているのかもしれない。

「あたしがギルドに話を通しておいたし、このムッツリも魔法だけは完璧だから安心していいぜ」

アメリとシィンさんの二人はA級以下の時にパーティを組んでいた仲間だ。

腐れ縁というかお互いを信頼し合っている。

仲はあんまり良くないみたいだけど……。

今回、スティーナ救出作戦では本当にアメリとシィンさんにはお世話になった。

アメリがギルドに通してくれたおかげで半《なか》ば黙認とさせてもらえたのが大きい。

後で聞いた話だが、ＳＳ級冒険者のペルエストさんがギルドマスターに働きかけてくれたのはありがたい。

「あ、あの……」

スティーナが声をあげた。

「どうしてみんな、冒険者が……それもＳ級四人も使ってあたしを助けてくれたの？　あなた達には……何の得もない。冒険者は正義の味方じゃないんでしょ？」

冒険者の役目はあくまで冒険と魔獣の退治だ。

お貴族様がどんなあくどいことをしていたとしてもそれに対して動くことはできない。

でも……。

「正義の味方ではないけど、正義の味方は好きなんだよ」

「えっ」

スティーナは呟く。

「冒険者は一部を除けば底辺から成り上がった人ばかりだ。俺とカナディアは知ってのとおりはみ出し者」

「あたしとシィンも冒険者になるまではスラムで生きてきたんだ」

「だから悪徳貴族や弱者から金を奪う悪者に楯突く義賊が大好きなんだよ。特にS級は護衛のクエストでむかつく貴族の護衛とかも多くてストレスたまるんだ」

そんなこともありギルドは怪盗ティーナに対して深入りをまったくしなかった。

もしスティーナが何も考えず善者の持ち物を盗んで返さず、売り捌こうとしたら悪とみなして王国軍に協力したことだろう。

冒険者は情によって動くことも多いのだ。

権力に立ち向かうことはできないけど、権力に縛られず動くことができる。

皆、正しいことをしたいって気持ちは本物なんだ。

「でも……義賊活動は程々にしておいた方がいい。次に今回のような危機があった時、助けてあげられるかどうかわからん」

「うん、わかった」

スティーナは満足そうに頷いた。

これで魔獣から取り返したモノを盗まれたことで始まる危機を脱することができた。

スティーナが持っていた悪者の情報をギルドに送ることで俺の懲罰はなんとか帳消しとなる。

その情報をどう扱うかはギルドの上層部が判断することだろう。

俺とカナディアに日常が戻った。ただ一つだけ違うことがある。……それは。

「えっと……あたしの名はスティーナ。今日からＤ級冒険者としてお世話になるわ」

新しい道を見つけたスティーナはＳ級である俺達の傘下《さんか》に入り訓練することになる。

「あたし、世界を見たくなった。空を飛んだ時に見えたたくさんの星のように……世界中をまわりたいの！」

無邪気に笑うスティーナはとても冒険者らしい目をしていた。

「これからもよろしくね、ヴィーノ、カナディア」


「カナディナ、頼む！」

「任せてください、二の太刀【神速】」

鋭さの増したカナディアの神速の一撃が討伐対象の足を砕き、歩みを止めさせる。

海へ逃がすわけにはいかない。

俺はホルダーからポーションを抜き取り、速投げで討伐対象の甲殻《こうかく》を砕いて撃沈させる。

まずは一体。

「ヴィーノ、討伐対象が海へ向かっていきます！」

「ちっ！　この短時間で三十体は無理か……せめて半分だけでも！」

「大丈夫」

ふわりと空を舞い、凛と砂浜へ降り立つ少女。

白のホットパンツとショートベスト、両手のダガーで走り抜ける様は彼女の身軽さを表していた。

金のツインテールは彼女が駆けるたびに揺れる。

「ヴィーノ、ポーションを投げて」

「あぁ、分かった！」

言われるまま、俺は討伐対象に向けてポーションをぶん投げた。

「行くよ、【ミラージュ・シャドゥ】」

彼女のお得意の幻影魔法が発動し、一本のポーションが十いや二十本飛んでいるように見える。

俺の投げた一本が討伐対象に命中し破壊したことで他の討伐対象の動きが止まったのだ。

幻影を本物と思ったのだろう。

「今、だったら倒せるはず！」

「ナイスだスティーナ！　カナディア！」

足留めできるなら全部討伐できる。

俺とカナディアで手分けして討伐する。

今回の標的はS級冒険者の俺とカナディアならたやすく倒せる相手だ。

残る一体が全力で海へと逃げ出す。

だけど……目的地へは進めない。

「悪いけど、さよなら！」

スティーナは幻影魔法【ミラージュ・クリア】を使用し、討伐対象の後ろにまわりこんだ。そのままダガーで急所を一突きし、絶命をさせたのであった。

「あ、このカニ美味しい」

浜辺近くのセーフエリアで野営をして晩メシとして今日討伐した甲殻獣の身を頂くことにする。

今日は俺が作った特製カニ鍋だ。

スティーナもカナディアも美味そうに頬張る。

今回のクエストは大量発生した甲殻獣を討伐することであった。

この動きが速くて、固くて、大量発生して、危機に陥るとすぐ逃げるのが面倒なためS級指定となっている。

「冒険者って忙《せわ》しないわね。こんなに忙しいなんて知らなかったわ」

「冒険者は未開拓の土地を探検するのが本分なんだけどな。いつのまにかお助け屋の仕事がメインになってしまった」

魔獣の討伐などは王国軍が行い、冒険者は名前の通り冒険するのが普通だと思うんだけど、世の中のシステムはそううまくはいかないということだ。

だが今のシステムだと飢える冒険者が少なくなるので仕方ないといえば仕方ない。

「スティーナも慣れてきましたよね。得意な相手だったらB級、いやA級並じゃないですか?」

「買いかぶりすぎよ」

怪盗ティーナを休業したスティーナは冒険者への道を進み始めた。

いろんな縁で俺とカナディアのパーティに入れて面倒を見ているのだが……スティーナの能力の高さに驚かされる。

ちなみにスティーナからの要望でカナディアもさん付けなしで呼ぶようになった。

「スティーナはE級冒険者になれるよな」

「何でランクダウンすんのよ」

「違う、違う」

S級のSがスペシャルならE級のEはエキスパートである。

戦闘能力は低いものの、その専門性が高く評価された冒険者を指す。

例えばマッピングや物の目利きなんかそうだな。戦闘メインの冒険者には難しいことをE級冒険者はこなすことができる。

俺も自分の力をもう少し理解していれば現地でポーションを合成するE級冒険者への道の可能性があった。

スティーナは得意な幻影魔法のおかげで俺のポーション支援とはまた違った形で戦闘補助が上手い。

あと怪盗で培《つちか》った目利きや本人は義賊と言い張る盗賊職のスキル。解錠や罠回避など便利な能力を持っている。

近距離のカナディア。遠距離の俺で大半の敵はラクラク討伐できる。俺やカナディアには無い力なのでスティーナの技能はありがたい。

「ふーん、無理にＳ級を目指す必要はないってことね」

「今のＳ級は戦闘至上の考え方だしな。いつかは別の形のＳ級が生まれると思う」

支援職でＳ級になるのはほぼ不可能に近い。

スティーナも戦えないわけではないが搦め手無しでの純戦闘力は高くない。

「カナディア、使っていたバンドがボロボロになってさ。今回の報奨金で買おうと思っているの。一緒に見立ててくれない？」

「いいですよ！　今度のお休みは二人で楽しみましょう！」

カナディアにスティーナ。

同性で年も近いし仲良くやれていて本当に良かった。

カナディアにとっても同性の仲間は大きい存在となるだろう。

「ははっ」

「何よ、気持ち悪い顔して笑って。あたしとカナディアに見惚れているのかしらね」

うーん。

でもその言葉どおりかもしれない。

カナディアはもう何度も話したが凜々しく美しい顔立ちと日常の思い込みの激しさから来るギャップがたまらない。

スティーナは幼さを残しつつも可愛らしいし、ツインテールもばっちり似合っている。

「君達二人は本当に華やかでかわいいからな。そういう意味では俺は役得かもしれない」

「もうヴィーノったら」

「か、かわ……、ふん、嬉しくなんてないし！」

嬉しそうに身をくねらせるカナディアと頬を紅くして憎まれ口を叩くスティーナ。

こうやって二人違う反応を見せてくれるのは楽しいよな。

「か、勘違いしないでよね。別にあたしは冒険者として頼っているだけで気を許してるわけじゃないんだから！」

このツンツンも照れ隠しなんだろうなと思うと可愛らしく感じてしまう。

「ま、あなたが頭を下げるっていうなら……二人で遊びにいくとか……気を許してやってもいいのよ」

「あははスティーナ。でも」

カナディアがスティーナの肩に触れる。

「いくら元怪盗だからって泥棒ネコはいけませんよ」

「ひっ！」

でもカナディアの方が一枚上手な気がする……。


それからのんびりとした日常を過ごしており、これはある日の話だ。

「おはよ」

「ああ、スティーナ」

朝、スティーナが我が家にやってきた。

今日はスティーナと二人でダンジョンに潜る日なのだ。

今回向かう方角の門に近いため俺の家を集合場所とした。

「準備はしっかり出来ているか？」

スティーナはゆっくりと頷いた。

顔色も良いし、疲れなども見られない。

いつも通りだ。これなら良い結果が得られるだろう。

ただ気になるのは……。

「じーーーーーーー」

カナディアちゃんが後ろで睨んでいることだ。

「二人でデートなんて……浮気です」

「クエストだって。カナディアは別のクエストに行かなきゃいけないんだから仕方ないだろ」

「分かっています。分かっているんですけど……スティーナ、誘惑しちゃダメですからね」

「しないわよ！　それに何度も言ってるでしょ。あたしはヴィーノに興味はないって」

「誘惑って……、俺が女の子の誘惑に引っかかったことあるか？」

「スティーナのフトモモよく見てるじゃないですか。お尻も！」

バレてやがる！　なぜだ⁉

スティーナがばっと足とお尻を隠した。ホットパンツなんて穿かれたら太もも見ちゃうじゃん！

カナディアには今度別で穴埋めするからと何とか説得して、俺とスティーナはさっそく、目的のダンジョンへ向かうことにした。

「お、ヴィーノにスティーナじゃねぇか！」

家を出て大通りを歩いていると親しい声に視線を向ける。

「アメリに……そして」

同じS級冒険者のアメリと【幻魔人】の二つ名を持つ王国最高の魔法使いであるシィンさんが共に歩いていた。

アメリがばっとこちらに近づく。

「今日、カナディアは一緒じゃねーのか」

「ああ、スティーナのクエストの補佐をしようと思っているんだ」

「お、スティーナ！　今度あたしと一緒にパーティ組もうぜ！」

「い、いいけど、その手をワキワキさせるのはやめてよね」

トラウマを刻みこまれているのかスティーナは怯え気味だ。

それでも仲良く話しているので問題ないんだと思う。

前にちょろっと注意をしてみたがアメリ曰く、カナディアもスティーナも潜在的ドMらしい。

その見立て信じていいか分からないけど……まぁ相談されたら考えるとしよう。

それより、俺のことを鋭い目で見ているシィンさんが気になる。

「ギリギリギリギリ……」

シィンさんは俺とカナディアはＳ級になってからの付き合いだが、スティーナにとっては怪盗ティーナの事件の時が初対面である。

王国最高の魔法使いと呼ばれ、あの事件でもアメリと並んで様々なフォローをしてくれた。

だけど今、シィンさんが歯ぎしりしながら俺を睨んでいる。

この人は元々カナディアに好意を持っており、俺のことを敵視していた。

人から敵意を向けられたらその人に悪感情を抱いてしまうが……どうにも俺はそんなに悪い感情が湧かない。

この人が王国の冒険者で最高の魔法使いであり尊敬できることともう一つあった。

「朝から不愉快なものを見てしまう……」

瞳が隠れてしまうほど前髪が長く、黒のローブと血色の良くない顔立ち、シィンさんを子供が見ると恐怖で泣いてしまうほどだ。

「どういうことですか？」

髪で隠れていない方の瞳でギリっとにらみつけられた。

【幻魔人】は本当に相応しい二つ名だ。

「カナディアという最高に可愛い恋人がいながら、他の女の子とデートとは許せぬ」

「いやいや、……何言ってるんですか」

「カナディアはまだいい。だが最近、冒険者入りした中でベスト一位と噂のスティーナちゃんと仲が良いのがにくいいいいいいいい！」

そう、この人三十五歳のわりに子供っぽいのだ。魔法技能に全振りしすぎて年相応ではない。憎めないというか愉快というか……だから嫌いになることはない。

「スティーナは怪盗騒動でシィンさんとも会ったじゃないですか」

「カナディアのレオタード姿しか見てなかった」

「それはよく理解できます」

スティーナは確かに可愛く人気が高い。俺にはツンツンしているが普段はそこそこクールでかっこいいので女性からの人気もあるようだ。

パーティの誘いが跡を絶たないらしいがS級である俺達と組むことが多いので断ることも多い。

「でもシィンさんはS級だし怪盗騒動にも関わったからスティーナと話せるでしょ」

「だめだ。私のような男が近づけば権力で押し通したと思われてしまうだろう。スティーナちゃんに嫌な顔をされたら私は死ぬ」

「話すの恥ずかしいだけじゃないですか」

実際、王国軍事演習でカナディアと打ち解けるのも少し時間がかかったらしい。

「そして次は少し前に王都へ転勤してきたミルヴァちゃん」

「今、この場にいない女の子を挙げられても……」

「誰にでも優しく、笑顔が魅力的なミルヴァちゃんと仲が良いのがにくいいいいいいい！」

ミルヴァは工芸が盛んな街の時から人気の受付係で今は王都ギルドで働いている。

王都の受付係は俺よりも年上がほとんどだったので突如現れた十五歳の女の子の存在に冒険者達

は沸いていた。

「私は話したことないのにいつも親しげに話しているおまえがにくいいいいいい！」

もう面倒くさくなってきた。

「なぜ……おまえのような男にばかり女の子が集まるんだ……」

「いや、俺はそんなモテないですよ。交易の街の時は無能なアイテム係ってバカにされてましたし」

「モテるやつに限ってそんなこと言ううううううぅぅぅぅぅ」

「じゃあ、アメリなんてどうですか。シィンさんだってアメリなら気兼ねなく話せるんでしょ？

今日だって二人きりじゃないですか」

「あいつを女と思ったことはない」

「ひでぇ」

二十五歳の合法ロリって言われてるんだっけ。

確かアメリとシィンさんは古くからパーティを組んでいたと言っていた。

そういう意味でいろいろとあるのだろう。

俺も正直パーティとして所属していた【アサルト】のメンバーであるルネとアミナに恋愛感情を抱いたことが一度もなかった。

特にルネなんてA級で顔もスタイルもそこそこ良かったがこんな性格の悪い女、誰が欲しがるんだよって常々思ってた。

「きっとおまえは今後もかわいい女の子が出現したら関わっていくのだろう」

何だか遠い目で見られてしまった。

正直、カナディアと出会ってからいろんな面で上向きになっている。

でもあんまり女の子と仲良くなりすぎるとカナディアに嫉妬されるんだよな。

「ふぅ……だったらシィンさんも含めてみんなで遊びに行きませんか？」

「ファッ⁉」

何だその叫び声。

「ま、ま、待て。あの女の子達が揃う中で私を連れていくというのか！」

「俺も男一人だと気まずいので俺の相手をしてください」

「わわわ……フゥウウィーーーー！」

これが王国最高の魔法使いの真の姿か……。

こうにはなるまい。そう心に誓った。


絶対だぞ、絶対呼ぶんだぞとシィンさんに念押しされたが、絶対あの人女が混じると言葉を発さなくなることが目に見えている。

どこかで休みを取ってきっかけを作るとしよう。

アメリとシィンと別れた俺達はC級ダンジョン旧採掘場跡へと向かう。

今回の目的はスティーナのランクアップのためのお手伝いである。

ダンジョンの危険度でS～Dまで決められているがC級、D級には入場制限がない。

増えてしまった魔獣の討伐、薬草、鉱物の素材採取などがギルドのクエストとして存在する。

スティーナの目標としてはB級冒険者になることだ。

B級になることができれば巨大な魔獣である破滅級のクエストに参加することができるし、外国へ出張に行くこともできる。

スティーナの望みである世界を見てまわることにはB級冒険者になる必要があるのだ。

そのためにはたくさんのクエストをこなして、評価を上げて、ランクアップする必要があった。

「ヴィーノもB級に上がるのは大変だったの？」

「そうだな。B級になると一目置かれるようになるから……必死だったよ」

あの時はまだよかった。

一心不乱に上を目指して協力し合っていたと思う。

俺もポーションでの回復投擲をあみ出したのもこの頃だったし支援係としては十分役目を果たしていた。

B級となって傲慢《ごうまん》が表に出始めて、A級で完全に天狗《てんぐ》になってしまったんだろうなと感じる。

俺がもう少しポーションの可能性に早く気付いていればあんな別れにならなかったのだと後悔する。

「ヴィーノ？」

だけどそれだとカナディアやここにいるスティーナと出会わなかった可能性もあるし……今でよかったと言える。

旧採掘場跡の中へと入った俺はスティーナの後ろを見守る。

「手を出す必要はないからね」

「分かってるさ」

今回はあくまでスティーナが受けたクエストだ。Ｓ級の俺が手伝っては意味がない。

俺が軽くクリアしてその成果を全部スティーナに押しつけるという嘘報告も出来るがそれをして困るのはスティーナだ。Ｂ級相当の力を付けてＢ級にならないと意味がない。

「ふぅ……」

単独でのダンジョン探索は全方位に気を配らないといけないので精神的にも疲れてくる。

俺はポーション戦闘を覚えるまで一人で潜ったことはなかったからな。単独でのダンジョン探索は大変だ。

「ここの魔獣はそこまで手強くないと聞いてる。最初に気を張ると疲れるぞ」

「わ、分かってるわよ」

元々、スティーナは他の冒険者と一緒にこのダンジョンに潜るつもりだったのだがその者が体調不良で行けなくなってしまったのだ。

一人で行こうとするスティーナを見かねて休暇だった俺が同行することにした。

始めは断られたんだけど……何かあっては困る。

幻影魔法の使い手のスティーナは俺のパーティの重要な戦力だからな。

さっそく前方にウェアラットが現れた。

ネズミ型の魔獣でどこにでも生息している。俺がポーションじゃなくても倒せる数少ない魔獣だ。

スティーナは武器を構えて飛び出す。

最初の戦闘が弱い敵なのはラッキーだ。準備体操にはちょうどいい。

スティーナは軽快な動きで両手のダガーを振り、ウェアラットを斬りつけていく。

元怪盗だけあって非常に身軽だ。壁や天井を使って移動し、後ろにまわりこむ。

縦、横、前、後ろ、そして上。そこから華麗に斬りつける。

軽業《かるわざ》というものなんだろう。俺には到底できない芸当だ。

勝てないと悟ったのかウェアラットは逃げていく。

「逃がさない」

スティーナはダガーをウェアラットに向けた。

そこから威力のある弾丸が撃ち放たれウェアラットを貫き、絶命させた。

冒険者を始めた頃はただのダガーを使っていたが、実は双銃剣《そうじゅうけん》という変わった武器種に適性があることが分かり、スティーナはそれを使って戦闘を行えるようになった。

近距離ではダガーを、遠距離では銃を……テクニカルな操作が必要だがスティーナは難なく扱いこなすことができる。

「奥に行くわよ」

金のツインテールが揺れ、スティーナはクールに奥へと向かっていった。

腕を上げたな……。前を歩くスティーナを見て実感する。

幻影魔法を前提とした戦い方は魔力を大量消費しすぎてしまう。

俺のマジックポーションで支援してあげれば大丈夫なんだけど、俺がいなきゃ戦えないのはやはりまずい。

このような戦い方になってますます強くなったように思える。何より怪盗をやってたおかげで空間認識能力が高いのが良い。強いというより巧いと言うべきかもしれない。

「後ろからジロジロ見て……なによ」

「いや、育ったなぁって」

スティーナの頬がかっと紅くなる。

「ちょっと！　イヤらしいとこ見ないでよ、えっち！」

「誤解です！」

「カナディアが言ってたし……あたしの太ももとお尻ばっか見てるって」

じろっと怪しげにスティーナはにらみつける。

分かってないな、美少女のそんな目つきはご褒美にしかならない。

あと勘違いしないで欲しいんだけど、見ているのは太ももと尻だけじゃない。

ロングブーツからホットパンツまでの素晴らしい生足は何度見てもたまらない。曲線美が美しいというのだな。

これは恐らく怪盗をやっていたことから理想的な生足へと変わったのだろう。

本人はカナディアとの差を気にしているようだ。胸部の成長も悪くない。

ほどよく育ち、ほどよく見える胸元の谷間が良い時がある。お互い良さがあるのだ。

「とんでもなく下劣《げれつ》なことを考えてるって顔に書いてるわよ」

「き、気のせいだよ」


セーフエリアで休憩し、どんどん先へ進んでいく。

今はD級だけどC級ダンジョンを一人でクリアできるなら……すぐにC級に上がってそう遠くない内にB級へと上がることができると思う。

一般的に戦闘の才能があればB級に、特別な才能があればA級、天才がS級というイメージだ。

「ねぇヴィーノ」

「ん？」

「ちょっと聞きたいことが……」

「いや、待て！」

ダンジョンの最奥の一歩手前で大きな地響きが鳴る。

会話を止め俺達は奥へと進んだ。

「これ！」

「驚いたな」

このダンジョンの最奥にいる魔獣はストーンゴーレムだったはず。

C級にしては手強い、言えば壁のような魔獣だ。これを単独で倒せないとB級は難しいと言われている。

今のスティーナならやれると思っていた。

しかし、目の前にいるのは亜種のエイア・ゴーレムだ。

魔法で生み出された特別なエイア金属を身に纏ったゴーレム。

エイア金属は精製が難しい。これは金になるぞ！

「亜種が出現することは滅多にないんだ。俺も五年で二回ほどしか会ったことない。ラッキーだけど……手強いんだよな」

恐らくB級レベルだと思う。

ストーンゴーレムより硬く、一撃が重い。俺はポーションを取り出す。

「待って」

スティーナは俺の体を遮り、ゴーレムを見据えた。

「あたし一人でやらせて欲しい。こんなのトラブルの内に入らないでしょ」

その通りだ。別のケースだったらストーンゴーレムは二体いた話も聞いている。

当たり前のことしかクリアできない冒険者は上にはいけない。

……本来はそーいうのは仲間と協力して打ち勝っていくものなんだけど。

「ヴィーノだったら何発で倒せる？」

「エイア・ゴーレムは相当硬い。さすがの俺も苦戦するだろう」

「そう……」

「速投げで二発。全力なら一発かな」

「……それ苦戦っていうの？」

呆れたようなもの言いをされてしまう。

Ｂ級レベルで二発も使う時点で結構な硬さだと思うけどなー。

カナディアとかアメリだったら斬撃で一回で倒せるんじゃないか？

スティーナは双銃剣を手に飛び出して行く。

ゴーレムはスティーナを視認し、巨大な腕で殴《なぐ》りかかってきた。

「【ミラージュ・クリア】」

スティーナの姿は見えなくなる。

相手は強力な魔獣だ。魔力の出し惜しみをするべきじゃない。

足音と地を蹴る砂煙である程度の位置は特定できる。

でもゴーレムからすれば急に消えたのだと思うだろうな。

スティーナは幻影魔法を解き、弾丸を数発、そして三度斬りつけた。

【ミラージュ・クリア】を使ったまま攻撃は出来ないようだ。

理由は怪盗のタネにもなるからって教えてくれなかったが……そのように判断するしかない。

足に銃弾、斬撃を与えて、衝撃でゴーレムを転ばせる。

ずしんと大きな音が出るがゴーレムはゆっくりと立ち上がった。

「まずいな……」

今の所、スティーナが優勢である。

ゴーレムの動きは鈍重だ。身軽なスティーナなら軽く避けることができる。

問題はスティーナの攻撃力が低すぎることだ。

あれだけの銃撃と斬撃を与えてもゴーレムはのけぞりすらしない。

元々半支援係みたいな立ち位置だから仕方ないが……攻撃が通らなければ勝ち目はない。

【ミラージュ・クリア】を使用し、再度頭上へと上がる。

そのまま斬撃を与えた。

「おっ！」

少し効果があったのか、ゴーレムは仰け反る。

スティーナは一度後ろに下がった。

「ふぅ……、しんど……」

このゴーレムのコアは頭の中にあるようだ。

弱点が分かったならそこを攻めればいいが……スティーナのスタミナが落ちてきた。

明らかに速度が落ちている。まだゴーレムの攻撃はかわすことができるが……運動量が落ちるといずれ回避できなくなる。

ポーションでもスタミナは回復できない。どうする？

「きゃ！」

ゴーレムの攻撃を避けきれず双銃剣でガードして吹き飛ばされる。

このダンジョンの最奥は広い場所ではあるが……やはりこれが限界か。

恐らくストーンゴーレムなら倒せたはずだ。ここまでよくやった。

俺はポーションを取り出す。

「ヴィーノ待って！」

「スティーナ」

「これに頼りたくなかったけど……、手を出されるくらいなら！」

スティーナは懐からポーションを取り出した。

回復ポーションとマジックポーションの二つだ。

店売りのものではなく、俺が作ってあげた特製ポーションである。

傷と魔力を回復させたとしてもスタミナは回復しない。

ポーションが尽きるまで戦い続けるのか。

スティーナは目を瞑り、両手を突き出して双銃剣を持ち……ゆったり言葉を紡《つむ》ぐ。

魔法を撃つための詠唱だ。

「【ミラージュ・インクリース！】」

あの技は確か怪盗ティーナ時代に使っていた。

十人くらいに分身することができる幻影魔法の一種。

でも分身を増やした所で……何の意味も……。

「【マテリアル！】」

十人に増えたスティーナは全員一斉にゴーレムに飛び出した。

各々天井や壁、ゴーレムの腕を伝って上がりきり、十人のスティーナは一斉に弾丸を吐き出し、強力な斬撃を与えた。

あれは幻影ではないのか⁉　十人一斉に攻撃が当たっているように見える。

一人だけでは仰け反る程度だが十人の一斉攻撃だ。倒せないわけがない。

ゴーレムのコアを含む頭部を全て刈《か》り取り、ゴーレムは力なく地に沈んだ。


スティーナの分身は消し去り、ゆったりと地面へ着地する。体力が限界なのか肩で息をしている。

「はぁ……はぁ……」

「スティーナ、大丈夫か！」

見事な勝利だ。

エイア・ゴーレムをD級冒険者が一人で倒すなんて……最高の活躍だろう。

戦いの記録は残したし、これを報告したら大騒ぎになるぞ～。

「あんな技があるなら初めから使えばよかったのに」

「無理よ……。マテリアル化に魔力のほぼ全てを持っていかれるんだもん」

【ミラージュ・インクリース・マテリアル】

分身を一時的に実体化して、術者と同じ攻撃をするなんて大したものだ。

「ほんとはヴィーノのポーション使わずに勝ちたかった」

まー、俺のポーションは最強だからな！

秘薬エリキシル剤でも使わない限り、魔力を全快まで回復させることはできない。

俺のポーションはそういう意味では特別なのだろう。

今回、俺の手持ちではなくスティーナの手持ちで回復しているので俺が手を出したとは言えないし問題ないと言える。

俺のポーションは親しい仲間にだけ渡すようにしている。あの効能が転売されたらポーション業界壊滅するからな……。

盗まれた時のために俺の意思にそぐわないことをしたら普通のポーションに戻る魔法の仕掛けがしてあるので出回ることはない。

「エイア金属を運んで売るだけで小金貨一枚くらいにはなるんじゃないか？」

「そんなに!?」

「ああ、ポーション五千個買えるぞ！　あ、レートがちょっと変わったからもうちょっと少なくなるか」

「いらないわよ！　本当、ポーション狂なんだから」

スティーナに笑みが戻り、俺も思わず笑ってしまう。

「本当にごくろうさま。……よくやった」

「うん、ありがと……」

しかし……分身を実体化する技は使えるな。

もっといろいろなことに試してみたい。

「スティーナ、ほらっ、マジックポーション」

「もらうわ。魔力がすっからかんだしね……」

「そんでもう一本」

「……」

十本のマジックポーションを手渡し、じっと見つめる。

「な、何よ」

「せっかくだし、スティーナの胃腸限界も見ておくか。カナディアは十本までいけたぞ」

「は？　冗談でしょ。こんな液体たくさん飲めるわけ」

「マテリアルを使えば効率よく魔力を飛ばせるだろ。さっ、ほらっ……飲むんだ！　断るってんならそのお口にデッカイもん無理やりぶち込んでやらぁ！」

「ちょ……ま……え？　いや……やぁ……やだあああ！　ガポっ！」

この後、お腹を壊したスティーナにボロクソに詰られ。

ダンジョンの最奥で乱暴されて腹の中をパンパンにされた的なことをカナディアにチクられた結果。

俺は大太刀で斬殺されそうになり王都中を逃げ回るハメになったのであった。

言い方って大事だよな……。

【後日談】

◆
◇
◆

「ふぅ……遅くなった」

冒険者ギルドでクエストの報告を終えたはいいものの、他の冒険者達に捕まってしまったので雑談に花が咲いてしまったな。交易の街では無能扱いでボロクソだったのに、王都のギルドではS級ってことでもてはやされる。

人がいかに地位というものを大事にしているか分かるもんだ。

だけど地位に驕《おご》らず、尊敬される人でいたいと思う。

何だかんだでアメリもシィンさんも変わった性格だけど頼りになるし、安定感が違うもんな。

俺ももっと頑張ろう！

夜道を走り、我が家へ向かう。

時刻は八時を超えている。明日から遠方へ出張のため早めに就寝し、備えなければならない。

「あれは？」

王都の中央には大きな公園が存在し、商業街には森林に囲まれた公園を一望できる場所があるのだ。

帰り道……そこを通るのだが見知った影に俺の足は止まってしまう。

「カナディア？」

振り向いたカナディアの横顔にドキリとする。

真っ暗なのに何でカナディアの黒髪はこんなにも美しいんだ？

近くにある電灯が神秘的に映し出しているのか。

「おかえりなさいヴィーノ」

「あ、ああ。こんな所でどうしたんだ？」

カナディアは今日、別のクエストに参加していて……早めに帰っていたはずだったが。

俺はカナディアの横へと行く。

「実はヴィーノを待っていました」

「待っていたって……いつから」

「うーーん、ざっと二時間くらい？」

「もう夜も更けて……こんな遅くまで待っていたら危ないぞ」

「ふふっ、私がですか？」

背負う大太刀がキラりと光る。

目の前の子は誰よりも強かった。

「お腹空いただろうに……」

「そうですね、お腹ペコペコです」

「俺もだよ。帰ったら……昨日作り置きしていたカレーがあったよな。食べようぜ」

カナディアから教えてもらった一晩寝かせたカレーはたまらなく美味である。

お互いに過ごしてきた所が違うせいか一緒に住むとこのような目新しい発見が嬉しくてたまらない。

「……ん、だからですよ」

「へ？」

「どんなに美味しいものでも一人だと寂しいです。ヴィーノと一緒ならもっと美味しく味わえると思います」

「そうか……」

俺達は……もうお互いになくてはならない存在になったんだなと思う。

……カナディアの手に触れ、掴んでみた。

「ヴィーノ？」

「手を繋いで帰りたいなと思って。ダメか？」

「……いえ」

小さくて柔らかくて……でも力強い手。

カナディアはゆっくりと握り返してくれた。

結婚という言葉にふんぎりのつかない俺はなるべく進展しないように……現状維持をと思ってきた。

少しでも進まない……なんて悪い考えで離れてきたんだ。

でも……今、自然とカナディアは俺の手を握り返してきてくれる。

こてんと少し照れたように目を泳がせ、微笑んでくれる。

俺は一歩踏み出したくなった、この関係を進めたくなったんだ。

現状維持はもうやめよう。俺は覚悟を決めた。

今度二人が休みの時に小旅行でもいくか？　あ、でも……次の休みがいつか分からない。

だったらいっそ押し倒して……俺の想いを言葉と体で伝えよう。

「カナディア、俺はやるぞ！」

「はぁ……。何だか分からないですけど、頑張ってください！　夫のやることを見守るのが妻の役目です！」

そして……今日が来た
俺はここ数日……本当に考えた。

カナディアは俺のことを夫と思い込んでいる。

今日、現状維持に終止符《しゅうしふ》を打とうと思っている。

俺もカナディアも完全に休みであれば夕日が綺麗な丘で愛を語りかけることもできるけど、何分S級冒険者は忙しい。

じゃあどうするか。

押し倒して俺の想いを心と体で伝えつくすんだ。

もちろんその責任は取る。

カナディアの思い込みを正しいものにするんだ。

寝る準備も終え、普段であれば別々の部屋で寝る。

そこでカナディアがまくらを持って俺の部屋に来るのだ。

だけど……今回は俺から行く。

「カナディア、今日一緒に寝ないか？」

「あ、はい……。いいんですけど……その」

いつもと違って、歯切れが悪い。

止めた方いいか？　いや、そんなこと言って今まで生きてきた。今日こそ押し倒して本懐《ほんかい》を遂げる！

俺は無理やり、カナディアを部屋まで引っ張り込む。

正直後悔の面が芽生えてきているが……もう止めるわけにはいかない。

カナディアはベッドに入って三分以内に寝てしまうため速攻勝負をしかけないといけないのだ。

「なら……いいじゃないか」

「きゃっ！」

俺はカナディアを自分のベッドに引きずり込んで押し倒す。

ベッドの上にカナディアの黒髪が揺れ、その色っぽい体を抱きしめたいという衝動にかられる。

起きないように両手でカナディアの腕をおさえた。

「今日のヴィーノは積極的ですね……」

「そろそろ先に進みたいと思ったんだよ」

「……本来こういうことは結婚した後の初夜《しょや》にやるものなんですよ」

「ごめんな。俺は悪いオオカミなんだ。ルールってやつを守れないんだよ」

この感じ……いけるかもしれん。

カナディアは、妻は夫にされるがままなのですとしおらしく言っている。

風俗街に近づくと大太刀持って追ってくるのにどの口がと思うが……やはり強気でいくべきなんだ。

さて……さっそく……服を脱がさせてもらおう。

だけど、カナディアはどこか抵抗が強い。

何となく受け入れてくれそうなのになぜだ……？

カナディアの口が動く。

「あの、今日は……その」

「なに……女の子の日とか？」

「そうではないんです」

「だったらいいじゃないか！」

「でも……実は今日スティーナが泊まりに来る予定だったんです……。言い忘れてたけど」

「え」

嫌な予感がして……俺は後ろを振り向いた。

「はわわわわわわわわわ」

顔を真っ赤にさせたスティーナが人形のように口をパクパクさせていた。

俺は再び視線をカナディアに戻す。

「……きゅん？」

このあざとい顔に俺はいつも騙《だま》されてしまう。

でもさすがに今回は許せなかったので俺はカナディアの脇腹をぐにぐにと揉むことにした。

カナディアへのお仕置きはこれが一番効く。

「カナディアちゃん！　そういうことはね！　もっと早く言おうね！」

「にゃははははは！　ごめんなさい！　ごめんなさい！　ヴィーノが真剣な顔していたから言えなくてぇぇ、あひゃひゃひゃ、許してぇ！」


一度気をそがれると……なかなか次のチャンスは巡ってこないもの。

一週間経ち俺は未だ行動を起こせずにいた。

「ぐぅ……」

なのにカナディアは変わらず俺と寝ようとする。

あんなことがあったんだからカナディアから迫ってほしかったよ！

カナディアが下着姿で迫ってくるだけで俺はもう一気に頑張れるというのに！

今日はすでに眠ってしまったため手を出すことはできない。

いつも通り……過ごすとしよう。

「……」

ただ、何だろう。ここ数日何か違和感があって落ち着かない。

二人だけしかいないはずなのに……異物を感じるというか。

昨日と一昨日は気のせいだとしたがやはり今日もその違和感は消えなかった。

朝には違和感がなくなっているのも気になる。

俺はベッドから飛び起きポーションを手に取る。

余談だが俺は朝起きてポーション。寝る前にポーションを飲むので部屋に百本以上常備している。

そのポーションを最も違和感のある場所に振りかけてみた。

「ちゅべたい！」

何もない所から声が出たぞ。

流したポーションはまっすぐ落ちずに人間の形をかたどる。

ヤツだな。ヤツがいるんだな。

とりあえず……部屋に侵入していた金髪怪盗さんを捕まえることにした。

慌てて、逃げようとしたが、上から飛び乗り体を地面に押しつける。

お得意の幻影魔法で潜んでいやがったか。お宝はここにはないんだぞ。

「ねぇ……スティーナちゃん、何でここにいるの」

「……」

ぷいっと黙り込んでしまう。

仕方ない。こういう時の吐かせ方をアメリに教わっておいてよかった。

カナディアもそうだが手っ取り早く吐かせるのにこれが一番有効である。

スティーナに馬乗りになって組み伏せる。

スティーナの両腋の下に手を入れ、こりこりとくすぐる。

「ひゃあうぅぅ！　それ反則！　いやぁ、やめ！　やめ！　へんたいぃぃー、へんたい」

「人の部屋に侵入しておいて何言ってやがる。しかも魔法で姿を消しやがって」

「あひゃひゃひゃ！　だめ、だめぇ！　言うから、言うからぁ」

脇腹も合わせて攻めまくっていたらすぐに屈服した。

てっとり早くて助かる。

「はぁ……はぁ……。あ……あなた達が……夜な夜なえっちなことをしてるって聞いたから」

ゆっくりと息を吐きながらもスティーナは告げる。

「誰から？　カナディア？」

「たまに一緒に寝ているって聞いたから。カナディアは何もされてないって言ってたけど、どうせえっちなことしてるんでしょ」

「そそそそんなことねーし！」

「この前だってカナディアを押し倒そうとしてたじゃない！　だ、だから……監視のために来たのよ」

俺はスティーナの脇腹を乱暴に揉みまくる。

「本当は？」

「きゃはははは、あ、あたしそういう経験ないから、気になって気になって夜も眠れなくて、疼《うず》いて、だからぁ！」

何か言わせてはいけなかったような気もするが、正直な所、女性の体に触れていることが別の意味で楽しくて止められない。

もう少し吐かせてみるか。

指を動かし、スティーナの弱い所を攻めまくる。左脇腹からお腹にかかるところを攻めるととても良い声で鳴いてくれる。

「スティーナは欲求不満のドスケベ女ってことか」

「だって、だってぇ！　にゃははははあ！　怪盗家業ばっかで、うひひひ！　恋とかしたことなかったし、あひゃひゃ、うらやましかったの！」

スティーナの肌ってまた違った弾力があるんだよな。カナディアは肉付きが良い方、でもスティーナも決して悪くはない。これはこれで良し。

「君くらい可愛けりゃすぐに男なんて見つかるだろ。スラムでもギルドでも声かけりゃ」

「ひゃははは、そういうのじゃなくて！　あ、あたしは甘い恋とかしたいの！　あひゃっ！　お姫様だっこして頭撫でてくれるような、あぁん、力強い男の人が好き！」

スティーナは少女願望が強いようだ。スケベな妄想好きなのにこだわるということか。

お姫様だっこで頭なでなでってそんなバカなことする奴いるのかよ。

「……あははは！　も、もういいでしょ！　うひひ、くすぐったいの本当ダメなのぅ！　力入らなくなるの！」

カナディア同様アメリの攻撃で笑い死にしそうになってたもんな……これぐらいにしておこう。

「も、もうやだぁ」

さすがに可哀想なので解放してあげることにした。

「ちなみに次に侵入してきたら縛って動けなくして思いっきりくすぐるからな。あまりにひどい時はアメリを呼んで二人で気絶するまで笑わせてやる」

「とんでもないこと言うわね⁉」

これだけ脅《おど》しておけば大丈夫だろう。

「……でも、侵入したらもっと構ってもらえる？」

「今、なんつった」

「何でもないし！」

どうしてこうカナディアもスティーナもぶっ飛んだ行動をとってくるのか。

クエスト中は真面目ですごく頼りになるんだけど！

スティーナは顔を紅くして立ち上がる。

乱れた服を直しながらこちらを見てくる。

「もう一個聞きたいんだけど……」

「なんだよ」

「カナディアと夫婦関係って……本当なの？」

ドキリとする。

おそらくスティーナはカナディアからいろいろと吹き込まれているに違いない。

カナディアは事実上の夫婦と思い込んでいるからな。俺もあえて否定はしなかったし……。

しかし、ここでうんというのも違う。まだ俺はカナディアを押し倒せていないのだ。

スティーナには真実を言ってもいいか。

「いや、違うな。国に届けも出していないし、俺とカナディアはそういう関係ではない。恋人関係ですらない。あくまで仕事上でのパートナーだ」

「そ、そうなんだ。じゃあカナディアが言ってたことは」

「ああ、全てカナディアの思い込みだよ。出会った時の俺の発言を誤解してしまっただけなんだ。いやーそれに気付いたのは王都に来た後でな。どうごまかそうか焦ったもんだよ、ははは」

「ヒィ！」

「でもな……俺はもうすっかりカナディアのことを……ん？　スティーナ」

スティーナの表情がまるで……悪魔、いやそれ以上の存在を見たかのように表情を青くさせる。

俺は恐る恐る後ろを向く。

「あばばばばば」

その姿から来る恐怖に俺の口は塞がらない。

カナディアがその美しい黒髪をまるでメデューサのように広がらせていた。

瞳孔《どうこう》が開ききり、激情と気迫に俺のベッドにヒビが入る。

「ヴィーノ……？」

ななな、何で起きてるの……？

今まで一度も途中で起きたことなかったのに！

どうして……。

「メス猫が発情してるにおいを感じたので何かと思えば……」

スティーナのにおいを嗅ぎ取って起きてしまったのか。

何ということだ。ど、どうすれば！

「……ひっく」

「え……」

カナディアはベッドの上にへたりこんでしまった。

そして大粒の涙を流す。

「全部……全部……思い込みだったんですか？　今までの暮らし全部、私の思い込み！」

「あっ！　そういうことじゃ」

「うわあああああん！　ヴィーノのこと大好きだったのに！　全部、全部嘘だったんだ！　私の勘違い！」

「違うって、俺は本当にカナディアのこと」

「もうやだあああああ！」

カナディアは大泣きし、側に置いてある大太刀を持った。

「わああああん、七《なな》の太刀【絶壊《ぜっかい》】！」

カナディアは大太刀をベッドを通して地面に思いっきり突き刺す。

そこから流れ出す魔力が家全体を震わせた。

「ちょ、俺の話を聞いてくれ！　全部誤解なんだ！」

魔力は暴発してこの家の壁にヒビが入る。カナディアの本気の一撃に家がもたなくなる。

そのショックで天井まで崩れ始める。

家が崩壊する！

かすれゆく意識の中、聞こえた言葉は……一つ。

「実家に帰らせて頂きます」


カナディアが出ていってしまってもう二週間が経ってしまった。

後悔しか生まれない。もっと早く言うべきだったんだ。

別れは突然、ずっと幸せなままでいれる。それに甘えてしまっていた。

「どんなに飲んでも酔わねぇんだよ……」

目の前の邪魔な瓶をどけるように手で吹き飛ばす。

地面に落ちてパリンという音が耳に入った。

「……」

気付けばスティーナが側にいた。

「あのねぇ」

スティーナがゆっくりと声を上げる。

「そりゃポーションで酔うわけないでしょ！」

むくりと顔を上げる。

「酒は強くないんだよ……」

「それでポーションのバカ飲み？　あなたアホなの？」

ぐっ、そう言われるとつらい。

「カナディア戻ってこないわね」

「……今までは家出しても二日ぐらいで戻ってきたんだ」

「それがもう二週間。カナディアは本気で愛想がつきちゃったわけね」

カナディアに半壊させられた家の修復に数日、戻ってこないことに焦り、家のまわりや知り合いのツテを探し回るのに数日。たまった仕事の処理に数日。

家に帰ればカナディアがいるんじゃないかと淡い期待を持っていたけどそれは見事に裏切られることになる。

出ていく前に言っていた言葉が確かこうだった。


【実家に帰らせて頂きます】

カナディアを大泣きさせてしまい傷つけたのは事実だ。俺は嫌われてしまっても仕方ないことをしたと思っている。

「これでいいの？」

「よくない」

「カナディアはあなたを嫌ったかもしれないわよ」

「そうかもしれない。そう思われても仕方ないことをしてしまった」

「……どうしたい？」

「俺は謝りたい、いや……違う。カナディアにもう一度会いたいんだ」

「会っても拒絶されるかもよ」

「……そうだろう。でも」

俺はあの時……いや、この数週間ずっとカナディアに言おうと思っていたことを伝えられていないんだ。

それをせずままにいなくなるなんて……そんなこと納得できない。

「俺はまだカナディアに想いを何一つ伝えられていない。拒絶されるのもせめてそれからだ！」

「そーね。そうだと思うわ」

俺は立ち上がる。

「妻が実家に帰ったのなら、実家へ追いかけにいくのは夫の役目だ」

「カナディア風に言うならそうよね」

スティーナはくすりと笑みを浮かべるがまっすぐ目を見てくれる。

俺は軽く頷いた。

今度こそ想いを伝えて……君を絶対に王都に連れ戻してやる！

「カナディア……絶対に会いにいくから待っていろ！」

◆◇◆

※？？？side
「つまんない……」

「白の巫女《みこ》であるシエラ様がそのようなことを言ってはなりません」

従者の言葉にシエラはきっとにらみつけたが従者はたじろぐだけで何も変わりはしない。

「いつになったら外に出られるの？」

「教皇《きょうこう》様にはお伝えしております！　も、もう少々お待ちください」

もう何度目かの従者の言葉にシエラは一度息を吐いた。

これでもう一ヶ月、この部屋に閉じ込められて陰鬱《いんうつ》な日々を過ごしている。

「あ、あの……シエラ様」

この従者と喋っていても埒が明かないと思い、シエラはにこりと微笑んだ。

従者はそのシエラの笑みに頬が紅潮し、じわりと目より涙が溢れ出す。

「し、失礼します！」

震えた顔を隠すように立ち去ってしまった。

シエラはそんな従者の反応を鼻で笑い、自室のベッドへ体を預けた。

背丈は成人女性の平均に満たないながらも魅力的な体付き、腰まで伸びたシルクホワイト色の髪、シミ一つない白き肌、高名な絵師が描いたこの世の最も美しい女性……それを体現したのがこの白の巫女、シエラという少女であった。

かつての黒の民との戦争に勝ち、長年の繁栄を極めた白の民。

その初代の白の王の血を引く最後の純血。その血を引く女子は白の巫女と呼ばれ、そのシエラの姿はこの国の象徴とも呼べる人物であった。

そして今、シエラの処遇を巡って……国は大きく揺れている。

「お腹空いた……」

この半年までは豪勢な食事で満足していたのにある時を境にシエラの境遇が反転した。

嫌々ながらも慰安《いあん》や表敬《ひょうけい》訪問、お祈りをして生きていたのに今や部屋へ監禁された状態となっている。

食事も肉料理は消え、野菜メインとなり腹にたまらない。

原因も分かっている。白の国の統治者が教皇に代わってからだ。

(このままここにいたら政略争いの道具にされるか、実験動物みたいな扱いになるかも。あいつ……ちょっとおかしくなってるし……)

シエラはベッドから飛び降り、外が見えるテラスの先から少し気がかりとなっている方角へ視線を向ける。

（王国の方で黒のチカラが見えたっけ。黒の力がまだ残っているなら対抗できるかも……）

シエラは自室にあるもので何が使えるか確認し始める。

（そんなことより……まずはお肉食べたい。こんな所……出る）

「行くよ、セラフィム」

シエラは虚空よりを何かを呼び出し、せっせと逃げるための準備をすることにした。

それはシエラに仕える守護霊のように言葉を発さず彼女を見守る。

ここからシエラの逃避行《とうひこう》が始まる。

ポーション使いが黒の少女を追っかけ……白の少女と出会う日は近い。

書き下ろし短編

黒髪少女の思い出

私、カナディアは今、幸せである。

かけがえないのほど大事な人や尊敬できる先輩達、気の合う同性の友人が出来て素直に笑うことができるようになったことが嬉しい。

はみ出し者で一人で何でもやってやると思い込んでいたあの頃とは違う。

王都に来て、S級冒険者になってから充実するようになったと思う。

まだ……目的を達成するまではかなりの階段を登らなきゃいけないけど、取っかかりを掴むことができた。

これからもっと、もっと長い時間を費やすことになると思うけど……いつか叶えられるんじゃないかなって思う。

私はもう一人じゃないのだから。

故郷を飛び出して、何も理解せず、異色種《いしょくしゅ》の住む街へやってきた当初は死にたくなるほど精神が疲弊《ひへい》したなぁって思う。

立ち直らせてくれたのは紛れもなくあの人のおかげ。

私は何も知らなかった。いや、知ってはいたけど理解していなかったのだ。人の心の奥に潜む呪いと言える悪意がここまで辛いものであることを理解していなかった。

目を瞑ると……昔のことをふと思い出す。

昔々あるところに黒髪をした少女がいました。

彼女は同じ髪の色をした人が揃う小さな集落で暮らしていました。

年の近い子供がいなかった結果、遊ぶというより大人の手伝いで手芸や農作業、太刀の稽古《けいこ》に励んでいることが多かったのです。

自給自足の生活。幸いにも土地は肥え、綺麗な川もあり少人数であれば困らない生活でした。

外に出れば魔獣は出たけど父を含み、武芸者が多く、少女も十歳になる頃には人一倍戦えるようになっていました。

太刀術を教えてくれた父や他の大人達からも才能があると言われ、喜んだ少女は毎日、毎日稽古に励んだのです。

少女は故郷の暮らしが大好きでした。でもある時思いました。

何で……私達は隠れるように暮らしているのだろうと……。

村の周囲は大した魔獣はいませんでしたが、その先の【黒土《こくど》の森】には強力な魔獣が住んでいると言われています。

さらに村の周囲は森を除けば険しい山に囲まれており、その先は大海原に繋がっていることが分かりました。

つまり【黒土の森】を除けば完全に隔離された村であることが子供ながら分かってしまうのです。

【黒土の森】を抜けた先を見てみたい。少女は一層思うようになりました。しかし、両親や村の衆から森へ入ってはいけないと言われていました。

今、現時点で子供が……黒の民の末裔が少女しかいないから大事にされているのでしょう。

しかし十二歳になる頃には村の大人達の大半よりも強くなっており、少女には自信があったのでした。

でも少女の向こう見ずの性格は母に見破られており、呼び出されました。

まだ早いという話でしたがそこで少女は初めて黒髪が世間から忌むべき髪色であることを教わりました。

そして迫害を避けるためにこうして遠く離れた所で暮らしていると教えてくれたのです。

詳しい過去はまだ若いし、今は知るべきではないと言われ、納得出来なかったのですが……大人達、皆それが真実であることを伝えてくれたので幼いながらも理解することができました。


少女には楽しみがありました。

それは半年に一度、王国の冒険者がこの村にやってくるのです。

髭の冒険者さん、そんな感じで呼んでいたと思います。髭の冒険者さんの話を聞くことが何よりも楽しみでした。

少女が太刀術で一度も勝てたことのない父が手も足も出ないほどの実力を持つのが髭の冒険者さんです。

得意な武器は弓なのに大太刀も使いこなして本当にスゴイ人だったのです。

髭の冒険者さんから王国や外国の話を聞くたびに少女は外の世界へ憧れを持ちました。

十三歳の時に成人したら外の世界へ連れて行って欲しいとお願いをしました。

でも髭の冒険者さんは渋い顔をしたのです。修行もいっぱいするし、一人で生きていけるように野営技術とかも覚える。そんなことをいっぱい言って困らせていました。

しかし、返された言葉は無情でした。

「君が黒髪である限り、外へ連れていくことはできない」

もし黒髪を捨てるのであれば考えても良いと言われました。

少女は悲しくて、悲しくて、泣きはらしてしまいました。少女は自分の持つ黒髪が大好きだったのです。憧れの母のように腰まで伸ばした長い黒髪が大好きだったのです。

いつかその黒髪を愛してくれる殿方が現れたら……何てことを良く考えていました。

でも十三にもなると……それが現実なのだと少しずつ理解できるようになってきました。


そして十四歳になって、少女は村の皆に宣言しました。

「私が黒髪……【黒の民】をもう一度表に出られるようにする」


過去の出来事のせいで黒の民が隠れ住むようになったのは確かです。

しかしそれからもうかなりの時が過ぎており、今も尚、隠れ住む必要はないんじゃないかと思ったようです。

髭の冒険者さんにも話を聞きましたが……望みはあるが相当に難しい道だと渋い声で言われました。昔、大きく【黒の民】の数を減らしたと言われる黒髪狩りはもう人道的な面でなされることはないが……それでも黒髪を憎む精神はまだ根強く残っていると。

「味方は誰一人いない。そう思っていた方がいい」

その言葉を聞いて……少女は一層やる気が出たのです。若さゆえの反骨心でしょうか。

髭の冒険者さんもこの村へ来ること自体極秘の話のようで、もし村を抜けて他の街へ来たとしても助けになることはできないと言われました。

つまり少女が今、外の世界へ行っても味方はゼロだということです。でも少女はやる気に溢れていたのです。

始めは断られましたが、明確な意思を持って外へ行くのであれば連れていってあげても良いと髭の冒険者さんも折れてくれました。

そこからたくさんの人に相談して、許可をもらえるように頭を下げ続けました。

母は始めから背中を押してくれました。どちらかというと黒髪の件より、跡継ぎのための婿《むこ》を探してこいという気持ちが強かったようです。

この村、少女の同年代がいなくて結婚相手が不足していたのです。

一年かけて、最後まで渋った父をずっとずっと説得し続けました。最後には昔、愛用していたという大業物《おおわざもの》である大太刀を貸してくれたのです。

必ず返すようにと……生きて帰ってこいということを言われたのです。

もちろん誰にも負けないように太刀術の修練を朝から晩まで行いました。


少女は十五歳となりました。この世は十五歳となると成人となり、働きに出ることができるようになります。髭の冒険者さんが村へやってきたタイミングで一緒に村へ出ることにしました。いつでも戻って来られるように道はしっかりと覚えます。でも少女は少なくとも数年は戻ってくる気はありませんでした。

夢を成し遂げるため、外の世界に一歩踏み出したのです。


髭の冒険者さんと一緒に【黒土の森】を越えて、二日ほど歩いて一番近い村へ到着です。

ここで髭の冒険者さんとはお別れということになりました。

つらいことがあったら王都へ来て頼るといいと言ってくれましたが、少女は髭の冒険者さんに無理を言ってここに来たのですから頼るなんてことをするつもりはありませんでした。

でももしこの時、髭の冒険者さんを頼って王都で冒険者をやっていれば違った道もあったんじゃないかと思います。

一人で頑張ることに固執しすぎていたのだと思います。

少女は一人となり、冒険者ギルドのある交易の街【アテスラ】へと向かいます。

街へ到着し、さっそく冒険者の資格を得るためにギルドを目指します。

初めての街、交易の街は王国で四番目に大きな街。その大きさにめまいがしそうでした。

迷子になる気しかなかったので早々に人に聞くことにしました。

「あの……すみません」

「何ですか?……。ひっ!」

声をかけて、少女の顔を見るまでは柔らかだった女性の視線が髪の方へ向かった時、その表情は一変したのです。

恐怖と怒りに顔が歪み、暴言を吐かれました。

いろんな人に恐る恐る声をかけてようやく乱暴な言葉遣いながら方角を教えてくれ、少女は冒険者ギルドに到着したのです。

冒険者ギルドでも扱いは同じでした。同業者から白い眼で見られ、ギルドマスターからは会う度に罵《ののし》られ、受付も満足にさせてもらえませんでした。

髭の冒険者さんの言うとおり……味方は誰一人としていませんでした。

でもただ一人……私の話を聞いてくれる人がいたのです。

「カナディアさんですね。ようこそ、交易の街の冒険者ギルドへ。所定の書類にご記入ください。あと……」

受付係の一人のカインさんでした。

仕事に私情を持ち込まない。誰であろうと等しく対応するという信条を持っていたので……少女にも等しく接してくれました。

味方になってくれるわけではありませんがその……平等がとても嬉しかったのです。

D級冒険者となった少女でしたが……その日々はひどいものでした。

パーティは基本五人で行動するのにギルドマスターの命令で一人での活動を余儀なくされました。

他の冒険者から嫌みを言われ、死神なんて言葉で揶揄《やゆ》されたのです。

日々の暮らしも大変です。中々宿を取ることもできません。三十軒ほどまわってやっと一軒……許されたくらいです。

アイテムもまともに売ってはくれませんでした。回復魔法の使えない少女にはポーションなどの薬が生命線です。

世間の想像以上の黒髪嫌いに少女の心は荒んでいきました。正直、好き嫌いを超えた……超常現象のようなものであったと思います。

この黒髪が無ければ……そう思うことも何度かありました。

ごくわずかにそれなりに好意的に接してくれた人もいましたが、皆、髪の色を変えた方がいいと何度も言われました。

でもそれだけは、それだけはできなかったのです。

アイテムの購入は髪を隠す帽子を使うことで何とかなりましたが……少女は絶対に黒髪をどうにかするなんてことを考えていませんでした。

つらい日々でした。他人を信じることができなくなり、常にとげとげしい態度を取ってしまう。

常に一人のため大太刀を外すことができず、寝る時もいつも抱いた状態で眠りにつきました。

黒髪への迫害を何とかする。そう言って村を飛び出した少女は明確な指針はありませんでした。

正直、生きるだけで精一杯だったのです。

父も母も分かっていたのかもしれません。少女がすぐに行き詰まってしまうことを……。父は折れて村へ戻ることを望み、母は婿探しを望む。

誰も少女が黒髪の悪しき言い伝えをどうにかできるなんて思っていなかったのだと気付きました。


ある日、カインさんは言いました。

「冒険者は強い者が正義です。強い者が偉いのです」

髭の冒険者さんが冒険者を続けなさいと言っていた理由が何となく分かってきました。

大太刀の才や父や髭の冒険者さんに稽古をつけてもらったおかげで少女は同年代の中でも破格の強さを持っていました。

最速でC級に上がり、わりとすぐにB級冒険者に昇格することができました。

B級ともなると交易の街では上位冒険者となります。少女に表だってつっかかってくる冒険者はいなくなりました。

外野が静かになると動きやすいものです。街のアイテム屋も少女の評判から、横暴な態度で物を売ったりすることも少なくなりました。

そして少女は十六歳となり、同時にA級に昇格しました。

単独冒険者でA級に上がった例はほとんどないらしく、賞賛はありませんでしたが、畏怖《いふ》はされるようになりました。

まぁこの街では前任に【アサルト】というA級パーティがいたのでまだ落ち着いていた方だと思います。

A級クエストを攻略できればS級昇格試験を受けられる。S級となれば少なくとも大半の冒険者は少女の下になります。

そこから少しずつ、黒髪に対する風潮を打ち消していけばいい。順調に行きすぎていてこの時はかなり楽観的に考えていました。


だけど……ここで初めて冒険者家業でつまずくようになるのです。

A級ダンジョン及びA級魔獣は特殊なチカラを持つ魔獣が多かったのです。

毒や麻痺などの状態異常系から近接殺しとも言われる、遠距離集中や集団戦。

百パーセントの力なら問題なく倒せるのに少女の力を最大限に発揮させない戦闘に入ることが増え、一人で戦う少女は苦戦を強いられました。

もう一人、あと一人、冒険者が一緒にいればこんなことにはならなかったのに……今までの体験から少女は人を信じることができなくなり、パーティの補充を拒んだのです。

今更入れてどうする。パーティなど信用できない。そのような思いでした。

少女は一人でこの事態を乗り切り、S級になるんだと強い思いで戦い続けたのです。

ですが……戦闘の度に極限まで体力を削られてしまい、ギルドに帰ってきても畏怖されてまともに相手をされない。

少女の心は本当に消耗していたのでした。

何でここまで頑張っているんだろう？　そう自問するほどにまでなったのです。

同じA級の【アサルト】は五人揃っており、明らかに少女より弱いのに問題なくA級クエストを攻略して帰ってくる。

この差は何だろう。少女は今日も……A級ダンジョンへと潜ります。

そこで初めて【あの人】と出会いました……。

「これで毒が入ってないって分かるだろ。まっ、飲んでみなよ」

ポーションを渡されて……飲みほしてから【私】の生活全てが変わった。


「ただいま」

「あ、ヴィーノ。お帰りなさい」

ヴィーノに出会えてから私は幸せなのです。

金髪碧眼でとても優しい表情をしている人。

独特の価値観はあるけど、誰かのためにいつも動ける優しい人。その優しさに私はいつも助けられてきたのだ。

ポーションを扱っている時は何かにとりつかれているような表情も見せるけど、そういう所も個性かなって思う。

まだ出会って半年くらいなのに……ずっとパートナーでいる気がする。出会ってから今までわりと密度の濃い生活をしていたからかもしれない。

「あぁ……ふぅ」

そんなヴィーノが少しだけ怒りを見せた顔で椅子に座りため息をつく。

ヴィーノはあまり怒らない人だ。

今は元となったけど、旧A級パーティ【アサルト】にいた時代は無能なポーション係なんて言葉を吐かれていたのも知っている。

別の意味で侮蔑を受けていた冒険者だったと思う。

でも実際は彼のポーション投擲能力はどの回復術師の回復魔法よりも優れていた。

彼を生かし切れなかった【アサルト】は凋落して当然だ。

そのおかげで支援職を欲していた私と利害が一致し、最高のパートナーになったんだけど……。

「何かあったんですか？」

「何でもないよ。ごめんな、変な顔して」

そう、ヴィーノは自分が罵られることに対しては何も思わないけど仲間を侮辱されると怒りを露わにする。

でもここで言わないということは……恐らく私のことで誰かに何かを言われたんだろう。

この王都でも私の黒髪の言い伝えは有名で、私がS級冒険者となったことで良くも悪くも目立つことになってしまった。

特にパートナーで一緒に住むヴィーノは言われることが多いのだろう。

ここで彼を問いただして何を言われたかを聞いても意味はない。

私が黒髪の評判を打ち消すほどの活躍をすることが先決なんだ。

だから今、やるべきことは……不愉快な想いをしたパートナーを癒すことである。

私ができること……それは。

「ねぇ……ヴィーノ」

「ん？　どうしたの」

「大変だったヴィーノには私からご褒美を与えましょう」

「ほぅ」

「私を……わ、私を一回、好きにできる権利を与えましょう」

「ほぅ」

「あの……近いです」

気付けば目の前にヴィーノがいた。

そんな真面目な顔で見つめられたら照れてしまう。

私はヴィーノに両肩を強く握りしめられた。

「え、えっちなのはダメですよ！」

「ちっ」

いつも思うがヴィーノは欲が強い。

その……夫婦のような関係なのだから手を出されても拒否はしないつもりだけど、正式な夫婦じゃないし、まだはっきりとしたプロポーズはもらっていない。

私はずっと待っているのだけど……ヴィーノははぐらかしているような気もする。

私に飽きて他の女性に夢中なのだろうかと思う時がある、スティーナとか女の子らしくて可愛いし……。

私は自分が黒髪ゆえに奥手となってしまっている。

初めてヴィーノと会った時、黒髪が素敵だと言ってくれたが今もそうだとは限らない。

……正直言うと怖い。ヴィーノは今も黒髪が好きでいてくれるんだろうか。

「ならさ……」

「……」

「ちょっと黒髪目一杯触らしてくんない？」

黒髪が嫌いだったらこんな変態ちっくなこと言わないよね……。

手間暇かけて綺麗に整えた髪が今、ヴィーノに揉みくちゃにされている。

「ふぉ！　ふぉ！　ふぉおおお！　な、なんて美しい毛並みだ……」

私はちょっと後悔している。正直いって気持ち悪い。

将来の旦那様の性癖を悪く言うのは間違っている。

でも……頭の後ろで荒い息で髪に包まるヴィーノが何とも言えない気持ち悪さを感じるのは仕方

ないことなのだ。

いくら黒髪が好きだと言っても限度があります。黒髪を褒められるのは嬉しいんだけどね！

「くん！　くん！　くん！」

「露骨ににおい嗅ぐのやめてくれませんか!?」

「すげぇ……いい香り。俺、今日このままでいたい」

「ご飯食べられないですよ」

「……ありがとな」

「え？」

「カナディアが側にいてくれるとすごく安らぐよ。君が俺の側にいてくれて本当によかった」

「もう……」

そんな優しい言葉を投げかけられたらきゅんとなっちゃう。

私って本当に安易な女だなと思う。まぁ……惚れた弱みなのかもしれない。

旦那様が安らぐなら妻として……しっかり受け入れよう。

「すぅ……すぅ……」

「もう……人の髪の中で眠らないでくださいよ」

でもその気持ちは分かるのだ。

私も故郷を出て、ヴィーノに会うまでは大太刀を抱えながらじゃないと眠れなかった。

危機に陥るのが怖かったから。

今だって一人で寝るのは怖い。だからヴィーノと一緒だと三分以内でぐっすり眠ることができるのだ。

男女の関係としてそれはどうなの？　って同性の冒険者からよく言われるんだけど……ヴィーノが横にいてくれるとすっごく安心できるんだから仕方ないのです。

だから、今こうやって眠ってくれるということは私の黒髪は人を安心させる効果があるということだ。

「ありがとう。……とっても嬉しいです」

ことんと背中に寄りかかられたので、手元に引き寄せて自分の太ももにヴィーノの頭を寄せる。

気持ち良さそうに眠っている。本当に疲れていたんだね……。

「カナディア……」

「はい？　あっ寝言か……」

「……ありがとう」

「いやん、……もう！　嬉しくて照れちゃいます」

こうやってクリティカルに言ってくるのが困ります。

できれば起きている時に言ってほしい。そうすれば私はいつだって……妻として支え続けるのだ。

そう……支え続ける。

「スティーナ……いい太ももだ」

「……」

なので……私はヴィーノの鼻を大きく摘まむことにした。

「うごごごご!?」

「よく眠れましたか？」

「え？　あ、ああ……あのカナディアさん、何で大太刀を持っているんですか」

「今日のクエスト、確かスティーナと一緒でしたもんね」

浮気は男の甲斐性なので……従順な妻は耐えるしかないのですが……、それでもケジメはつけてもらわないといけませんね。

「さて、ヴィーノ。時間はたっぷりあります。私とお話しましょう」

「そんな暴力的な……お話の仕方は……勘弁してくれぇ！」

こんな日がいつまでも続けば……そう思います。

もし……いつか未来に何かがきっかけで私と離れてしまっても……絶対追いかけてきてくれるって信じていますから！

あとがき

はじめまして、鉄人じゅすと申します。

この度は拙作をお手にとって頂き本当にありがたく思います。

この物語は《小説家になろう》様にて連載をさせて頂いている作品でもあります。


ポーションといえばファンタジーではよくある回復薬です。

回復量に差があったり、副効果があったり、ポーションの力を飛躍させ様々な効能を生み出すという発想はわりと見られると思っています。

連載当初のプロットを組む時は他にはなかなか見ないもので勝負をしなければと考えておりました。

そこで考えたのがアイテムを投げて戦う方法でした。

プロット作成時、ポーション瓶をぶん投げて戦うという作品は発見できませんでした。（著者が発見できなかっただけで恐らく存在すると思いますが汗）

なのでいけると思い、連載を開始したのです。


数年前に同郷の友人とゲーム作成に携わったことがあり、シナリオを担当させて頂いておりました。

その時の主人公がアイテムを投げて支援するスキルを持っていたのです。

本作の主人公のヴィーノはここからの発想となります。

ゲーム作成自体は序盤だけだったのです。

必殺技としては石を投げたり、火炎瓶を投げるくらいしかありませんでしたが、最終奥義は九十九マイルなんて名前の技にしようかなと思ったくらいです。

本著作にあたってなろう版を大幅に改稿、大筋は同じながら洗練された内容になったのではないかと思います。

半分以上書き下ろした方がいいかなと思い、S級昇格まで一章だけで一巻とも考えましたが、スティーナが登場する二章をどうしても書籍化したかったので一、二章で一巻ということにさせて頂きました。

一巻の続きはなろう版ですぐ読むことができます。

ただ細部は異なっており、いくらか設定も変えようかと思っているので書籍版は書籍版で楽しんで頂ければと思います。

最後になりましたがイラストレーターの煮たか様、大変素敵なイラストをありがとうございます。

ヴィーノの男らしさ、カナディアやスティーナのかわいらしさが前面に出されていて、ラフを頂いた時から大興奮でした。

担当編集様、TOブックス様、拙作の発行に尽力頂き本当にありがとうございます。

そしてここまでお読み頂いた皆様、本当にありがとうございます。

今後とも末永く宜《よろ》しくお願い致します。

またお会いできる日を心よりお待ちしております。

かわいいい?
セクシーー?
ポーションは160km/hで投げるモン!
~アイテム係の俺が万能回復薬を投擲することで最強の冒険者に成り上がる!?~
2
著 鉄人じゅす
画 煮たか

第2巻 2021年夏発売予定!

ポーション は１６０㎞／ｈで投げるモノ！
～アイテム係の俺が万能回復薬を投擲することで最強の冒険者に成り上がる!?～

2021年3月1日　第1刷発行

著　者　鉄人じゅす

編集協力　株式会社MARCOT

発行者　本田武市

発行所　TOブックス
〒150-0002
東京都渋谷区渋谷三丁目1番1号　ＰＭＯ渋谷Ⅱ　11階
TEL 0120-933-772（営業フリーダイヤル）
FAX 050-3156-0508

印刷・製本　中央精版印刷株式会社

ISBN978-4-86699-124-5